EL ENIGMA DE
BLACKTHORN

GRANTRAVESÍA

KEVIN SANDS

EL ENIGMA DE
BLACKTHORN

Traducción de
Laura Lecuona

GRANTRAVESÍA

Esta es una obra de ficción. Los nombres, personajes, lugares
e incidentes son producto de la imaginación del autor, o se usan
de manera ficticia. Cualquier semejanza con personas (vivas
o muertas), acontecimientos o lugares reales es mera coincidencia.

EL ENIGMA DE BLACKTHORN

Título original: *The Blackthorn Key*

© 2015, Kevin Sands

Traducción: Laura Lecuona

Ilustración de portada: © 2015, Antonio Javier Caparo
Diseño de ilustraciones del ícono en contraportada, lomo y solapa:
  Jame Fraser; © 2015, Puffin Books
Fotografías de portada usadas en ilustraciones del ícono: © 2015,
  Hermann Mock/cultura/Corbis
Fotografía del autor: Thomas Zitansky

D.R. © 2016, Editorial Océano, S.L.
Milanesat 21-23, Edificio Océano
08017 Barcelona, España
www.oceano.com

D. R. © 2016, Editorial Océano de México, S.A. de C.V.
Eugenio Sue 55, Col. Polanco Chapultepec
Del. Miguel Hidalgo, C.P. 11560, México, D.F.
Tel. (55) 9178 5100 • info@oceano.com.mx
www.oceano.mx • www.grantravesia.com

Primera edición: 2016

ISBN: 978-607-735-947-0

IMPRESO EN MÉXICO / *PRINTED IN MEXICO*

ADVERTENCIA

Las fórmulas y remedios de este libro eran empleados por boticarios de verdad. Hay una razón para que ya no se usen: algunos son intrincados, otros peligrosos, y unos más, sencillamente mortíferos, así que, como se dice, no intentes nada de esto en casa. En serio.

JUEVES 28 DE MAYO DE 1665

DÍA DE LA ASCENCIÓN

Lo descubrí.

El maestro Benedict dijo que no le sorprendía en lo más mínimo. Según él, a lo largo de los últimos tres años varias veces estuvo seguro de que eso pasaría, pero sólo en la víspera de mi cumpleaños número catorce lo deduje con tal claridad que pensé que Dios mismo me lo había susurrado al oído.

Mi maestro piensa que ocasiones como ésta deberían recordarse, así que, siguiendo sus instrucciones, he escrito mi fórmula. Él me sugirió el título.

La idea más estúpida del universo

Por Christopher Rowe,
aprendiz del maestro Benedict Blackthorn, boticario

Método de manufactura:

Fisgonea las anotaciones privadas de tu maestro. Encuentra una fórmula con las palabras encerradas en un código secreto y descífralo. A continuación, roba de las reservas de tu maestro los componentes necesarios. Finalmente —y éste es el paso más importante—, ve con tu mejor amigo, un chico tenaz tan falto de criterio como tú, y pronuncia estas palabras: Construyamos un cañón.

CAPÍTULO

1

—Construyamos un cañón —dije.

Tom no me estaba escuchando. Concentradísimo, con la lengua entre los dientes, se armaba de valor para un combate con el oso negro disecado que presidía el rincón de la entrada de la botica de mi maestro. Se quitó la camisa de lino y la arrojó con actitud heroica hacia las copas de antimonio que brillaban en la mesa exhibidora junto al fuego. De la repisa de roble más cercana tomó la tapa esmaltada de un frasco de boticario —el Fuera Verrugas de Blackthorn, según el garabato en la etiqueta— y se cubrió con ella: un escudo de porcelana en miniatura. En la mano derecha, el rodillo se tambaleaba amenazante.

Tom Bailey, hijo de William el panadero, era la mejor imitación de soldado que hubiera visto jamás. Aunque sólo era dos meses mayor que yo, ya era treinta centímetros más alto y tenía complexión de herrero, si bien un poco rechoncho, debido a que siempre hurtaba las empanadas de su padre. Y en la seguridad de la botica, lejos de los horrores de la batalla, de la muerte, el dolor e incluso de un leve regaño, la valentía de Tom no tenía igual.

Miró al oso inanimado. El piso crujía mientras él se acercaba hasta quedar al alcance de sus garras, siniestramente curvas. Empujó la vitrina, con lo que las balanzas de latón tintinearon. Luego alzó su garrote enharinado a manera de saludo. En respuesta, la bestia congelada rugió en silencio; los casi tres centímetros de dientes eran una promesa de muerte... o al menos de varios tediosos minutos que tardaría en sacarles brillo.

Me senté detrás del mostrador, con las piernas colgando, y comencé a dar taconazos contra la madera de cedro tallada. Yo podía ser paciente. Con Tom a veces era necesario: su mente funcionaba de forma extraña.

—¿Se cree que puede robarse a mis ovejas, señor Oso? —dijo—. Hoy no tendré clemencia —y de pronto se detuvo, con el rodillo a media arremetida. Yo prácticamente podía ver el mecanismo de relojería girar en su cabeza—. Espera... ¿Qué? —volteó a verme, intrigado—. ¿Qué dijiste?

—Construyamos un cañón —repetí.

—¿Eso qué significa?

—Exactamente lo que crees que significa. Construyamos un cañón, tú y yo. Ya sabes —extendí las manos—. ¿Pum?

—No podemos hacer eso —dijo Tom con el ceño fruncido.

—¿Por qué no?

—Porque la gente simplemente no puede construir cañones, Christopher.

Lo dijo como si le estuviera explicando a un niño pequeño y retrasado por qué no debe intentar comerse el fuego.

—Pero así es como existen los cañones —le dije—: la gente los construye. ¿Crees que Dios los envía desde el cielo durante la Cuaresma?

—Ya sabes a qué me refiero.

—No entiendo por qué no te emocionas —dije cruzando los brazos.

—Quizá porque nunca te veo arriesgando el pellejo en tus propios planes.

—¿Qué planes?

—Me pasé *toda la noche* vomitando esa *pócima de fuerza* que inventaste —dijo.

Es cierto que ese día se veía un poco ojeroso.

—Ah, sí. Perdón —le dije con un gesto de dolor—. Creo que le puse demasiado caracol negro. Necesitaba menos.

—Lo que necesitaba era un poco menos de *Tom*.

—No seas delicado —le reproché—. De todas maneras, vomitar te hace bien: equilibra los humores.

—Me gustan mis humores tal como están.

—Pero ahora tengo una fórmula —tomé el pergamino que estaba apoyado en la pesa de monedas sobre el mostrador y lo agité frente a él—. Una de verdad. Del maestro Benedict.

—¿Cómo puede haber una fórmula para un cañón?

—No para todo el cañón: sólo la pólvora.

Tom se quedó quieto. Revisó los frascos a su alrededor, como si entre los cientos de pociones, hierbas y polvos que rodeaban la botica hubiera un remedio que pudiera librarlo de ésta. Al fin dijo:

—¡Eso es ilegal!

—Conocer una fórmula no es ilegal —dije.

—Prepararla sí.

Era cierto. Sólo los maestros, que además sean poseedores de una Cédula Real, tienen permitido mezclar la pólvora. Faltaba mucho para cumplir con cualquiera de las dos condiciones.

—Y hoy Lord Ashcombe está en las calles —dijo Tom.

Eso sí que me hizo detenerme.

—¿Lo viste?

Asintió con la cabeza.

—En Cheapside, cuando salí de la iglesia. Iban con él dos guardias reales.

—¿Y qué aspecto tiene?

—Malvado.

Malvado era exactamente como lo había imaginado. Lord Richard Ashcombe, barón de Chillingham, era un devoto general del rey Carlos, y guardia de Su Majestad aquí en Londres. Se encuentra a la caza de una banda de asesinos en la ciudad. En los últimos cuatro meses cinco hombres habían sido asesinados en su propia casa. Cada uno había sido amarrado y torturado, y con un tajo en el estómago, los habían dejado desangrarse hasta morir.

Tres de las víctimas habían sido boticarios, un hecho que me había tenido en vilo, y sospechando de asesinos en las sombras todas las noches. Nadie sabía con certeza qué buscaban los asesinos, pero que Lord Ashcombe estuviera aquí significaba que el rey se estaba tomando en serio el asunto. Lord Ashcombe tenía fama de deshacerse de hombres hostiles a la Corona, normalmente clavando sus cabezas en picas en la plaza pública.

De todas formas, no teníamos que ser *tan* cautelosos.

—Lord Ashcombe no va a venir aquí —lo dije tanto para tranquilizarme a mí como a Tom—. No hemos matado a nadie. Y no es muy probable que un enviado del rey pase por aquí a comprar un supositorio, ¿o sí?

—¿Y tu maestro? —dijo Tom.

—Él no necesita un supositorio.

Tom hizo una mueca.

—Me refiero a que si *él* no va a regresar. Ya casi es la hora de la cena —dijo *hora de la cena* con cierta añoranza.

—El maestro Benedict ha comprado la nueva edición del herbario de Culpeper —le dije—. Está en la cafetería con Hugh. Estará ahí horas.

Tom se apretó el escudo de cerámica contra el pecho.

—Esto no es buena idea.

Di un brinco para bajar del mostrador y sonreí.

Para ser boticario debes de entender esto: la fórmula lo es todo.

No es como hornear un pastel. Las pociones, ungüentos, jaleas y polvos que preparaba el maestro Benedict —con mi ayuda— necesitaban un equilibrio increíblemente delicado. Si faltaba una cucharadita de polvo de nitro o te pasabas de anís, tu maravilloso nuevo remedio para la hidropesía cuajaba hasta convertirse en un inservible menjurje verde.

Pero las fórmulas nuevas no caían del cielo: tenías que descubrirlas. Eso tomaba meses o hasta años de trabajo. También costaba una fortuna: componentes, aparatos, carbón para alimentar el fuego, hielo para enfriar la tina. Sobre todo, era peligroso. Fuegos abrasadores, metales fundidos, elíxires que olían bien pero devoraban tus entrañas, tinturas que parecían tan inofensivas como el agua pero que exhalaban invisibles gases mortíferos. Con cada nuevo experimento, tu vida estaba en riesgo. Así, una fórmula exitosa es mejor que el oro…

… si puedes leerla.

↓M08→
11100717101322160922112213152625262422132310091609221122131526252622211601132624040924101122131526142526142207041513260816260722111013142611221322251008262124072 6
510082621240726

Tom se rascó una mejilla.

—Pensé que tendría más palabras y cosas así.

—Está en clave —le dije.

—¿Por qué siempre están en clave? —suspiró.

—Porque otros boticarios harán todo lo que esté en sus manos para robar tus secretos. Cuando tenga mi propia botica —dije con orgullo—, voy a mantener todo cifrado. Nadie vendrá a robarse *mis* fórmulas.

—A nadie van a interesarle tus fórmulas. Excepto a los envenenadores, supongo.

—Ya te ofrecí una disculpa.

—Tal vez esto esté en código porque el maestro Benedict no quiere que nadie lo lea —dijo Tom—. Y por *nadie* me refiero a ti.

—Él me enseña nuevas claves todas las semanas.

—¿Te enseñó ésta?

—Estoy seguro de que planeaba hacerlo.

—Christopher.

—Pero ya lo resolví. Mira —dije señalando la anotación ↓M08→—, es una clave para la sustitución: dos números representan una letra. Esto te dice cómo intercambiarlos. Empieza con 08, sustitúyelo con la letra *M*. Luego cuenta hacia adelante. Entonces, 08 es *M*, 09 es *N*, etcétera. Así —y le mostré la tabla con mis soluciones.

A	B	C	D	E	F	G	H	I	J	K	L	M
22	23	24	25	26	01	02	03	04	05	06	07	08

N	O	P	Q	R	S	T	U	V	W	X	Y	Z
09	10	11	12	13	14	15	16	17	18	19	20	21

Tom miraba la clave y el bloque de números arriba de la página.

—Así que si sustituyes los números con las letras indicadas...

—... descifras el mensaje —le di la vuelta al pergamino para mostrarle la traducción que había anotado en el reverso.

Pólvora
Una parte de carbón. Una parte de azufre. Cinco partes de salitre.
Muela por separado. Mezcle.

Y eso hicimos. Nos instalamos en la mesa más grande, la más alejada de la chimenea, gracias al sensato comentario de Tom de que la pólvora y las llamas no son amigas. Tom retiró de la mesa las cucharas para sangrías y trajo los morteros que estaban en la ventana cerca del oso, mientras yo sacaba los componentes de los frascos en las repisas.

Molí el carbón. Nubes de hollín flotaron en el aire y se mezclaron con el olor a tierra de las raíces secas y hierbas que colgaban de las vigas. Tom, que miraba inquieto hacia la puerta, temeroso de que mi maestro se apareciera, se ocupó del salitre y machacó los cristales, que podían confundirse con sal de mesa común y corriente. El azufre ya era un fino polvo amarillo, así que mientras Tom mezclaba los componentes, yo fui al fondo del taller por un trozo de tubo de latón sellado en un extremo. Con un clavo ensanché un agujero cerca del extremo sellado. Por ahí deslicé un trozo de cordón color ceniza.

—¿El maestro Benedict tiene mecha para cañón? —Tom levantó las cejas.

—La usamos para encender cosas que están lejos.

19

—Las cosas que tienen que encenderse desde lejos probablemente ni siquiera deban encenderse, ¿no crees?

La mezcla que obtuvimos parecía inofensiva: un simple y fino polvo negro. Tom lo vertió por el extremo abierto mientras yo sostenía el tubo. Un poco se escurrió por un lado y granos de carbón se desperdigaron por el suelo. Empujé el polvo en el tubo con estopa.

—¿Y qué vamos a usar como bala? —preguntó Tom.

El maestro Benedict no tenía en la botica nada que pudiera entrar por el tubo y quedar ajustado. Lo mejor que conseguí fue un puñado de municiones que usábamos para hacer viruta para poner en nuestros remedios. Descendieron rayando el latón y cayeron con un sonido apagado sobre la estopa del fondo.

Ahora necesitábamos un blanco, y pronto. Juntar todo había tomado mucho más tiempo de lo que imaginé, y aunque le había dicho a Tom que mi maestro no volvería, sus idas y venidas no eran exactamente predecibles.

—*No* vamos a disparar esta cosa afuera —dijo Tom.

Tenía razón. A los vecinos no les haría mucha gracia que unas municiones pasaran volando por su sala, y por tentador que fuera como blanco, el castor disecado sobre el mantel, era todavía menos probable que el maestro Benedict supiera apreciar una guerra contra los animales que decoraban su botica.

—¿Y qué tal eso? —del techo, cerca de la chimenea, colgaba un pequeño caldero de hierro—. Podemos disparar a su fondo.

Tom hizo a un lado las copas de antimonio de la otra mesa para dejar espacio para colocar el caldero. Levanté nuestro cañón y lo presioné contra mi abdomen para mantenerlo firme.

Tom arrancó un trozo de pergamino de la fórmula descifrada y lo puso frente al fuego hasta que se encendió, luego encendió la mecha del cañón. Saltaron chispas que corrieron por la mecha como un avispón en llamas. Tom se tiró detrás del mostrador y se asomó por el borde.

—Observa —le dije.

La explosión prácticamente me voló las orejas. Vi un estallido y mucho de humo, y luego el tubo, dando un culatazo como buey enojado, se me clavó justo entre las piernas.

CAPÍTULO
2

Caí sobre el suelo como un costal de trigo. El cañón rebotó en la madera junto a mí y se fue rodando, sacando humo de un extremo. Oí una voz a lo lejos:

—¿Estás bien?

Me hice un ovillo, con las manos en la entrepierna e intenté no vomitar.

Nubes de humo salían por todas partes, como si el aire mismo se hubiera puesto gris. Apareció Tom entre la bruma, agitando las manos y tosiendo.

—Christopher, ¿estás bien?

—Mmmmjjjjjuú —dije.

Tom revisó la botica en busca de algún remedio que pudiera ayudarme, pero lamentablemente no había ningún Cataplasma Blackthorn para el Dolor de las Partes Pudendas. De pronto dijo con voz ahogada:

—¿Christopher?

Miré hacia el humo con los ojos entrecerrados. Ahí vi el problema. Yo no era el único que había recibido un golpe en los bajos: el caldero al que tan cuidadosamente había apuntado no tenía ni un rasguño, mientras que el oso de la esquina ahora tenía una buena razón para estar enojado. Las municiones del cañón habían hecho jirones el pelaje entre sus piernas. Gruñó con silenciosa indignación mientras sus entrañas de paja caían entre sus patas.

Tom sujetó su cabeza entre las manos.

—Tu maestro nos va a matar —dijo.

—Espera, espera —dije, mientras el dolor era lentamente reemplazado por el abismo de terror que me crecía en la barriga—, podemos arreglarlo.

—¿Cómo? ¿Tienes una entrepierna de oso de repuesto allá atrás? —gimió Tom apretándose las mejillas.

—Sólo… déjame pensar —dije, y como era de esperarse, justo en ese momento llegó el maestro Benedict.

Ni siquiera había entrado del todo cuando se detuvo con una sacudida. Mi maestro, tan alto que tenía que agacharse para atravesar la puerta, se quedó ahí, encorvado, con los largos rizos negros de su peluca balanceándose en la brisa vespertina. Llevaba apretado contra el pecho con sus brazos enclenques un gran libro forrado en piel: el nuevo herbario de Culpeper. Debajo de su abrigo de terciopelo oscuro se asomaba su faja de cáñamo color vino, de treinta centímetros de ancho, amarrada a su cintura. Estaba cubierta de bolsillos, no mucho más altos que el pulgar de un hombre. En cada uno estaba metida una ampolleta de vidrio taponada con corcho o cera. Había más compartimentos, con toda clase de objetos útiles: pedernales y yesca, pinzas, una cuchara de plata de mango largo. Mi maestro había diseñado su faja para llevar componentes y remedios, al menos los que yo no tenía que llevar a cuestas tras él cuando salíamos a alguna visita a domicilio.

El maestro Benedict miró el cañón, que había salido rodando, todavía arrastrando una estela de humo, para detenerse a sus pies. La trayectoria de sus ojos entrecerrados fue del tubo a nosotros dos, que seguíamos en el suelo.

—Entremos, Benedict —tronó una voz detrás de él—. Aquí afuera hace frío.

Un hombre fornido pasó haciendo a un lado a mi maestro y se sacudió el polvo del abrigo con ribetes de piel. Era Hugh Coggshall, quien quince años antes se había graduado de aprendiz con el maestro Benedict. Ahora también él era maestro y tenía un taller privado en un distrito vecino.

Frunció la nariz.

—Huele como a… —guardó silencio al vernos a Tom y a mí. Se cubrió la boca y miró de reojo a mi maestro.

Me moví con toda cautela y me levanté del piso para ponerme frente a él. Tom estaba a mi lado, rígido como estatua.

En la frente del maestro Benedict latía una vena oscura y abultada. Cuando habló, su voz sonó como hielo.

—¿Christopher?

Tragué saliva.

—¿Sí, maestro? —tartamudeé.

—¿Hubo una guerra en mi ausencia?

—No, maestro.

—¿Un pleito entonces? ¿Una discusión sobre la política de la corte? —sus palabras rezumaban sarcasmo—. ¿Los puritanos volvieron a tomar el Parlamento y derrocaron a nuestro restituido rey?

—No, maestro —mi rostro estaba ardiendo.

—Entonces, ¿tal vez podrías explicar por qué en el santo nombre de Dios le disparaste a mi oso? —dijo con un rechinido de dientes.

—No fue mi intención —dije. Tom, a mi lado, asentía vigorosamente con la cabeza—. Fue un accidente.

Esto pareció enfadarlo todavía más.

—¿Querías darle al castor y fallaste?

Yo mismo no confiaba en lo que pudiera decir. Señalé al caldero, que seguía tirado en la mesa exhibidora cerca del fuego. El maestro Benedict se quedó unos momentos en silencio, y luego dijo:

—¿Disparaste… balas de plomo… a un caldero de hierro… a dos metros de distancia?

Miré a Tom.

—Yo… nosotros… ¿sí?

Mi maestro cerró los ojos y se llevó la mano a la frente. Luego se inclinó hacia nosotros.

—Thomas —dijo.

Tom empezó a temblar. Pensé que se desmayaría.

—¿Sí, señor?

—Vete a tu casa.

—Sí, señor —Tom se fue sigiloso, mientras hacía torpes reverencias una y otra vez. Tomó su camisa de la mesa exhibidora y, con un portazo, corrió a toda prisa por la calle.

—Maestro —comencé.

—Silencio —me dijo bruscamente.

Me quedé callado.

En casos como éste, normalmente el aprendiz —yo— recibiría una sincera y contundente paliza, pero en los tres años que había vivido con el maestro Benedict, él no me había golpeado ni una sola vez. Esto era tan fuera de lo normal que pasé un año a su cuidado antes de comprender que nunca recibiría castigo físico. Tom, a quien su padre lastimaba a diario, pensaba que eso era injusto. A mí me parecía más que justo, tomando en cuenta que había pasado los primeros años de mi vida en el orfanato Cripplegate, donde los maestros repartían golpes como si fueran dulces en una búsqueda de huevos de Pascua.

De todas formas, a veces como que deseaba que el maestro Benedict me golpeara, pero en vez de eso tenía una forma peculiar de mirarme cuando hacía algo malo. Su decepción me horadaba el pecho: se me hundía en el corazón y ahí se quedaba.

Como ahora.

—Deposité en ti mi confianza, Christopher —dijo—. Todos los días. Nuestra botica. Nuestro *hogar*. ¿Y así le pagas?

Incliné la cabeza.

—Yo… yo… No intentaba…

—Un cañón —dijo echando chispas—. Podrías haberte quemado los ojos. El tubo pudo explotar. Y si le hubieras atinado al caldero, ¡el Señor ha de amar a los tontos!, pues no entiendo cómo pudiste fallar el tiro, hubiera pasado las Navidades raspando tus restos de las paredes. ¿Qué no tienes sentido común?

—Lo siento —balbuceé.

—Y le disparaste a mi condenado oso.

Hugh resopló.

—No lo alientes —dijo el maestro Benedict—. Tú ya me diste toda una vida de problemas.

Hugh levantó las manos como para apaciguarlo. El maestro se dirigió de nuevo a mí y dijo:

—¿Y de dónde sacaste la pólvora?

—Yo la hice —respondí.

—¿Tú la *hiciste*?

Finalmente pareció prestar atención a los frascos en la mesa, y entonces vio el pergamino con el código que Tom y yo habíamos dejado junto a ellos. Mi maestro lo miró de cerca, le dio la vuelta. Yo no podía interpretar su expresión.

—¿Tú descifraste esto? —dijo.

Asentí con la cabeza.

Hugh le quitó la hoja a mi maestro y la examinó, luego volteó a verlo. Parecía estar pasando algo entre ellos, pero yo no sabía qué pensaban. De pronto me sentí esperanzado. A mi maestro siempre le alegraba que lo sorprendiera con algo nuevo. Tal vez sabría apreciar que hubiera resuelto el enigma solo.

O tal vez no. El maestro me picó las costillas con su dedo huesudo.

—Ya que te sientes tan creativo, me gustaría que escribieras tu fórmula para la pequeña aventura de hoy… treinta veces. Y luego la escribirás otras treinta veces, en latín. Pero antes de eso ordenarás esta sala. Cuando todo esté en su lugar, asearás el piso. La botica, el taller y todos los escalones de esta casa. Hoy. Hasta el techo.

¿El *techo*? Ahora sí quería llorar. Sabía que esta tarde no me había portado muy bien que digamos, pero los aprendices ya estábamos agotados de tanto trabajar. Puede ser que el maestro Benedict fuera más amable que cualquier otro que yo conociera, pero mis deberes no eran distintos. Mis días empezaban antes de que el gallo cantara a las seis. Tenía que despertarme y preparar la botica, atender a los clientes, ayudar a mi maestro, practicar por mi cuenta, estudiar… hasta mucho después de la puesta del sol. Luego tenía que guardar todo, preparar la última comida del día y limpiar la tienda para que estuviera lista al día siguiente antes de finalmente irme a dormir en mi jergón, el colchón de paja que me servía de cama. Mis únicos descansos eran los domingos y los pocos días festivos. Ahora estábamos justo en medio de una *doble* fiesta que sólo ocurre una vez cada década: hoy, el Día de la

Ascensión; y mañana, Día de la Manzana del Roble. Todo el año había estado soñando con este descanso.

De acuerdo con los documentos de mi formación como aprendiz, el maestro Benedict no debía hacerme trabajar en días festivos. También es cierto que yo no debía robar sus mercancías, preparar pólvora o disparar a los osos disecados. O a ningún oso, en realidad. Así que sólo dejé caer los hombros y dije:

—Sí, maestro.

Regresé las cacerolas y los componentes a las repisas. Mi maestro tomó nuestro cañón y lo escondió en la parte trasera del taller. Pasé los siguientes minutos recogiendo municiones manchadas de hollín, que habían rodado por todos los rincones de la botica. Luego me quedé pensando qué hacer con el pobre oso.

El maestro Benedict colgó su faja de boticario con las ampolletas de componentes y remedios detrás del mostrador, antes de desaparecer en el fondo. Desvié la vista de la faja para ver al oso en la esquina. Si cosíamos algunos bolsillos en una manta y la ceñíamos alrededor de las caderas del oso...

—Yo en tu lugar no haría eso.

Hugh estaba apoltronado en la silla junto al fuego, hojeando el nuevo herbario de mi maestro. Habló sin levantar la vista.

—No iba a usar *esa* faja —dije—, pero no lo puedo dejar así —lo pensé durante unos momentos—. ¿Y si le ponemos unos pantalones?

—Eres un chico raro —dijo Hugh moviendo la cabeza.

Antes de que pudiera responderle, la puerta de la calle rechinó al abrir. Olí al hombre antes de verlo: era un tufo de perfume de agua de rosas y sudor que hacía fruncir la nariz.

Era Nathaniel Stubb, un boticario que tenía su tienda a dos cuadras. Venía caminando como pato a viciar nuestro aire una vez a la semana. Esa vez pasó para espiar a su competencia más cercana, si es que *competencia* era la palabra. *Nosotros* vendíamos verdaderos remedios, mientras que él hacía dinero vendiendo las Píldoras Orientales Curalotodo de Stubb que, de acuerdo con los volantes que les encajaba a los transeúntes en las esquinas, sanaban todas las dolencias, desde la sífilis hasta la peste. Según sé, el único efecto real de las píldoras de Stubb era disminuir el peso de tus ingresos.

De todas formas, sus clientes las compraban por montones. A Stubb le gustaba exhibir sus ganancias: anillos con piedras preciosas le apretaban los dedos gordos, llevaba en la mano un bastón con empuñadura de plata en forma de serpiente, un jubón de brocado ajustado sobre una brillante camisa de seda. La parte inferior de la camisa sobresalía ridículamente por la bragueta abierta: supuestamente a la última moda. Se veía como si los calzones se le hubieran llenado de merengue.

Stubb hizo un gesto seco con el bastón hacia Hugh:

—Coggshall.

Hugh asintió con la cabeza para devolver el saludo.

—¿Dónde está? —preguntó Stubb.

Hugh se me adelantó a responderle:

—Ocupado.

Stubb se ajustó el jubón y observó la botica. Como de costumbre, su mirada se detuvo en las repisas detrás del mostrador, donde guardábamos nuestros componentes más valiosos, como el polvo de diamantes y el oro molido. Finalmente reparó en mí, que estaba de pie a su lado.

—¿Tú eres el aprendiz?

Como era día festivo, no llevaba puesto el delantal azul que todos los aprendices teníamos que usar. Entonces me di cuenta de que eso lo confundía, pues yo sólo había vivido aquí tres años.

—Sí, maestro Stubb —asentí.

—Entonces ve por él.

Su orden me puso en un aprieto. Oficialmente, yo sólo tenía que obedecer las órdenes de mi maestro. Por otra parte, no mostrar el más absoluto respeto a otro maestro podía meterte en serios problemas con el Gremio de Boticarios, y Stubb no era el tipo de hombre al que quisieras contrariar. De todas formas, algo en la actitud de Hugh me hizo pensar que sería mejor que Stubb no hablara hoy con el maestro Benedict, así que cometí el segundo error de la noche: dudé en cumplir la orden.

Stubb me asestó un golpe.

Me dio un porrazo en un lado de la cabeza con el extremo de su bastón. Sentí una punzada de dolor cuando los colmillos de plata del pomo con forma de serpiente me mordieron el lóbulo derecho. Me caí encima de la vitrina y me llevé la mano a la oreja, gritando no sólo de dolor sino de sorpresa.

Stubb frotó el bastón en la manga de su jubón, como si el contacto conmigo lo hubiera contaminado.

—Te dije que fueras por él.

La expresión de Hugh se ensombreció.

—Ya le dije que Benedict está ocupado, y el muchacho no es suyo, así que guárdese las manos.

Stubb sólo se veía aburrido.

—Tampoco es suyo, Coggshall, así que guárdese sus palabras.

El maestro Benedict apareció por la puerta detrás del mostrador, limpiándose las manos con un trapo. Asimiló la escena con el ceño fruncido.

—¿Qué quiere, Nathaniel? —le dijo.

—¿No se enteró? Hubo otro asesinato —sonrió—. Pero tal vez usted ya lo sabía.

CAPÍTULO
3

Hugh cerró el libro que estaba leyendo sin quitar los dedos de las páginas. El maestro Benedict puso el trapo sobre el mostrador y lentamente le estiró las orillas.

—¿A quién? —preguntó.

Otro boticario, pensé, y el corazón se me aceleró. Sin embargo, ahora fue alguien más.

—Un profesor de Cambridge —Stubb le clavó cada palabra al maestro Benedict como si fuera una aguja—. Rentó una casa en Riverdale para el verano. Su nombre era Pembroke.

Los ojos de Hugh giraron hacia mi maestro.

—La chica de la lavandería lo encontró —explicó Stubb—. Con las tripas de fuera, igual que a los demás. Lo conocías, ¿no es así?

Stubb parecía un gato acorralando a un ratón. Pensé que se pondría a ronronear.

El maestro Benedict lo miró con calma.

—Christopher.

—¿Yo?

—Ve a limpiar la jaula de las palomas —me pidió.

Por supuesto. ¿Por qué querría quedarme? ¡Como si me *importara* algo que un hombre que conocía a mi maestro fuera asesinado! Pero un aprendiz no tenía derecho de réplica, así que me puse en marcha, refunfuñando.

La planta baja de nuestra casa tenía dos habitaciones destinadas al negocio de mi maestro: la botica al frente y nuestro taller atrás. Fue allí donde, hace años, comprendí lo que significa ser aprendiz.

Ese día no sabía qué esperar. En Cripplegate a los niños más grandes les gustaba tomarles el pelo a los más chicos contándoles historias de las crueldades que los maestros les infligían a sus aprendices. *Es como estar preso en el calabozo de la Torre: sólo te dejan dormir dos horas cada noche, y todo lo que te dan de comer es media rebanada de pan mohoso. Te golpean si tienes la osadía de mirarlos a los ojos.*

La primera vez que vi al maestro Benedict no me tranquilicé en lo más mínimo. Cuando me arrancó del grupo de chicos apretujados en el fondo del Gran Salón del Gremio de Boticarios, me pregunté si había llamado la atención del peor maestro de todos. Su cara no parecía antipática, pero era absurdamente *alto*. La manera en que se elevaba sobre mi estatura de once años me hizo sentir como frente a un abedul parlante.

Los relatos de los niños huérfanos se reproducían en mi mente y me provocaban un hueco en la barriga mientras seguía al maestro Benedict a mi nuevo hogar. *Mi nuevo hogar.* Toda la vida había deseado salir del orfanato. Ahora que mi deseo se estaba haciendo realidad, tenía más miedo que nunca.

Hacía un calor sofocante bajo el sol de mediodía, y los montones de estiércol que atascaban el desagüe despedían la mayor pestilencia que Londres hubiera olfateado en años. Apenas si presté atención, perdido como estaba en mis pensamientos. El maestro Benedict, al parecer inmerso en su propio mundo, apenas si prestaba atención a nada. A unos centímetros de sus pies cayó un chorro de casi dos litros de orina que alguien derramó de una bacinica desde la ventana de un segundo piso, y él ni se inmutó. Un coche, con las ruedas herradas traqueteando por el adoquín, casi lo atropelló, y los caballos pasaron tan cerca que alcancé a percibir su almizcle. El maestro Benedict sólo se detuvo un momento y siguió caminando hacia la botica como si estuviera dando un paseo por Clerkenwell Green. Quizá de verdad *era* un árbol. Nada parecía perturbarlo.

Yo no podía decir lo mismo. Mis tripas se retorcieron cuando el maestro abrió la puerta. Sobre la entrada, balanceándose en un par de cadenas de plata, colgaba un desgastado letrero de roble:

BLACKTHORN

Alivios para toda clase de humores malignos

Las letras rojo brillante estaban rodeadas de unas hojas de hiedra talladas, rellenas de un intenso color verde musgo. Debajo, pintado con anchas pinceladas doradas, había un cuerno de unicornio, el símbolo universal de los boticarios.

El maestro Benedict me hizo pasar y me escoltó al taller del fondo. Estiré el cuello para ver la tienda: los animales disecados, la vitrina, las repisas llenas de frascos bien ordenados. Sin embargo, lo que me hizo pararme en seco y abrir los ojos fue el taller. Cientos de frascos de boticario, llenos de hojas, polvos, líquidos y ungüentos, cubrían cada centímetro de las mesas de trabajo, apiñados en las repisas y metidos debajo de taburetes desvencijados. A su alrededor, innumerables herramientas y equipo: objetos de cristal moldeados, calentados con flamas de aceite; líquidos burbujeantes con olores extraños; cacerolas y calderos, grandes y chicos, de hierro, cobre y estaño. En la esquina, el horno arrojaba ondas de calor que escaldaban la piel desde su boca enorme, de tres metros y medio de ancho y poco más de un metro de alto. En sus tres rejillas se cocían decenas de experimentos, con brasas de carbón en un extremo y un fuego abrasador en el otro. Las suaves curvas negras del horno, con forma de cebolla aplanada, se elevaban hacia una chimenea, donde un tubo se curvaba y sacaba los gases por la pared de atrás para que se mezclara con el hedor a basura, desperdicios y estiércol que el viento traía de las calles de Londres.

Me quedé ahí de pie con la boca abierta hasta que el maestro Benedict me soltó en las manos una cacerola de hierro forjado.

—Pon el agua a hervir —me dijo, y señaló un taburete en el extremo de la mesa del centro, cerca de la puerta trasera, que daba a un pequeño huerto en el callejón detrás de la casa. Frente a mí había tres tazas de peltre vacías y un pequeño frasco de vidrio con cientos de semillitas negras con forma de riñón, cada una de la mitad del tamaño de una catarina.

—Esto es estramonio —dijo—. Examínalo y dime qué descubres.

Nervioso, saqué una semilla del frasco y la hice rodar entre los dedos. Tenía un olorcito a tomate podrido. La toqué con la punta de la lengua. No sabía mejor de lo que olía: amargo y aceitoso, con un dejo de especias. La boca se me secó casi al instante.

Le dije al maestro lo que había experimentado. Hizo un gesto de aprobación con la cabeza.

—Muy bien. Ahora toma tres semillas, machácalas y ponlas en la primera taza. Coloca seis en la segunda y diez en la tercera. Luego viérteles agua hirviendo y déjalas remojar.

Hice lo que me pedía. Mientras realizaba la infusión, me preguntó:

—¿Sabes lo que es el asma?

—Sí, maestro —respondí. Varios niños del orfanato la habían tenido. Un verano en que el aire se había impregnado de humo y pestilencia, dos niños habían muerto de asma el mismo día: sus propios pulmones los mataron de asfixia mientras los maestros los miraban impotentes, sin poder ayudarlos.

—El estramonio, en pequeñas dosis, sirve para tratar el asma —dijo el maestro. Me acercó la primera taza. Las tres semillas molidas se arremolinaban en el fondo del agua, que se iba oscureciendo. Olía rancio—. Ésta es la dosis indicada para un hombre de estatura normal.

Me acercó la segunda taza.

—Esta cantidad de estramonio provoca alucinaciones terribles, como vivir auténticas pesadillas. Cuando éstas se van, el cuerpo del paciente queda terriblemente adolorido durante varios días.

Finalmente, me dio la última taza.

—Esto te mata. Si lo bebes, en cinco minutos estarás muerto.

Me quedé mirando la taza. Había preparado *veneno*. Anonadado, levanté la vista hacia el maestro Benedict, que me miraba atentamente.

—Dime, ¿qué has aprendido? —me preguntó.

Me sacudí la sorpresa e intenté pensar. La respuesta obvia era las propiedades del estramonio y las fórmulas que podrían prepararse con las semillas, pero la manera como me miraba el maestro me dio la sensación de que esperaba algo más.

—Que soy yo el responsable —dije.

El maestro alzó las cejas.

—Sí —dijo, y sonaba complacido. Con un movimiento de la mano señaló las hierbas, aceites y minerales que nos rodeaban—. Estos componentes son los regalos que nos ha dado el Señor. Son las herramientas de nuestro oficio. Lo que nunca debes olvidar es que son *únicamente* eso: herramientas. Pueden curar o matar. La herramienta misma nunca decide: lo que decide son las manos y el corazón de quien la empuña. De todo lo que yo te enseñaré, Christopher, ninguna lección será más importante que ésta. ¿Entendiste?

Asentí con la cabeza, un poco sobrecogido y asustado, ante la confianza que había depositado en mí.

—Muy bien —dijo—. Salgamos a dar un paseo y te daré la última lección del día.

El maestro Benedict me puso en las manos una pesada mochila de cuero y se ató en la cintura la faja con todas las ampolletas de vidrio. Seguí viendo la faja fascinado mientras me llevaba por las calles, con la correa de la mochila clavada en el hombro.

Me llevó a una mansión en el extremo norte de la ciudad. Para un chico de Cripplegate, bien podría haber sido el palacio del rey. Un sirviente de librea nos dejó pasar al amplio recibidor y nos pidió que esperáramos. Intenté no mirar boquiabierto las riquezas que nos rodeaban: el suave damasco, con adornos dorados en los bordes, en las paredes; arriba, el candelabro, con su cristal tallado que reflejaba el sol que entraba por las ventanas de vidrio; en el techo, caballos pintados galopaban entre los árboles bajo un despejado cielo azul.

Finalmente una camarera de rostro redondo nos condujo al salón por la escalera curva de mármol. Ahí nos esperaba una mujer de mediana edad que vestía con un corpiño amarillo escotado sobre un vestido de lustrina color naranja y brocado de flores. La parte inferior del vestido se abría para revelar unas enaguas volantes verde esmeralda. La mujer permanecía recostada en un sofá de terciopelo púrpura, comiendo cerezas de un tazón de plata.

Escupió un hueso de cereza y su amplia frente se arrugó.

—Señor Blackthorn, usted es cruel. He sufrido lo indecible mientras lo esperaba.

El maestro Benedict realizó una ligera reverencia. Luego me hizo dar un brinco cuando le gritó, como si fuera dura de oído:

—Me disculpo por la demora, Lady Lucy. Permítame presentarle a Christopher.

Se hizo a un lado y Lady Lucy me evaluó con ojo crítico.

—Eres un poco joven para ser boticario, ¿no es así? —dijo.

—Oh, no, señora. No, perdón: sí, señora —tartamudeé—: soy el aprendiz.

Frunció el ceño.

—¿Un collar? Por el amor de Dios, ¿a qué te refieres, niño?

Volteé a ver al maestro Benedict, pero no había expresión en su rostro. Intenté de nuevo, pero ahora grité, tal como él había hecho:

—Soy *el aprendiz*.

—¿Y por qué no lo dijiste antes? Manos a la obra, pues. Mi espalda es una tortura del demonio.

La camarera empezó a desatar los cordones del corpiño de Lady Lucy. Estupefacto, miré hacia otro lado.

—No seas ridículo —dijo Lady Lucy. Me dio la espalda, sosteniendo la seda contra su pecho mientras su sirvienta abría el corpiño por la espalda. La piel a lo largo de su columna estaba roja e irritada. Debía sufrir una comezón insoportable.

Una vez más miré al maestro Benedict, sin saber qué hacer. Esta vez hizo una señal hacia la mochila. Miré qué había adentro y encontré un grueso frasco de cerámica, con un corcho tapando su boca ancha. Quité el tapón y retrocedí horrorizado. El frasco estaba lleno de una crema café oscuro con trocitos sólidos que recordaba el contenido del pañal de un bebé, y además olía igual.

—Unta una capa sobre la erupción —dijo quedo el maestro—. Lo bastante espesa para cubrirla, pero nada más.

Me estremecí mientras resbalaba los dedos en esa sustancia fangosa, rogando que no fuera lo que, a juzgar por el tacto, parecía. Luego unté un puñado en la espalda de Lady Lucy. Para mi sorpresa, no sólo no se quejó del olor, sino que visiblemente se encorvó aliviada mientras el menjurje se deslizaba en su piel.

—Mucho mejor —suspiró—. Gracias, señor Blackthorn.

—Volveremos mañana, *madame* —gritó, y la camarera nos acompañó a la puerta.

Coloqué el frasco de boticario en su lugar en la mochila, y al hacerlo vi un trapo de lana en el fondo. Cuando estábamos en la calle lo saqué para intentar quitarme de los dedos esa nauseabunda porquería.

—¿Y bien? ¿Ahora qué aprendiste? —preguntó el maestro.

—Siempre lleva algodón para cubrirte la nariz —respondí sin pensar.

De pronto me di cuenta de cómo había sonado eso. Me encogí en espera de que el maestro me golpeara por insolente, como habrían hecho los maestros de Cripplegate, pero en lugar de eso pestañeó, echó la cabeza hacia atrás y se puso a reír. Era un sonido cálido y generoso. Ésa fue la primera vez que recuerdo haber pensado que me iría bien.

—¡En efecto! —dijo el maestro—. Bueno, si piensas que eso estuvo feo, espera a ver lo que te enseñaré mañana —rio—. Ven, Christopher, vamos a casa.

Me enseñó más cosas al día siguiente, y todos los días desde entonces. Antes, cuando imaginaba cómo sería ser boticario, pensaba que terminaría trabajando en la tienda, pero el taller del fondo se volvió mi verdadero hogar. Allí el maestro Benedict me enseñó a mezclar un electuario de raíz de malvavisco y miel para aliviar la garganta; a moler la corteza de sauce blanco y hacer con ella una infusión para calmar el dolor; a combinar sesenta y cuatro componentes a lo largo de cuatro meses para preparar la triaca veneciana, un antídoto contra el veneno de víbora. Me enseñó también sus fórmulas secretas y las claves para descifrarlas. En esa habitación, haciendo milagros provenientes de la creación de Dios, encontré mi futuro.

Bueno, el de algunas ocasiones. Porque ahora todo lo que obtuve fueron unos granos, un cubo y una espátula para limpiar caca.

Mientras mi maestro y Stubb hablaban en la habitación de junto, tomé lo que necesitaba y me marché. La puerta enfrente del horno gigante llevaba a las habitaciones de arriba por unas escaleras empinadas tan viejas que el paso más ligero las hacía rechinar como burro asustado. En la segunda planta estaban la cocina, pequeña pero funcional, y la despensa, donde se guardaban la esporádica hogaza de pan o rueda de queso, algo de pescado ahumado y uno o dos barriles de cerveza. El resto de las habitaciones estaban atiborradas de suministros para el taller.

También una parte del tercer piso se usaba para almacenamiento, pero de la otra pasión del maestro Benedict: los libros. Lo único que se comparaba con la obsesión de mi maestro por descubrir nuevas fórmulas era su obsesión por descubrir nuevos libros. También eso me lo transmitió. Además de nuestras lecciones diarias, el maestro esperaba que estudiara por mi cuenta: no únicamente que recordara fórmulas o la reacción de las materias primas, sino que leyera grandes volúmenes de su colección de libros, que nunca paraba de crecer. De ellos aprendí filosofía, historia, teología, idiomas, ciencias naturales y cualquier otra cosa que hubiera encendido la imaginación de mi maestro en alguna de sus salidas semanales a ver a su amigo Isaac, el librero.

El último rellano de las escaleras daba un giro para llegar a las habitaciones privadas del maestro Benedict. Allí, más libros cubrían las paredes, y quedaba tan poco espacio en el pasillo que había que apretarse junto al barandal para llegar a la puerta. Enfrente de los aposentos de mi maestro, una escalera llevaba a una ventanilla en el techo. Descorrí el pestillo y salí al frío de la tarde.

La azotea de nuestra casa era plana. Me gustaba subir en las cálidas noches de verano; aquí el aire estaba más fresco y, en las alturas y lejos de los adoquines, se sentía mucho menos fétido que en la calle. Desafortunadamente, esa noche no me libré; los vientos soplaban del noreste y empujaban hacia acá el hedor a grasa hervida y orina proveniente de la tienda del fabricante de jabones cuatro calles más allá.

Aquí albergábamos a nuestras aves, en una gran jaula de madera y alambre en la esquina trasera de la azotea. Batían las alas ruidosamente cuando quitaba el gancho de su refugio. Algunas de las más audaces husmeaban entre las mangas de mi camisa cuando entraba, y perdían el interés cuando veían que cargaba un cubo vacío. Una paloma hembra, regordeta y moteada de blanco y negro, descendió desde su percha dando aletazos y me dio golpecitos en los pies.

—Hola, Bridget —dije.

Empezó a zurear. Puse la espátula en el suelo y la levanté. Estaba caliente, sus plumas se sentían suaves entre mis dedos.

—Me echaron —me quejé con ella—. Una vez más.

Bridget, compasiva, acurrucó la cabeza en mi pulgar. La acuné en mi codo y saqué del bolsillo un puñado de cebada; me quedé viéndola distraídamente mientras picoteaba los granos en mi palma. Yo seguía pensando en la conversación que me habían prohibido presenciar. Stubb siempre había sido una criatura rastrera, pero después de este nuevo asesinato, la manera en que observaba nuestra tienda hacía que se me retorcieran las tripas. Para nadie era un secreto que el negocio de mi maestro prosperaba, y tampoco que Stubb aborrecía la competencia. Yo sabía que años antes él había intentado comprar la botica. Cuando el maestro se negó a venderla, Stubb lo acusó de robar sus fórmulas. Nadie se lo tomó en serio, pero esta noche me hizo preguntarme: ¿qué tan lejos estaría dispuesto a llegar un hombre como Stubb para conseguir lo que desea?

¿Y por qué estaba aquí, lanzándole indirectas sobre los asesinatos al maestro Benedict? ¿Sabría algo de ellos? Habían muerto ya seis hombres, tres de ellos boticarios, y la última víctima era un conocido de mi maestro. *Más y más cerca*, pensé. Apretándose, como una soga.

Me estremecí, pero no de frío. Allá abajo se hablaba de cosas importantes, y sin embargo yo estaba aquí, confinado a la azotea. Bueno, el maestro Benedict podía echarme si así lo deseaba, pero si terminaba con mis obligaciones acá arriba, tendría que volver al taller.

—Y si por pura casualidad escuchara algo —le dije a Bridget—, eso no sería *mi* culpa, ¿verdad?

Interpreté el silencio de Bridget como un asentimiento y me puse a trabajar. El piso de la jaula estaba lleno de mugre blanca grisácea. Bridget, batiendo las alas de un hombro a otro, me picaba el pelo detrás de las orejas mientras yo raspaba del suelo la capa superior de excremento y lo arrojaba al cubo. Cuando terminé, levanté a Bridget y la puse sobre la paja del fondo, lejos de la corriente de aire, donde podía estar cómoda y calientita.

—Traeré el desayuno en la mañana —le dije.

Inclinó la cabeza hacia mí y, zureando, me dijo adiós.

No teníamos aves sólo por gusto. Los desechos de paloma eran valiosos. A veces vendíamos un poco a los horticultores —son especialmente buenos para cultivar espárragos—, pero con ellos hacíamos algo mucho más precioso que fertilizante.

Cuando volví al taller le quité el sello a un barril que estaba en la esquina. El hedor que despidió casi me hizo desmayarme. Entre arcadas, eché con el resto de porquería los desechos de paloma que había recogido en la jaula y para cubrir todo aquello me desabotoné la bragueta y oriné encima: eso era otro de los deberes del aprendiz. Después volví a sellar el barril. No volvería a abrirlo en otros tres meses, cuando tocara enjuagar la asquerosa mezcla y verterla en bandejas a asolearse, para que luego, ya seca, se convirtiera en los blancos y puntiagudos cristales de salitre.

Al terminar me acerqué sigiloso a la puerta y estreché la oreja en la madera, de algún modo suponiendo que la conversación ya había terminado. Sin embargo, el tema del que hablaban debía haber sido importantísimo, pues Stubb seguía aquí y prácticamente gritaba.

—¡El cambio se avecina, Benedict! —dijo—. Más te valdría estar del lado correcto esta vez.

—Yo no tomo partido, Nathaniel —dijo mi maestro—. Esas intrigas no me atañen.

—Entonces quizás el oro sí. Con los contactos y los apoyos adecuados podríamos ganar una fortuna.

—No se trata de dinero —dijo el maestro Benedict—. Yo no tengo nada que ver con eso, no soy el hombre indicado.

—Finge todo lo que quieras —dijo Stubb con un resoplido—. Ya te pondrás de un lado o del otro.

Hubo una pausa.

—¿Es una amenaza? —preguntó mi maestro.

La voz de Stubb sonó tan suave como el aceite cuando dijo:

—Claro que no, Benedict. Después de todo, ¿yo qué tengo que ver con estos asuntos sórdidos? Nada, absolutamente nada.

Oí las fuertes pisadas de Stubb, y luego el rechinido de la puerta al cerrarse. Durante unos momentos se hizo un silencio. Luego Hugh le habló a mi maestro tan quedo que tuve que aplastar la oreja contra la madera para oírlo.

—¿Ahora qué hacemos?

—Tener cuidado —respondió el maestro Benedict.

—¿Y si Pembroke habla?

—No lo hará.

—No todo mundo puede resistir la tortura —dijo Hugh.

—No, pero eso Nathaniel no lo sabría. Sólo está haciendo suposiciones.

—Unas suposiciones endemoniadamente acertadas.

—Stubb no es un problema —dijo el maestro—. Con quien hay que tener cuidado es con ese aprendiz.

Fruncí el ceño. ¿Qué aprendiz? ¿A qué se refería?

—Tres de los seis tenían razón, Benedict —dijo Hugh—. Ya no podemos hacer como si fuera una coincidencia. Si Stubb nos descubre, será cuestión de tiempo para que los demás lo hagan. Simón ya huyó de la ciudad.

—¿Adónde?

—A Francia, creo que a París. Ya no tendrá ningún contacto con nosotros.

Se hizo un silencio.

—¿Tú también quieres irte?

—Sabes que no —respondió Hugh—, pero no podemos guardárnoslo para siempre. En eso Stubb tenía razón. Tenemos que tomar una decisión, y pronto.

—Lo sé —suspiró mi maestro.

Cuando el maestro Benedict abrió la puerta del taller, yo fingí que recién había mezclado el barril.

—Me temo que hoy no podré cenar contigo —dijo—, tengo que salir.

Eso no era poco común. El maestro Benedict a menudo salía de casa por las tardes y no volvía hasta mucho después de que yo me hubiera marchado a dormir.

—Sí, maestro.

Percibió el temblor en mi voz.

—¿Qué pasa? —preguntó—. ¿Estás disgustado por lo de hace rato? Ven acá.

Me pasó el brazo por los hombros.

—Siento haberme enfadado contigo —dijo—, pero, por el amor de Dios, Christopher, a veces me haces preguntarme si Blackthorn seguirá de pie cuando llegue a casa. Tienes que pensar antes de actuar.

—Lo sé, maestro. Usted tenía razón. No estoy molesto por eso —dije, aunque seguía sin ganas de fregar el piso.

—¿Entonces qué pasa?

—¿Qué quería Stubb? —le pregunté.

—*El maestro* Stubb —me corrigió dulcemente— quería lo que siempre quiere: un atajo hacia el dinero.

—¿Entonces por qué hablaba de los asesinatos?

—Ah, eso es lo que te preocupa.

Ahora que finalmente lo había dicho en voz alta, el resto salió a toda prisa como la corriente del Támesis tras el deshielo de primavera.

—Una pandilla de asesinos andan sueltos y nadie puede detenerlos, y Tom piensa que son los católicos pero su madre cree que son los puritanos pero yo creo que es peor que cualquiera de ellos porque hasta el rey está asustado; ahora incluso conocía al último hombre que asesinaron y los boticarios *están siendo asesinados* —inhalé.

—¿Y?

—Bueno, *nosotros somos* boticarios.

—¿Ah, sí? —se veía sorprendido—. ¡Somos boticarios! Qué bien.

—Maestro…

El maestro Benedict rio cariñosamente.

—No te preocupes por los asesinatos, muchacho; tu imaginación va a provocarte un paro cardiaco. No hay una *pandilla de asesinos*, nadie está cazando boticarios, y Nathaniel Stubb es inofensivo.

Estuve a punto de gritar *¡Pero lo amenazó!*, y entonces entendí que decir eso revelaría que había estado escuchando a escondidas. Me quedé pensando qué decir y finalmente opté por:

—¿Entonces estamos a salvo?

—Tanto como los pantalones del rey —dijo—. Ahora tranquilízate. No estoy en peligro y tampoco tú, siempre y cuando no construyas más armas de fuego. No hay nada de qué preocuparse —el maestro Benedict me dio unas palmaditas en el hombro—. Lo prometo.

No estaba seguro de creerle, aunque quería hacerlo. Es decir, *alguien* estaba asesinando a esta pobre gente. Y sonaba a que Hugh sentía lo mismo que yo.

Tres de los seis tenían razón. Ya no podemos hacer como si fuera una coincidencia. ¿Qué significaba eso? Nada bueno, eso seguro. Fuera lo que fuera, estaba claro que no iban a decírmelo. Si quería averiguarlo, tendría que escuchar a escondidas un poco más.

De cualquier forma, esa noche no podía hacer nada al respecto. Tenía hambre, así que corté un pedazo de queso de la rueda que había en la despensa y me lo comí acompañado de un tarro de cerveza. Luego hice la tarea que el maestro me había dejado de castigo: escribí la fórmula de la pólvora en inglés y en latín hasta que se me acalambró la mano, luego fregué el suelo y los escalones, cada uno hasta llegar al techo. Cuando finalmente terminé, tres horas después del anochecer, puse la tranca en la puerta, cerré los postigos de las ventanas, pasé a gatas por debajo del mostrador de la botica hacia mi jergón y me quedé profundamente dormido.

Un ruido me despertó. Al principio pensé que venía de la calle. Luego volví a oírlo, del otro lado del mostrador. Un frasco de cerámica golpeó contra la repisa.

Había asegurado la tienda antes de irme a dormir. No había colocado la tranca de la puerta trasera al taller para que el maestro Benedict pudiera entrar a su regreso, pero sin duda estaba cerrada con llave, y sólo él y yo sabíamos cómo abrirla. Además, él siempre entraba a la casa por el taller y subía directo a sus habitaciones: nunca pasaba por la parte de enfrente.

Pero allí estaba otra vez ese ruido: una pisada, el suave crujido de la duela.

Había alguien allí.

CAPÍTULO

4

Metí la mano bajo la paja y busqué a tientas mi cuchillo. El corazón me martillaba las costillas. Un plan, necesitaba un plan.

Pensé en varios. Podía salir de un brinco y sorprenderlos, podía correr y pedir ayuda, o podía quedarme donde estaba y hacerme pipí en los pantalones.

Pensé muy seriamente en la opción tres, pero si se trataba de un ladrón, éste daría la vuelta al mostrador y me encontraría. Nuestros remedios más valiosos estaban aquí, en las repisas, a poco más de un metro de mi cabeza. Y si era un asesino... Apreté mi cuchillo como si fuera Excálibur. En realidad era una hoja de cinco centímetros con la empuñadura medio suelta y tan carente de brillo como una piedra de molino: hasta rebanar manzanas le costaba trabajo.

Me impulsé para quedar de rodillas y me asomé por encima del mostrador. Los carbones de la chimenea todavía no perdían todo el resplandor. No pude ver al intruso, pero la suave luz roja proyectaba su sombra en la pared.

Una sombra *enorme*.

Era un gigante. Increíble, imposiblemente alto.

Bueno, está bien. Pelear estaba fuera de toda consideración, y orinarme encima no era un plan, así que había que optar por el número dos: salir con disimulo a la parte delantera, quitar la tranca de la puerta, correr a la calle y ponerme a dar de gritos como una damisela.

En eso pensé en el maestro Benedict. ¿Y si ya había llegado a la casa? No podía dejarlo ahí.

El gigante se alejó de las repisas. Llevaba un frasco de cerámica, y no lo estaba haciendo muy bien que digamos. Luchó, gruñó y con un golpe sordo lo dejó sobre la mesa a un costado de la chimenea. Ahora que el intruso estaba más cerca del resplandor rojizo de los carbones, pude verlo mejor. No era para nada un gigante. Era un hombre alto, sí, pero de un tamaño que seguía siendo humano, y si bien la sombra lo hacía verse ancho, en realidad era bastante flacucho. De hecho, tenía exactamente la misma apariencia que...

—¿Maestro? —dije.

El maestro Benedict se apoyó en la mesa.

—Sí. Sigue durmiendo.

Ni de chiste: mi corazón retumbaba como los cañones de Su Majestad. ¿Qué hacía con ese frasco a esas horas de la noche?

—¿Está usted bien?

—Sí, Christopher, estoy bien. Sigue durmiendo.

Fui a la chimenea y usé los carbones para encender la mecha de la lámpara. Cuando la luz destelló, estuve a punto de tirarla.

El maestro Benedict se veía como si hubiera vuelto de la guerra. No llevaba puesta la peluca y podía verse su pelo gris corto, puntiagudo y sucio. Su ropa estaba cubierta de fango y del azul debajo de él ya sólo quedaba un vago recuerdo. Tenía el lado derecho del rostro manchado de algo negro, parecía hollín.

—¿Lo han atacado? —pregunté—. ¿Fue Stubb? —retrocedí—. ¿Fueron los asesinos?

—No —intentó apartarse, pero sus movimientos eran torpes y nerviosos.

—Déjeme ayudarlo —dije, tomándolo del brazo.

—Estoy bien —respondió.

—Por favor, maestro, déjeme llevarlo a su habitación.

Tras unos momentos asintió con la cabeza. Levanté su brazo derecho para que se recargara en mí y gritó de dolor. En ese momento vi que su abrigo estaba rasgado del hombro.

Lo llevé por la parte trasera y hacia arriba, con la lámpara alumbrando el camino. Su peso, descansando sobre mí, parecía aumentar en cada escalón. Cuando llegamos, empujé la puerta con la cadera y lo conduje adentro.

El dormitorio del maestro Benedict tenía un leve olor a incienso egipcio. Contra una pared, junto a la chimenea, había una cama angosta con sábanas lisas de algodón color café y una sola almohada. A su lado había una mesa sencilla con una pata corta, a la que debajo se le había puesto un trozo doblado de piel de cordero para estabilizarla. En la silla de madera de olmo, cerca del escritorio bajo la ventana abierta, había un orinal. El escritorio estaba cubierto de papeles y cenizas de incienso, que con la brisa nocturna se habían desperdigado en todas direcciones. El resto del espacio lo ocupaban columnas y columnas de libros, cada una con al menos doce volúmenes. *Isaac el librero debe estar nadando en oro*, pensé.

Me abrí camino entre los libros para llevar a mi maestro a la cama y lo acosté con todo el cuidado que pude. Lo miré por un momento, sin saber qué hacer.

Me dije a mí mismo: *El maestro Benedict te entrenó. Estás preparado para esto*. Con eso me tranquilicé.

Encendí la lámpara de la mesa con la mía, cerré los postigos de la ventana y removí los carbones que se estaban apagando en la chimenea para atizar el fuego y darle un poco de calor. Entonces lo examiné. Cuando estábamos abajo pensé que su abrigo estaba rasgado, pero ahora, con más luz, la lana deshilachada y carbonizada, y la piel ennegrecida debajo de ella revelaban la verdad: se había quemado. También mi corazón ardía... de odio hacia quien le hubiera hecho daño.

—Descanse un momento, maestro —dije.

Bajé corriendo al taller, mientras intentaba recordar todo lo que mi maestro me había enseñado sobre el tratamiento de quemaduras. Arrastré dos cubetas de agua hacia su habitación. Luego volví y busqué en las repisas los remedios que necesitaba. Uno de ellos, ungüento de plata en polvo, ya estaba afuera: era el que mi maestro había bajado mientras yo dormía. Cargué un frasco en cada brazo para guardar el equilibrio, llené de agua una ollita de estaño y hasta arriba puse una taza, y así subí las escaleras.

El maestro Benedict yacía recostado sobre la almohada y respiraba lentamente. Me miró poner la olla al fuego y alinear los frascos en la mesa a su lado. Empecé a quitarle el abrigo, pero se retrajo cuando le levanté los brazos, así que usé mi cuchillo para cortarlo por las costuras. De todas formas estaba estropeado y ya no servía más que como harapo.

Me sentí aliviado al ver que, aunque tenía ampollas en el hombro, no presentaba quemaduras graves. También le limpié el hollín del rostro. Con una cuchara saqué unas semillas de adormidera de un frasco y las puse en el agua hirviendo;

después de un minuto vertí el contenido en la taza. La adormidera era el mejor don de Dios para aliviar el dolor. La infusión también ayudaría a relajar al maestro.

La bebió a sorbos mientras yo trabajaba. Le apliqué el ungüento de plata en la quemadura para evitar que la piel se pudriera, y la envolví con una tela que le até bajo el brazo; luego quité lo que quedaba de su ropa sucia.

Se veía tan frágil... A mí nunca me había parecido viejo, pero esa noche le vi todos los años encima, pura piel y huesos maduros. Por fortuna, en cuanto a lo demás parecía ileso, salvo por las palmas de las manos, agrietadas y en carne viva. Las heridas no parecían quemaduras, así que unté en ellas abundante savia de sábila y las envolví igual que el hombro.

—Cuánto has aprendido —me dijo dulcemente.

Me ruboricé, avergonzado pero orgulloso.

—Gracias, maestro.

Empezó a hablar de nuevo, pero con la voz entrecortada. Sus ojos estaban húmedos y enrojecidos. Me dolió el corazón. Nunca antes lo había visto llorar.

—¿Hay algo más que pueda hacer? —pregunté.

Se me acercó y tocó mi mejilla con las puntas de los dedos.

—Eres un buen muchacho —dijo.

No se me ocurría qué decir. Simplemente incliné la cabeza y me apoyé en el calor de su mano.

Los párpados empezaron a caérsele. El té de adormidera estaba haciendo efecto. Lo ayudé a recostarse de nuevo y lo cubrí con las mantas.

—Duerma bien, maestro.

Extinguí la lámpara que estaba sobre la mesa, y cargando la otra caminé hacia la puerta. En eso me dijo:

—Espera.

Miró fijamente la llama de la lámpara, que titilaba, mientras rizos de humo bailaban en el vidrio.

—Mañana es el Día de la Manzana del Roble —dijo.

—Eh… sí. El cumpleaños del rey.

—Y el tuyo.

¡Lo recordó!

—¿Tom y tú fueron por sus ramitas de roble?

—Sí, hoy en la mañana.

Me estaba preguntando por qué me habría detenido para eso cuando dijo, con la voz casi en un susurro:

—¿Crees que te exijo demasiado?

No sabía bien a qué se refería.

—¿Maestro?

—Nunca nadie te dio la opción —dijo—. El orfanato te obligó a estudiar; el Gremio te aplicó la prueba; yo te traje aquí. Nunca nadie te dio la opción —me miró a los ojos—. Si yo te enviara fuera, a que tomaras un rumbo distinto, un lugar en el que estuvieras a salvo, donde no pudieran hacerte daño… ¿lo elegirías?

Su pregunta me dejó atónito. ¿Alguna vez maestro alguno había dejado que su aprendiz eligiera? Recordé su conversación secreta con Hugh. *Tenemos que tomar una decisión, y pronto.*

Cuando empezaron los asesinatos, cuatro meses antes, Tom y yo nos molestábamos inventando que los asesinos vendrían por nosotros. No pasó mucho tiempo antes de que dejáramos de bromear con eso, pues la realidad de lo que ocurría en nuestra ciudad comenzó a preocuparnos. Esa noche, solo en la oscuridad, había tenido más miedo que nunca. Seguía asustado. Una parte de mí quería irse a un lugar seguro, lejos de Stubb, sin asesinos, sin nada más que temer. Pero la idea siempre había contemplado un *nosotros*, marcharnos juntos. ¿Dejar atrás al maestro Benedict? No podría. No querría.

Lo dije con toda convicción, para que él también lo supiera:

—No, maestro. Estoy agradecido por la vida que me ha dado. Pase lo que pase, deseo quedarme con usted.

Guardó silencio. Esperé en la puerta, sin saber si quería que me fuera. Me dio la impresión de que él tampoco estaba seguro. Finalmente habló.

—Tengo algo para ti.

Señaló un paquete pequeño, envuelto en lino, hasta arriba de una pila de libros.

—¿Qué es? —pregunté.

—Un regalo.

Me quedé atónito. Los últimos dos Días de la Manzana del Roble, el maestro Benedict me había traído de cenar cerdo asado, mi plato favorito. Él había comido poco; sobre todo se divirtió viendo cómo yo me daba un atracón con la suave carne blanca y me chupaba los dedos llenos de grasa. Siempre había pensado que mataba el cerdo en honor a la festividad, pero esa vez me preguntaba si no lo habría traído especialmente para mí.

¡Pero ahora esto! Nunca antes había recibido un verdadero regalo.

—¿Puedo… puedo abrirlo?

—Supongo que ya es pasada la medianoche, así que mañana es oficialmente hoy —asintió—. Adelante, pues.

Jalé la tela. Cayó.

Se me cortó la respiración.

Era un cubo plateado bruñido, un poco más grande que la palma de mi mano. En la parte superior, grabado en el metal con finos surcos suaves, había una serie de círculos.

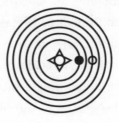

Con dedos temblorosos le di la vuelta. En cada una de las otras caras había un símbolo grabado, cinco en total:

♃ ♀ ♄ ⊕ ♂

—Es precioso —dije.

—¿Reconoces el metal?

Di un golpecito con la uña a uno de los lados. No era plata. Tampoco se sentía como estaño. Lo hice rebotar en mi mano. Pesaba un poco más que una ciruela.

—¿Antimonio?

—¡Bien! También conocido como…

—El dragón negro. Algunos dicen que tiene propiedades místicas, pero si se come provoca vómito.

—Excelente.

Apreté el cubo contra mi pecho.

—¡Muchísimas gracias!

—No te emociones demasiado —le brillaron los ojos—. Eso sólo es la mitad de tu regalo.

Me quedé con la boca abierta.

—¿Hay *más*?

—Tendrás el resto si puedes abrirlo.

Por unos momentos no supe a qué se refería, hasta que me di cuenta de que hablaba del cubo.

—¿Se abre?

Lo acerqué a la luz. Como a medio centímetro abajo de la parte superior, lo rodeaba una línea apenas perceptible. Intenté levantarla haciendo palanca, pero la tapa no se movió.

—¿Cómo la...?

Sonrió.

—Ya te dije. Tendrás el resto... *si* puedes abrirlo.

Agité el cubo. Algo repiqueteó adentro.

—¿Qué es?

—Si te digo se arruinaría la sorpresa, ¿no? Pero creo que necesitarás un poco de ayuda.

Ya estaba casi dormido y empezaba a arrastrar las palabras.

—Sólo te daré una pista: la llave está abajo, en algún lugar de la botica. Y eso —señaló el libro sobre el que antes estaba el cubo— te ayudará a encontrarla.

VIERNES 29 DE MAYO DE 1665

DÍA DE LA MANZANA DEL ROBLE

CAPÍTULO
5

Los aporreos en la puerta de la calle me hicieron brincar. Por un momento pensé que los atacantes de mi maestro habían venido a terminar el trabajo… aunque dudé que fueran de la gente que llama antes de entrar.

Me retorcí en la silla, con los dedos en las páginas del libro que me había dado mi maestro. Los postigos y las puertas seguían atrancados. Esperé.

Nuevos golpes. Después oí:

—Christopher, ¿estás ahí? Déjame entrar.

Abrí la puerta. Tom estaba ahí afuera, encorvado y con el abrigo puesto, intentando proteger de la lluvia un paquete envuelto en lana. Yo había estado tan absorto en mi lectura que perdí la noción del tiempo. El cielo estaba completamente cubierto de nubes de un gris oscuro, pero estaba seguro de que ya no era de noche.

Tom me hizo a un lado y pasó al calor de la botica.

—Por fin.

—¿Qué hora es? —pregunté.

—No lo sé. ¿Las ocho? ¿Las nueve, quizás? Hace siglos que pasó el canto de las seis —tiritó—. ¡Puf!, odio el frío —sacudió su abrigo y unas bolitas de hielo resbalaron por el suelo.

—¿Eso es granizo? ¡Si ya casi es junio! —dije.

—Es de mal agüero —Tom se acercó a la chimenea, donde ya sólo ardía un tronco solitario. Colocó en la mesa el paquete y acercó las manos a la flama para calentarlas—. Ayer hubo otro asesinato.

—Sí, lo sé —y le conté a Tom sobre la visita de Stubb y el regreso de mi maestro herido por la noche.

Sus ojos se abrieron como platos.

—¿Quién lo atacó?

—No quiso decirme —respondí—, pero no creo que hayan sido ladrones comunes y corrientes. Lo quemaron.

—Es posible que hayan sido los asesinos —dijo Tom—. Mi madre dice que son parte de una secta.

Lo miré con atención.

—¿Una *secta*? ¿De dónde sacó eso?

—De la señora Mullens. Su esposo es actuario y dice que él ha oído rumores de eso en el juzgado. Ella dice que quizá los asesinatos fueron sacrificios humanos —Tom se estremeció y cruzó los dedos—. Y ahora también hay noticias de que la peste ha llegado a los distritos del oeste. Te lo digo, este tiempo es de mal agüero. La ciudad se está poniendo mal.

Quizá Tom tenía razón. Que granizara poco antes de junio sí parecía algo de mal agüero, aunque yo habría querido que las advertencias de Dios fueran un poco más claras. Uno no creería que para el Todopoderoso fuera tan difícil escribir en las nubes DEJA DE ROBAR PAN DULCE o algo así.

—¿Qué hay ahí? —le pregunté a Tom dando toquecitos con el dedo al paquete que traía.

Sonrió, olvidándose de los malos vientos.

—Ábrelo.

Desdoblé la lana y al caer los pliegues quedé envuelto en un olor de manzana caliente y canela. Adentro había una tarta recién horneada, con la corteza ondulada y doradita. Todavía salía humo por los agujeros con forma de pétalos en el centro.

—Feliz cumpleaños —dijo Tom.

El día estaba mejorando a cada momento. Lo abracé. Creo que ensucié con un poco de baba su camisa. En eso me vino a la mente un pensamiento:

—¿Robaste esta tarta de la panadería de tu padre?

—Por supuesto que no —Tom se las arregló para mostrarse ofendido.

—¿De veras?

—Bueno… Puede que lo haya tomado prestado.

—¿Prestado? ¿Vamos a devolverlo?

Se quedó pensando.

—En un sentido.

—¿Y si tu padre se entera? Te azotará.

Tom se encogió de hombros.

—Total, si de todas formas lo hace, por lo menos que sea a cambio de una tarta.

—¡Tom!

Sonrió.

—Te estoy molestando. Mi madre me dejó prepararlo para ti. Ven, vamos a comer.

Engullimos esa delicia a puñados. Guardé una rebanada para mi maestro, quien disfrutaba tanto como yo de un buen bocado. Devoramos todo el resto. Creo que es lo mejor que había probado jamás, y no sólo porque Tom lo había hecho especialmente para mí. Él de verdad tenía un toque especial. Cuando Tom se hiciera cargo de la panadería familiar, eclipsaría incluso el recuerdo de su padre.

Mientras terminaba de lamerme los dedos pegajosos, Tom soltó un eructo monumental. Intenté expeler uno a la altura, pero fracasé rotundamente.

—Qué vergonzoso intento —me dijo. En eso vio el libro que había dejado abierto en la silla junto a la chimenea, y se acentuó su expresión reprobatoria—. Por los calcetines de Satán, ¿estabas *estudiando*? ¿El día de tu cumpleaños?

—No es por trabajo —dije—. Es parte del regalo que me dio el maestro Benedict —le mostré con orgullo el cubo de antimonio.

Tom estaba impresionado.

—¿Te regaló esto? Ha de valer una fortuna —lo agitó, atento al repiqueteo—. ¿Qué hay ahí adentro?

—Eso intentaba averiguar. Mira —volteé el cubo para que la parte superior quedara frente a nosotros.

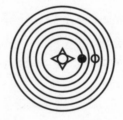

—¿Y qué es? —preguntó.

—Nuestro universo. El Sol, la Tierra y los otros cinco planetas. Cada uno de los círculos grandes representa una órbita.

—¡Ah! Ya veo, dan la vuelta —dijo pasando el dedo por la figura del centro—. ¿Por qué tiene estos picos la Tierra? ¿Son montañas?

—Ésa no es la Tierra, es el Sol —le expliqué.

—¿Y por qué el Sol está en el centro?

—Porque ahí es donde está el Sol.

—Ah, ¿sí? —frunció el ceño—. ¿Según quién?

—Este hombre —le pasé el libro.

Entrecerró los ojos para leer la cubierta.

—*Sys… System…* ¿Qué es eso?

—*Systema cosmicum* —dije—. Es latín. Sistema cósmico. Dice que el Sol está en el centro del universo y todos los planetas giran a su alrededor.

Tom lo hojeó con expresión escéptica, hasta que llegó a la portadilla.

—Por Galileo Galilei. Me suena católico —dijo con desaprobación.

—Sólo es lo que está en la figura, ¿de acuerdo? El Sol está en el centro y los seis planetas giran a su alrededor. Mercurio es el más cercano, luego Venus, luego la Tierra (¿ves?, este círculo en el tercer anillo somos nosotros), luego Marte, Júpiter y Saturno. Ahí están todos.

Giró el cubo.

—¿Entonces qué son estos otros símbolos?

—Son los planetas —saqué una hoja de pergamino que estaba metida en la contraportada del libro, escrita con tinta en la pulcra caligrafía del maestro Benedict.

Símbolos Planetarios

⊕ Tierra   ♃ Júpiter

♂ Marte   ♀ Venus

☿ Mercurio   ♄ Saturno

Tom pasó la mirada del pergamino al cubo.

♃ ♀ ♄ ⊕ ♂

—Pero aquí sólo hay cinco símbolos —dijo—. Están Júpiter, Venus, Saturno, la Tierra… Marte. Falta Mercurio.

—Así es —dije—. Ahora mira otra vez la parte superior. El primer círculo, el más cercano al Sol: el punto negro, donde supuestamente debe estar Mercurio.

Lo escudriñó.

—¡Oh! ¡Es un agujero!

—Creo que ahí debe entrar la llave, y la clave está en el símbolo que falta —señalé hacia la repisa detrás de nosotros. Ahí había un frasco de cerámica más pequeño que los demás.

—¿Puedes bajar ese frasco? —le pedí.

Tom amablemente se levantó y tomó el frasco con una sola mano. Se veía sorprendido.

—Pesa mucho.

Tomé una taza vacía de la repisa detrás del mostrador y le quité el tapón al frasco.

—Esto es azogue—le dije.

Volqué el frasco sobre la taza, vaciándolo con cuidado. Salió un líquido plateado brillante.

Tom estaba atónito.

—¿Cómo derretiste eso?

—Ya está líquido. No está caliente —metí el dedo en él—. Mira, puedes tocarlo.

Tom estiró un dedo con cautela, apenas rozó la superficie y se alejó. Unas ondas se agitaron y casi enseguida se detuvieron. Lo intentó de nuevo, ahora metiendo el dedo un poco más hondo.

—Qué curioso. Casi no se siente nada. Es casi como si ni siquiera estuviera ahí. ¿Para qué sirve?

—Para tratar enfermedades. Unas horribles que se contagian en el... ya sabes. Pero nosotros lo queremos para... ¡la llave!

Volqué el frasco.

No pasó nada.

—¿Ahora debo aplaudir? —dijo Tom.

Con el ceño fruncido miré dentro del frasco.

—Aquí no hay nada.

—¿Qué te hizo pensar que lo habría?

—Porque se supone que el mercurio es la llave —sacudí la taza, para ver si algo se había salido junto con el líquido—. Ése es el otro nombre del azogue, mercurio. Y ese agujero es donde debería estar el planeta Mercurio.

—Muy listo —dijo Tom mirando el cubo—, pero no veo cómo vas a meter una llave por aquí. El hueco es muy pequeño, y redondo. Las llaves redondas no existen.

Tenía razón. Una llave redonda no tenía mucho sentido, no tendría un solo diente. Pero el maestro Benedict me juró que había una llave y que estaba en esta habitación.

En eso se me ocurrió.

—¡Tom, eres un genio!

—¿Ah, sí?

Señalé el agujero.

—¿Cómo meterías ahí una llave? —le pregunté.

—Ya te dije que no se puede. Está muy estrecho. Necesitarías algo que pudiera meterse por ahí... —los ojos se le abrieron como platos mientras yo giraba la taza y agitaba el líquido.

—¿Una llave *líquida*? ¿Eso es posible?

—Vamos a averiguarlo.

Sostuvo el cubo y yo incliné la taza con cuidado. Tres gotas de metal líquido salpicaron la superficie y recorrieron los círculos grabados como bolitas de plata. Se escurrieron hacia el agujero y cayeron por ahí. Otra vez no pasó nada.

—A lo mejor necesitas más —dijo Tom.

Vertí de nuevo un poco, y luego una tercera vez.

Clic.

Con un simple crac, se abrió la unión alrededor de la parte superior.

Levanté la tapa despacio. Miré hacia dentro.

Se me cortó la respiración.

CAPÍTULO
6

Tom se agachó.

—¿Qué es? ¿Qué es?

La saqué y la puse en el mostrador.

Era una moneda brillante de plata. Plata de verdad.

A Tom los ojos se le salían de las órbitas.

—Un *chelín*. ¡Tienes un *chelín*!

Un chelín. Doce peniques completitos. Yo era *rico*.

La moneda era nueva. Tenía estampado en el centro un perfil del rey y a su alrededor la inscripción CAROLVS II DEI GRATIA: Carlos II, por la gracia de Dios. El Día de la Manzana del Roble, el día de su coronación, su cumpleaños. Y el mío también.

Me sentía radiante.

Tom tomó el chelín, maravillado. Me asomé una vez más al cubo del acertijo.

—Mira esto —dije.

El interior del cubo también era de antimonio, excepto por la cara opuesta a la bisagra. Ésta era de vidrio, y permitía ver el mecanismo de la cerradura. Desde arriba, un canal conducía el mercurio a un pozo en la parte frontal, donde había una palanca. Cuando se vertía suficiente, el peso empujaba hacia abajo el mecanismo que liberaba el seguro.

—¡Genial! —dijo Tom.

Lo era, incluso más de lo que parecía. Al maestro Benedict le encantaba esconder cosas adentro de otras cosas. Códigos dentro de códigos, acertijos sobre cerraduras. También aquí: adentro de mi regalo de cumpleaños, un segundo obsequio. Y debajo de todo, una lección sobre los símbolos.

No, pensé, *no sólo una lección.*

La noche anterior, antes de que me diera mi regalo, el maestro Benedict había titubeado. Me preguntó si quería quedarme con él, a pesar del peligro que pudiera acecharlo. Incluso cuando le dije que sí, dudó. Había preparado este regalo para mí, y sin embargo no había decidido dármelo, hasta ese último momento.

El cubo, el libro, sus palabras, este acertijo… Era más que una lección. Era una *prueba*.

Pero ¿de qué?

Pasé la punta de un dedo por las ranuras del cubo. Tom dijo que la cosa valía una fortuna. Eso no me importaba. Cualquiera que hubiera sido el motivo por el que el maestro Benedict me lo había dado, como regalo significaba mucho más. Antes moriría de hambre en la calle que venderlo.

—Quédate aquí —dije.

Subí a la habitación de mi maestro. Seguía dormido; su pecho subía y bajaba suavemente. No lo desperté. Dejé en la mesa junto a su cama la rebanada de tarta de manzana que le guardé. De vuelta en la tienda, coloqué el cubo abierto en el mostrador junto al libro del maestro Galileo, donde con toda seguridad el maestro Benedict lo vería.

Tom seguía acariciando el chelín.

—¿Qué vas a hacer con esto?

—No lo sé —respondí—. Quizá vea si puedo encontrar a un mejor amigo que me ayude a gastarlo.

—Yo soy un mejor amigo.

—Ah, entonces, ¿qué crees que debo hacer con él?

—¿Comprar helado de crema? —dijo expectante.

—¿Hoy? Hace mucho frío allá afuera.

—Me encanta el frío.

—Acabas de decir que odias el frío.

—Nunca dije eso —Tom parecía indignado.

—Está bien —dije, y su rostro se iluminó tanto como el fuego—, pero tenemos que ahorrar un penique.

—¿Para qué? —preguntó.

—¿Para qué va a ser? —sonreí—. Para huevos.

Podrá ser mucho dinero, pero en un día festivo un chelín no rinde tanto como uno pensaría. A mediodía ya había dejado de llover. Las calles adoquinadas seguían siendo un desastre y la lluvia no ayudó en nada a destapar los atascos en las canaletas, así que las calles olían tan horrible como siempre, pero las nubes se dispersaron y el calor del sol se reflejó en el rostro de la ciudad. Por todas partes había alegres estandartes de colores vistosos, estampados con el escudo de armas del rey, colgados entre un balcón y otro. Las multitudes se apretaban y llenaban las calles para ver las atracciones, los jardines, los espectáculos de malabaristas, acróbatas y músicos. Incluso había hasta un caballo bailarín. Aunque oficialmente era un día de descanso, allí estaban los vendedores callejeros, gritando como cuervos, aprovechándose de la buena voluntad del día festivo para cobrar precios ridículos por cosas que la gente de otro modo no se daría el gusto de comprar.

Yo nunca en la vida había comprado nada, nunca había tenido dinero. Las pocas libras que heredé de bebé las habían guardado los maestros del orfanato para cubrir mis derechos de admisión para convertirme en aprendiz, y a los aprendices no se les paga. En cuanto a Tom, su familia vendía mucho, pero él nunca tenía dinero para gastar, pues su padre apretaba los cordeles de su monedero más fuerte que la soga de un ahorcado.

Entonces el chelín se terminó. Gasté los primeros cuatro peniques en dos helados de naranja, tal como prometí. El dulcero incluso dejó que nosotros los hiciéramos: Tom frenéticamente le daba vueltas a la manivela que batía la crema, la leche y el azúcar con el agua de naranja en un balde metido en hielo con sal. Sabía tan rico que compré un tercer helado para compartir con Tom, esta vez bañado con miel y limón. Después de eso gastamos un penique cada uno en confites de nuez y un puñado de chicle importado desde el Nuevo Mundo, y luego dos peniques más por un almuerzo de cordero humeante con papas a las especias y chícharos cubiertos de mantequilla de cebollín. Eso nos dejó con dos: uno para media docena de apestosos huevos podridos, y otro listo para salir volando fuera de mi bolsillo.

Los huevos, por supuesto, no eran para comer. El Día de la Manzana del Roble todo mundo se abrocha una ramita de roble para honrar el retorno de nuestro rey, Carlos II, el Alegre Monarca, a quien Dios le perdonó la vida cuando se escondió de los puritanos traidores en lo alto de las ramas de un roble. Después de una década de exilio y opresión, nuestro rey recuperó su legítimo lugar en 1660, tras la muerte del tirano Oliver Cromwell y la caída del gobierno de la ciudad, que estaba en manos de los crueles puritanos, enemigos de la alegría y el placer. Ahora a Londres se le permitía tener, nuevamente, festivales y diversión.

Este día sólo se quedarían en su casa los más aburridos de los hombres o los puritanos, supongo, a quienes les podría resultar perturbador ver a niños bailando alrededor de los mayos, con la niña del frente agitando un bastón de roble con una calavera de puritano decolorada traqueteando en el extremo superior. En cuanto a todos los demás, más les vale mostrar el roble en la solapa si no quieren que les lancen fruta —una elección popular— o lodo —muy fácil de conseguir—. Sin embargo, a mí siempre me ha parecido que los huevos podridos son toda una declaración.

El problema era que en los cinco años desde que nuestro rey había vuelto con nosotros, todo mundo había aprendido la lección y nadie se atrevía a caminar por la calle sin el adorno. Más temprano estuvimos a punto de correr con suerte, cuando una manzana del roble se le cayó a un caballero del sobretodo, pero para cuando llegamos allí él había conseguido sacarla del lodo después de haber sido presentado a cuatro jitomates y una cebolla.

En las últimas horas de la tarde empecé a impacientarme.

—Es terrible —me quejé—, ¿qué voy a hacer con media docena de huevos podridos?

—Usarlos en alguno de tus remedios —dijo Tom.

Estaba por responderle cuando me paré en seco.

—¿Qué pasa? —preguntó Tom.

Nathaniel Stubb es lo que pasaba. Lo vi del otro lado de Lombard Street. Iba abriéndose camino entre la gente, intentando golpear a los niños que se acercaban demasiado a su bastón de plata.

Se me calentó la sangre. El maestro Benedict había dicho que no fue Stubb quien lo atacó, pero yo no estaba seguro de creerle y, francamente, no me importaba. Yo quería venganza, y la tendría. Me vengaría con ese hombre que caminaba en la otra acera.

En eso le vi el cuello de la camisa.

No podía creer mi buena suerte. Otro regalo de cumpleaños, éste del mismísimo Dios.

Tomé a mi amigo del brazo.

—No lleva puesto el roble —dije.

—Sí lo lleva —dijo Tom señalando.

Me desinflé. Era cierto: una manzana del roble ridículamente pequeña, de veras ridícula, colgaba del abrigo de Stubb. Se había desprendido de su alfiler y ahora colgaba suelta de la solapa.

¿Suelta?

Tom conocía esa mirada.

—No, no, no —me dijo.

—Sí, sí, sí —le respondí.

—Eso no es jugar limpio.

—Sólo Dios puede juzgarme —recité—. Ahora ve y arrójale un huevo.

—¿Yo? —se veía aterrorizado—. De ninguna manera.

—Yo no puedo hacerlo, sabe quién soy —de hecho era probable que ya se hubiera olvidado de mí, pero aun así...

—Si te conoce a ti —dijo Tom—, puede ser que me conozca a mí, así que olvídalo.

—Por favor —le dije—, ¡por favooooooooor! ¡Se está yendo!

Pero Tom se cruzó de brazos y no había quien lo moviera.

En eso tuve una idea, una *gran* idea.

Salí corriendo y, a su pesar, Tom me siguió. En la esquina, tres niños pobres, como de nueve o diez años, estaban jugando justas: echaban carreras a toda velocidad y se abalanzaban los unos contra los otros con ramas de arce todas torcidas. Una niña como de doce años estaba sentada en los escalones de un puesto de pescado cerca de ahí, por lo visto ajena al olor. Mientras miraba la acción jugueteaba con un cairel de su pelo rojizo y acariciaba a un gato gris que ronroneaba en su regazo.

—Hola —dije.

Los niños dejaron de jugar y nos miraron con recelo: a mí por los huevos y a Tom sólo porque era más alto que todos los demás. Uno de los niños, delgado y nervudo, se cuadró frente a nosotros con una curiosa combinación de audacia y miedo.

—¿Qué quieren?

Señalé a Stubb, del otro lado de la calle.

—Tírenle el prendedor, y le daré a cada uno un huevo podrido.

Dicho sea en su favor, el niño lo consideró durante un momento. Desafortunadamente, el bastón de plata ganó la batalla.

—Naaa, va a golpearme.

—No si lo haces rápido —dije, pero negó con la cabeza.

Me di la media vuelta, sumamente frustrado.

—Te conozco —dijo una voz aguda.

Volteé. Era la niña sentada en los escalones.

—Estabas en Cripplegate—dijo.

Me sorprendió. Pocos de los huérfanos de Cripplegate eran niñas, y a ellas las alojaban por separado. Las veíamos sobre todo en las comidas, cuando a los muchachos más grandes les tocaba ayudar a los maestros y atender a los más pequeños. A mí me asignaron a la cocina y tenía el deber de preparar caldos bajo la supervisión del jefe de cocineros, Sedley, quien, cuando las personas a su cargo cometían un error, gustaba de golpearlos en la frente con una larga cuchara de madera. Yo recibí tantos golpes en la cabeza con la cuchara que llegué a adquirir una gran habilidad para sazonar la sopa.

De hecho, fueron mis caldos los que marcaron el primer paso para hacerme aprendiz de boticario. De vez en cuando, hombres de alta posición social venían a visitar la escuela. Un domingo, cuando yo tenía nueve años, vinieron a cenar a Cripplegate tres miembros del Consejo del Gremio de Boticarios. Estaba sirviendo la sopa cuando uno de ellos, Oswyn Colthurst, me llamó.

Yo sentía una gran admiración por los boticarios. Por lo poco que sabía de ellos, parecían ser poseedores de talentos casi mágicos, y si bien nuestro director, el reverendo Talbot, siempre trataba a sus invitados con deferencia, por la manera como adulaba al Consejo del Gremio me di cuenta de que estos hombres eran increíblemente poderosos.

Aunque Oswyn era el miembro de menor categoría del Consejo, para mí resultaba el más fascinante de los tres. Se había rapado la cabeza por completo y, a diferencia de lo que dictaba la moda, no usaba peluca. Me miró con ojos inteligentes y dijo:

—Me dicen que es a ti a quien debo agradecerle esta comida deliciosa.

Intenté no mirar demasiado hacia su cuero cabelludo.

—Sólo el caldo, maestro Colthurst —tartamudeé.

—El caldo es la mejor parte. Tienes un verdadero talento para las hierbas.

Quizá sólo estaba siendo amable con un niño huérfano. Un hombre importante como él debía haber comido en lugares mucho mejores que el salón comedor de Cripplegate, pero de todas maneras me regocijé con sus alabanzas.

—Gracias, maestro.

El reverendo Talbot se inclinó hacia él y le dijo:

—Todavía queda una pequeña suma de la herencia de Christopher. Planeamos usar ese dinero para que sea aprendiz de cocinero.

—Si tiene los fondos —dijo Oswyn—, ¿por qué no mejor enviarlo a nuestro Gremio?

El reverendo Talbot parecía tan sorprendido como yo. Oswyn se veía divertido.

—¿Cree usted que sólo los hombres de alta posición social pueden convertirse en boticarios? —dijo—. Por el contrario, todo lo que se requiere es una mente disciplinada, apreciación de la naturaleza y un vivo deseo de aprender. Niños como Christopher —me señaló con la cuchara—, de hecho, son precisamente lo que más necesita nuestro Gremio: ingleses, simple y llanamente, que crecieron sabiendo lo que es el trabajo duro. Piénselo, reverendo —dijo, y regresó a su plato.

Con ese comentario, dicho al vuelo, se marcó mi camino. Al día siguiente, la intensidad de mis estudios —y, para mi consternación, de las palizas que me daban si respondía mal— se duplicó. El reverendo Talbot no iba a tolerar la vergüenza que pasaría su escuela si yo reprobaba el examen de ingreso al Gremio de Boticarios.

Estudié el rostro de la niña sentada en los escalones. Yo me había marchado del orfanato tres años antes, así que en ese entonces ella debía haber tenido alrededor de nueve. Tenía unos grandes ojos verdes, la nariz un poco respingada con el puente espolvoreado de pecas.

¡Sí la recordaba! Había llegado a Cripplegate unos años antes de que yo me fuera, cuando sus padres murieron en un buque mercante que viajaba a Francia. Yo ayudé a las enfermeras a cuidarla el último invierno que estuve allí: le di de comer caldo de pollo las tres semanas que estuvo gravemente enferma de disentería. Se llamaba... ¿Susanna? ¿Sarah?

—Sally —finalmente recordé.

Se sonrojó, contenta de que la hubiera recordado.

—¿Qué pasó contigo? —me preguntó.

—Soy aprendiz del maestro boticario Benedict Blackthorn —dije con orgullo.

Ella asintió con la cabeza, como en señal de satisfacción.

—¿Cuánto tiempo te falta? —le pregunté.

—Quizás un par de meses. He estado buscando trabajo, pero... —se encogió de hombros.

Sabía a qué se refería. Los maestros hacían todo lo posible por colocar a los chicos antes de que cumplieran trece años, pero no todos terminaban como aprendices o en un trabajo. Si llegabas a esa edad sin tener adónde ir... la vida en las calles no podía hacerte ningún bien, sobre todo si eras una niña. Recuerdo lo poco que tenía en Cripplegate: nada, en realidad, más que una pequeña esperanza de algo mejor. Sally apenas si tenía eso.

Metí la mano en mi bolsillo, saqué mi último penique y se lo ofrecí.

—Toma.

Los ojos se le abrieron como platos. Los tres niños se me quedaron viendo tan fijamente como ella. Uno incluso dio un paso adelante, pero Sally bajó de los escalones antes que él e hizo que el gato en su regazo diera un salto y saliera como flecha, tirando una canasta de mimbre en su huida.

Sally tomó la moneda con la mano apretada y se quedó viendo sus nudillos, como si temiera que la plata pudiera escaparse entre sus dedos. Me di la vuelta listo para marcharme.

—Espera.

Sally hizo un gesto con la cabeza hacia Stubb, que estaba en el callejón, esperando impaciente a que terminara de pasar un desfile de borregos pintados de brillantes colores.

—¿Qué hizo?

—Amenazó a mi maestro —le expliqué.

—Dame un huevo —dijo extendiendo la mano.

Eché un vistazo al bastón de plata de Stubb. Ya sabía cómo se sentían sus golpes.

—No tienes que hacerlo.

—Quiero hacerlo.

Le di uno de los huevos. Lo hizo rodar entre sus dedos.

—Hacías una rica sopa —dijo muy quedo y sin mirarme a los ojos. Luego se abrió paso por la calle.

Los tres niños pidieron a gritos un huevo para cada uno. Todos avanzamos lentamente, ocultos tras un carruaje estacionado a un lado del camino. Tom, que estaba más atrás, tenía expresión de reproche y rezongaba que si las reglas y no sé qué.

Si no hubiera estado vigilando, no habría visto a Sally hacerlo. Se abalanzó hasta quedar al alcance del bastón de Stubb y, como quien no quiere la cosa, sacudió la manzana del roble, que cayó revoloteando y aterrizó en el adoquín. Un segundo después, gritó:

—¡No lleva puesto el roble!

Durante unos momentos, Stubb no parecía entender lo que estaba pasando. Luego se dio cuenta de que todo mundo lo miraba. Llevó las manos a su solapa, pero lo único que sus dedos encontraron fue el extremo puntiagudo de un alfiler vacío. Desesperadamente bajó la vista al suelo.

Yo fui el primero en arrojar un huevo, que se estrelló contra su hombro y manchó con un emplasto amarillo su oreja. Retrocedió como si le hubieran disparado con un mosquete.

El huevo de Sally le dio en el cuello y se le embarró en todos los pliegues de la gorguera. Luego vinieron los de los tres niños. Uno falló por completo y golpeó a un borrego, que de por sí ya estaba irritado. Los otros impactaron de lleno contra Stubb en brazo y cadera.

En eso se unió el resto de la multitud, que le arrojó todo lo que tenía a la mano. El más sorprendente fue Tom. Él se había escabullido tan atrás que yo ni siquiera estaba seguro de que su huevo alcanzara a llegar, pero pasó entre las manos levantadas de Stubb, que intentaba darse a la fuga, y se le estrelló en la coronilla.

Me puse a reír como loco. Hasta Tom se veía contento. Lancé hurras de alegría mientras huíamos:

—¡Larga vida al rey!

* * *

Nos abrimos paso entre la multitud, corriendo, para alejarnos del caos. Nos habíamos divertido mucho, pero si la justicia entraba en acción, la verdad es que no quería que me atraparan. Podía ser el Día de la Manzana del Roble, pero Stubb era maestro del Gremio y yo sólo un aprendiz. Si llegaba a ser un asunto de palabras, yo no iba a estar del lado ganador. De todas formas, había algo especialmente satisfactorio en el hecho de que los huevos que se le embadurnaron hubieran venido de un chelín obtenido por el trabajo de mi maestro.

—Hoy ha sido el mejor día de mi vida —dije.

Tom buscó entre la gente alguna posible señal de persecución.

—¿Y ahora qué? —preguntó.

—No sé —me recargué en los postigos de una tienda de vidrio soplado y jadeé, intentando recobrar el aliento—. Ya nos quedamos sin dinero. Quizás haya prácticas de boxeo en el parque… O podríamos ir a la Torre a ver otra vez el zoológico del rey. No, espera.

Me di cuenta de que en nuestra huida nos habíamos salido de los límites de nuestro distrito y estábamos cerca de la casa de Hugh.

—Él se fue anoche con el maestro Benedict —le dije a Tom—. Tal vez el maestro Hugh sepa quién lo atacó.

—¡Traidores! —gritó una voz cansada detrás de nosotros.

Me giré rápidamente, aterrado de que Stubb nos hubiera encontrado. Sin embargo, en lugar del boticario que caminaba como pato, vi a un loco con el rostro arrugado y curtido, sin peluca y con el pelo alborotado. Su ropa, hecha jirones, apenas cubría sus miembros llenos de costras.

Me miró directamente con sus ojos saltones y repitió:

—¡Traidores!

El hombre se lanzó hacia adelante y me sujetó de los brazos. De entre sus dientes ennegrecidos salía un hedor a carne podrida.

—¡Hay traidores entre nosotros!

Sentí las miradas de la muchedumbre sobre mí. Intenté zafarme, pero me tenía agarrado muy fuertemente.

—¡Suélteme! —le grité.

—¿Los conoces? ¿Lo ves? —el hombre me zarandeó—. La Secta del Arcángel sale de cacería. ¿Quién es su presa?

Tom intentó meterse entre nosotros, pero ni siquiera sus manos fuertes sobre el abrigo manchado de mi captor lograron arrancarlo de mí. El loco se apoyó con más fuerza. Temí que la fetidez me hiciera vomitar.

—No son quienes tú crees —murmuró, al tiempo que miraba con disimulo hacia la multitud curiosa—. Ésos no son sus rostros.

Tom finalmente consiguió empujar al hombre lejos de mí. Cayó sobre los adoquines cuan largo era. El lodo le añadió más suciedad a sus pantalones mugrosos y raídos.

—Protégete —me dijo el hombre en tono de súplica—. El cambio se avecina. La cólera de Dios nos hará arder a todos. ¡Miren! ¡Su general a caballo!

Señaló detrás de nosotros, pero Tom había tenido suficiente. Para protegerme, me jaló hacia el refugio de la multitud, que había empezado a mofarse del loco tirado en el suelo.

—Gracias —le dije. Me froté los brazos, seguían doliéndome donde el hombre me había prensado.

Tom miró por encima del hombro para saber si el hombre iba a regresar.

—¿Estás bien?

Para ser franco, estaba nervioso.

—¿A qué venía todo eso?

—¿De qué hablas? El hombre está loco.

—¿No oíste lo que dijo?

La Secta del Arcángel. Aunque la temperatura había subido un poco, tirité. Pensé en la visita de Stubb a la botica la noche anterior y en el hombro quemado de mi maestro.

El cambio se avecina. El boticario había dicho exactamente lo mismo.

—¿Y qué? Me sorprende que no nos haya advertido que la Luna es de queso —dijo Tom en tono burlón.

Sonó un murmullo entre la gente a nuestro alrededor. Al principio pensé que se debía al loco, pero al parecer venía de la dirección opuesta. Tom estiró el cuello y miró. De pronto me tomó del codo.

—¡Mira!

Subí a un cajón que estaba por ahí y descubrí lo que Tom estaba viendo. Eran dos soldados con armadura de cuero acolchado, sables de un lado, pistolas de chispa del otro. Sus tabardos beige llevaban estampado en el centro del pecho el escudo de armas del rey. Aunque la gente estaba muy apretujada, ellos se abrieron paso bruscamente e hicieron un espacio para el hombre que venía detrás de ellos.

Su ropa era elegante, a todas luces el trabajo de un sastre maestro; sin embargo, en él, el satén ajustado parecía fuera de lugar, como si alguien hubiera intentado vestir a una pantera. Como los guardias del rey que venían delante de él, llevaba su propio par de armas, una espada que había servido en varias batallas y una pistola con empuñadura de nácar. Con todo, fueron los oscuros pozos negros de sus ojos los que hicieron que la multitud guardara un silencio solemne a su paso. Su mejilla izquierda estaba repleta de cicatrices, un retorcido sendero de carne de la nariz al cuello.

—¡Es él! —susurró Tom—. Él es Lord Ashcombe. ¡Ven! —me jaló del brazo.

Fuimos tras él, con el grandote de Tom abriéndonos camino entre la multitud. Los soldados condujeron a Lord Ashcombe a un callejón que serpenteaba detrás de una serie de casas enormes y desembocaba en un largo espacio abierto. La mayor parte de este claro estaba obstruida por una alta cerca de hierro forjado ornamentada. Detrás de ella había un jardín privado.

Cinco hombres esperaban en el camino de piedra junto a un arriate levantado, bajo las ramas caídas de un sauce, frente a la gran estatua de un ángel. Uno de los hombres llevaba una pala; otro caminaba de arriba abajo; otro más llevaba la correa de un perro de caza que tenía las patas y el hocico cubiertos de lodo. El perro ladraba como loco en dirección a la tierra. Parecía que había descubierto algo.

Cuando Lord Ashcombe llegó al portón, un hombre que portaba la banda de la guardia del distrito se cuadró frente a él para saludarlo.

—Ábralo —dijo Lord Ashcombe con voz crispante, como si fuera el susurro de un demonio.

El guardia giró la llave en el candado que mantenía cerrado el portón. Lord Ashcombe entró. El guardia cerró el portón tras él, mientras la muchedumbre que los seguía se apiñaba contra la cerca. Pasé hasta el frente apretujándome y me sujeté de una reja. Tom consiguió llegar detrás de mí y me tomó de los hombros para afianzarse contra los empellones de la multitud.

Lord Ashcombe se acercó adonde esperaban los demás. Tras la lluvia de la mañana, el arriate se había convertido en un amasijo de lodo. El hombre con la pala terminó lo que el perro había empezado y cavó un hoyo profundo en la tierra. Atrás, el ángel de piedra miraba al suelo con las alas plegadas y una expresión de dolor. El guardia del rey miró junto con él, y luego se agachó y metió el brazo al agujero.

Sacó algo que parecía un garrote cubierto de lodo. Pero no lo era.

Lord Ashcombe le sacudió la tierra. Los hombres que estaban junto a él se echaron atrás. La multitud dio un grito ahogado. La expresión de Lord Ashcombe se quedó tan quieta como la del ángel.

Era un brazo. El brazo de un hombre arrancado de su cuerpo, mutilado, ennegrecido y quemado.

CAPÍTULO

7

Tom y yo irrumpimos en la botica a trompicones.

—¡Maestro! —dije—, hubo otro asesin…

Guardé silencio. El maestro Benedict estaba hincado junto al mostrador intentando juntar, con las manos vendadas, pedazos de un frasco de cerámica roto cubiertos de crema. A un frasco más pequeño que cayó junto al primero se le desprendió un trozo quebrado del fondo del que escurrían las últimas gotas de sangre de jabalí. Riachuelos del líquido escarlata corrían por las junturas de la duela y manchaban las rodillas de sus pantalones.

Me acerqué a él.

—¿Está usted bien?

Alzó las manos; las puntas de los dedos se asomaban por las estorbosas telas.

—Estos vendajes son decididamente inconvenientes.

Me arrodillé a su lado.

—Yo me encargo de esto, maestro, usted debería estar descansando.

—Estoy bien —dijo, y siguió recogiendo fragmentos resbalosos hasta que puse mis manos sobre las suyas. Suspiró, asintió con la cabeza y agregó—: Vamos a necesitar más ungüento para quemaduras.

—Lo prepararé esta noche —dije.

Me puse a juntar los pedazos de frascos rotos. Tom, esquivando la sangre de jabalí que se deslizaba por el piso como si estuviera a la caza de sus zapatos, se acercó a ayudar.

—Iré por arena —dijo.

—Mejor trae el aserrín —le pedí—. Está en el taller, en una tina junto al horno.

Tom arrastró desde el fondo la pesada tina con una facilidad envidiable. Echamos aserrín en el suelo con la pala. Éste se aglutinó y se puso rojo, mientras absorbía la sangre rápidamente.

El maestro Benedict nos veía con curiosidad.

—¿Entonces por eso juntas aserrín?

Asentí con la cabeza.

—Los maestros del orfanato lo usaban. Funciona mejor que la arena para los derrames, y también elimina el olor —toda una bendición cuando cincuenta niños enfermos expulsaban fluidos a chorros de un extremo a otro.

Era divertido ver al maestro Benedict fascinado con el aserrín. Limpiar los derrames era un trabajo de aprendiz, así que él no había tenido ni que pensar en eso desde que llegué con él. De todas formas, usar aserrín en lugar de arena era algo tan ordinario que difícilmente merecería el interés de mi maestro. No era más que una técnica sencilla que yo conocía desde siempre… Y pensaba que él lo sabía todo.

Miró por la ventana, perdido en sus pensamientos. En eso abrió mucho los ojos y me tomó de los hombros.

—¿Sí, maestro? —dije sobresaltado.

—Magnífico, muchacho, bien hecho. Muy bien hecho —me sacudió.

Sin siquiera detenerse a limpiar el ungüento que le había quedado en la camisa, descolgó su abrigo y se lo echó encima, para enseguida salir a la calle.

—¡Maestro, espere! ¡Tengo que cambiarle las vendas! —le grité, pero él ya estaba corriendo detrás de un carruaje en marcha y desapareció entre la multitud que seguía festejando en las calles. Ni siquiera se había llevado su faja de componentes: seguía colgada en el gancho detrás del mostrador.

Tom me miró de reojo.

—Hoy día hay locos en todas partes —refunfuñó.

Estuve de acuerdo con él.

SÁBADO 30 DE MAYO DE 1665

FESTIVIDAD EN CONMEMORACIÓN
POR LA MUERTE DE JUANA DE ARCO,
HEREJE, EN LA HOGUERA

CAPÍTULO
8

No sabía qué hacer.

Después de limpiar el derrame preparé un nuevo lote del Bálsamo de Blackthorn para Quemaduras, tal como prometí. Luego Tom y yo subimos a la azotea y nos sentamos en la orilla, con las piernas colgando, y puños de maíz en las manos. Le dimos la mitad a Bridget, que daba saltitos en nuestros hombros. El resto lo dejamos caer en la calle, intentando atinarle a las pelucas de los caballeros que pasaban. Cuando Tom tuvo que volver a su casa, me acurruqué en la botica junto al fuego, con el libro del maestro Galileo, para esperar a que mi maestro regresara.

Debo haberme quedado dormido, porque seguía quieto en la silla cuando me despertó el canto de las seis. Hacía un buen rato que la chimenea se había apagado; el frío se me había instalado en los huesos y la espalda me dolía como si hubiera pasado la noche encadenado al potro menos confortable de la Torre de Londres.

Hice los preparativos para abrir la tienda: barrí el lodo de ayer, que ahora estaba seco; revisé las existencias y tomé nota de lo que necesitábamos comprar en el mercado de los lunes. Luego subí a la azotea a alimentar a las palomas. Mientras regresaba caí en la cuenta: con todo Londres festejando ayer en las calles, los adoquines estaban llenos de lodo; sin embargo, en las escaleras no había nuevas huellas.

La puerta que daba a los aposentos del maestro Benedict estaba cerrada. Llamé:

—¿Maestro?

No hubo respuesta.

Toqué suavemente:

—¿Maestro? Ya es de día.

Tampoco ahora hubo respuesta.

Normalmente lo habría dejado solo, pero no había nada normal en que el maestro Benedict durmiera hasta tarde en un día laboral. Entré. Su cuarto estaba vacío, con la cama hecha.

No había regresado.

Llamé a la puerta de al lado, la de Sinclair el confitero, y en la de enfrente, la de Grobham el sastre, pero ni los maestros ni los aprendices lo habían visto. Los meseros del Dedo Perdido, la taberna al otro lado de la calle, donde a veces cenábamos, tampoco lo habían visto.

Sentía la preocupación como un nudo en el estómago. Pensé en el cuerpo que Tom y yo habíamos visto ayer, quemado y enterrado al pie del ángel en el jardín privado, y no me tranquilicé hasta recordar que ya había visto a mi maestro mucho después de que asesinaran a ese pobre hombre.

Una voz me sacó de esos pensamientos terribles:

—Muchacho. ¡Muchacho!

Afuera de nuestra tienda, que seguía con los postigos cerrados, una mujer regordeta ataviada con un vestido verde desteñido agitaba un frasco de cerámica frente a mí. La reconocí, era Margaret Wills, sirvienta del barón Cobley.

—Necesito que me lo rellenen —gritó.

Jarabe de ipecacuana, un emético. Crucé la calle rezongando para mis adentros. Tenía preocupaciones más importantes que el vómito del barón Cobley.

Entré con ella a la botica, me puse el delantal azul y le rellené el frasco. Lo registré en el libro de contabilidad y lo anoté en la cuenta del barón, que ya era del tamaño de una ballena. Había planeado cerrar y salir a buscar a mi maestro, pero cuando Margaret se fue, Francis el tabernero entró con un serio sarpullido en el trasero. Lo atendí (bueno, al menos le preparé la fórmula, pues él mismo tendría que aplicarse el ungüento), y en eso llegó Jonathan Tanner. Cuando quise darme cuenta, la tienda estaba atestada de gente.

Y entonces por fin, por fin, por fin, el maestro Benedict entró, procedente del taller.

Sentí como si me hubieran quitado de la espalda un costal de plomo. Estaba bien. De hecho, fuera de las ojeras, se veía bastante contento. No tuve oportunidad de hablar con él: apenas había puesto un pie adentro y una multitud ya estaba arremolinada a su alrededor. Me dirigió una sonrisa cansada y se puso a trabajar.

A la hora del almuerzo habíamos logrado reducir la horda a cinco personas: yo con William Fitz y su lóbulo sangrante, el maestro Benedict con la mano hinchada de Lady Brent, y otros tres a la espera. No habría descanso hasta que termináramos con todos. Recién había terminado de anotar la compra del señor Fitz en el libro de contabilidad, cuando Lady Brent dijo:

—¿Me está usted escuchando, señor Blackthorn?

Mi maestro, detrás del mostrador, miraba fijamente hacia algo frente a la botica. Intenté ver qué era, pero un cliente tapaba la ventana: un chico fornido como de dieciséis años que llevaba puesto un delantal azul y observaba con una sonrisita el oso en la esquina, aún no reparado.

—¿Señor Blackthorn? —dijo la mujer de nuevo.

El maestro parpadeó.

—Un momento, señora, tengo que revisar nuestras existencias.

Cuando regresó, un minuto después, se veía pálido.

—¿Y bien? —dijo Lady Brent—, ¿puede prepararlo?

El maestro Benedict se enjugó la frente.

—Sí, sí, por supuesto. Estará listo el lunes.

La verdad es que no se veía bien. Intenté llamar su atención, pero casi ni me miraba. Se volteó a revisar las repisas y luego fue hacia el libro de contabilidad sobre el mostrador.

—¡Christopher! —gritó.

Me sobresalté.

—Ven acá —dijo.

Fui al otro lado del mostrador. Mi maestro ya no se veía enfermo: se veía furioso.

Señaló el libro con un dedo huesudo.

—¿Atendiste al barón Cobley esta mañana?

—Sí, maestro —balbuceé—, a su sirvienta.

—¿Y te pedí o no te pedí, y hasta dos veces, que le cobraras su cuenta la siguiente vez que viniera?

¿Me lo había pedido?

—Lo… lo siento, maestro, no recuerdo…

Fue entonces que me golpeó.

Una bofetada en la mandíbula con la mano abierta. Sonó como un trueno. Retrocedí tan fuerte contra la estantería que los frascos traquetearon.

—Eres un *inútil* —dijo.

Allí me quedé, encorvado, contra la madera. Me ardía la mejilla. Adentro dolía todavía peor. Sentí los ojos de todos los clientes sobre mí: Lady Brent miraba con curiosidad y el chico junto a la puerta se divertía con este nuevo espectáculo tras el mostrador.

—Por una vez en la vida haz algo bien —dijo el maestro Benedict.

Tomó un puñado de peniques y unos cuantos chelines gastados de la caja fuerte.

—Ve a la Royal Exchange y compra todo el natrón que tengan. No regreses sin él.

—Pero… —sus ojos entrecerrados me detuvieron. Incliné la cabeza—. Sí, maestro.

—Y tráele a Lady Brent su electuario. Y el jugo de limón.

Le llevé los frascos. Dio un resoplido.

—Me disculpo por mi aprendiz, Lady Brent —dijo.

—No se disculpe, señor Blackthorn —respondió—. Los sirvientes necesitan correctivos estrictos. Mi marido compró un látigo de bambú para ese mismo propósito.

—¿Compró también un elefante? Se necesitaría la patada de uno para enmendar a este muchacho.

Los dos se rieron.

Salí huyendo.

A duras penas veía por dónde iba. Estaba tan cegado que estuve a punto de estrellarme con un muchacho del doble de tamaño de Tom, que estaba jugando a los dados con un amigo de cabello largo en el callejón detrás de la casa. Farfullé una disculpa y los rodeé. Cada paso que daba era un eco de los martilleos que sentía en la cabeza.

Mi maestro me había golpeado.

La mejilla me seguía ardiendo, y también la mano me dolía. Hasta que bajé la mirada me di cuenta de que era porque iba apretando con mucha fuerza las monedas, y se me habían incrustado en la piel.

No entendía. Habría jurado por mi vida que no me había pedido que cobrara la cuenta del barón Cobley. Y eso de mandarme a comprar natrón... el natrón llegaba al mercado los miércoles, ya debía haberse agotado.

Algo andaba mal. Había visto al maestro Benedict enfadado, y vaya que lo había hecho enfadar, pero nunca así. Quería regresar, hablar con él, suplicarle que me dijera lo que había hecho, pero me dio la orden de no regresar.

Y me había golpeado.

Me sequé los ojos con la manga.

La Royal Exchange estaba atestada de gente. Los comerciantes, hombro con hombro, pregonaban sus mercancías, gritaban, regateaban, discutían. Fui a todos los puestos y en todos me dieron la misma respuesta.

—No queda nada, muchacho. Será mejor que vengas el próximo miércoles.

Estuve horas buscando. Incluso pensé en ir con otro boticario, pero me lo venderían caro y eso no iba a gustarle nada al maestro Benedict. Al final me rendí y regresé a casa antes de que oscureciera. Tenía miedo de lo que pudiera decirme el maestro, pero necesitaba saber qué estaba pasando y quería hablar con él, decirle que lo sentía mucho, y que todo volviera a ser como antes.

Entré por el taller, con miedo de aparecerme en la tienda con las manos vacías. La puerta trasera, cosa rara, no estaba asegurada, y los postigos de las ventanas traseras estaban cerrados. En el horno, los rescoldos despedían una luz apenas suficiente para ver. Fruncí el ceño cuando vi las pinzas que se habían quedado en las cenizas. Me acerqué para sacarlas, y diciendo una palabrota quité la mano de un jalón.

Me chupé los dedos. Las pinzas estaban ardiendo. Debían haber estado siglos en el fuego.

Había un pequeño frasco de vidrio junto al horno, con la tapa en el piso, y un montoncito de semillitas negras con forma de riñón desparramadas. Recogí una, la hice rodar entre mis dedos. Tenía un olorcito a tomate podrido.

Estramonio. El primer remedio que me enseñó el maestro Benedict. En pequeñas dosis, ayuda a los pacientes que padecen asma. En dosis un poco mayores es un veneno mortal. ¿Qué hacía ahí un frasco abierto?

No se escuchaba ninguna conversación en la botica. La luz que se veía por la puerta abierta era tan tenue como la del taller donde me encontraba. Volví a fruncir el ceño. Todavía faltaban algunas horas para que se ocultara el sol. La tienda no debía estar en silencio.

Lentamente me acerqué a la puerta. Entonces me di cuenta de que mis zapatos chapoteaban. Levanté un pie, en el piso había un charco. De ahí salían unas vetas, unas largas pistas oscuras, como si se hubiera arrastrado algo pesado que chorreaba.

Las seguí. Los postigos de la botica estaban cerrados. También ahí estaba apagado el fuego. La puerta principal estaba asegurada y con la tranca puesta. El rastro de líquido corría por la duela y se teñía de rojo. Un olor caliente y metálico llenó la habitación. Y allí, en medio de todo, estaba mi maestro.

Lo habían dejado tirado al frente del mostrador, con las muñecas y tobillos atados con una cuerda. Tenía rasgada la camisa, y también el vientre. Sus ojos estaban abiertos, fijos en mí, pero él no me veía... y ya no podría verme nunca jamás.

CAPÍTULO
9

Todos vinieron: Sinclair el confitero, Grobham el sastre y Francis el tabernero, con sus meseros. También otros vinieron, vecinos y extraños. Apretujados y boquiabiertos.

Para cuando llegaron yo ya había cortado las cuerdas con que habían atado a mi maestro y lo había acostado sobre el piso. Los trozos de cuerda estaban a su lado, junto al cobertor de lana que usé para cubrir su cuerpo, ahora manchado de rojo. Yo también estaba manchado, de cuando lo abracé.

Ahora estaba sentado junto a él con la mano sobre el cobertor, descansando en su pecho. Todos los demás estaban sin hacer nada. Tan inútiles como yo.

Sinclair se inclinó a decirme con dulzura:

—Ven, muchacho, vamos a sacarte de aquí.

Lo aparté de un manotazo. No quería que estuvieran aquí. Éste era nuestro hogar.

Tanta gente con los ojos clavados en mí. Quería acostarme, desplomarme en el suelo, dormir. No despertar nunca.

Alguien más despejó la habitación para mí. Las malas noticias vuelan.

Eran los guardias reales, los dos soldados que vi ayer. Se abrieron paso entre la gente. El mismo hombre los seguía. Todos permanecieron en silencio.

Lord Ashcombe dio un paso adelante y se detuvo a mi lado. De cerca, su mejilla llena de cicatrices serpenteaba como un mapa del infierno.

Ladeó la cabeza hacia la multitud.

—Salgan de aquí —dijo.

Durante unos momentos nadie se movió. Lord Ashcombe volteó, miró apenas por encima del hombro. No tuvo que volver a pedirlo.

Me quedé con mi maestro mientras los demás salían arrastrando los pies. Uno de los guardias me puso una mano en el cuello de la camisa. Percibí un olor a cuero engrasado y sudor.

—Déjelo —dijo Lord Ashcombe.

El soldado regresó a su posición, a vigilar la puerta a un costado de su compañero. Lord Ashcombe se acuclilló y retiró el cobertor de lana. Miró de arriba abajo el cadáver de mi maestro, su rostro, su sangre. Localicé la uña de un pulgar entre las vetas de madera.

—¿Tú lo encontraste? —me preguntó.

Asentí.

—¿Y tú eres...?

—Christopher Rowe —dije—. Él era mi maestro.

El guardia del rey miró las cuerdas que había cortado del cuerpo del maestro Benedict. Los extremos, deshilachados y ligeros, ya habían empezado a absorber su sangre.

—¿Por qué cortaste esto?

Lo miré.

—¿Y qué tendría que haber hecho?

Tardó unos momentos en responder.

—Di lo que sabes.

Le dije. La mayor parte, por lo menos. Que abrí la botica, que el maestro Benedict regresó, que me mandó a comprar natrón, que regresé. No dije que me golpeó. No le dije las últimas palabras que pronunció.

Arrodillado junto a mí, Lord Ashcombe escudriñó el cuarto. Podía sentir su calor.

—¿Tu maestro acostumbraba pasar toda la noche fuera?

—Nunca —dije—. Salía casi todas las tardes, pero siempre volvía alrededor de la medianoche.

—¿Y ayer por qué no?

—No lo sé.

—¿Estaba en conflicto con alguien?

—Con Nathaniel Stubb —dije—, el boticario. Quiere nuestra tienda. Amenazó a mi maestro —le hablé de la visita de Stubb el jueves—, y esa misma noche alguien lo atacó —jalé los vendajes del hombro de mi maestro para mostrar la quemadura. Su piel estaba helada.

—¿Tu maestro era particularmente devoto? —inquirió Lord Ashcombe.

La pregunta me desconcertó.

—Eh… Sí. Los domingos me llevaba a los oficios religiosos, y cumplía con las festividades.

—¿De la Iglesia de Inglaterra?

—Desde luego.

—¿Y qué opinaba de Su Majestad?

Eso me molestó.

—Le era leal. Siempre lo fue. Como todo auténtico inglés.

Lord Ashcombe se puso de pie. Caminó hacia la estantería. Pasó un dedo, lentamente, por los lomos de los libros y se detuvo.

—Pensé que habías dicho que tu maestro pertenecía a la Iglesia de Inglaterra.

—Sí, así era.

Sacó un libro de la repisa. Era grande y estaba encuadernado en piel café claro. Lo sacó para que yo pudiera ver la cubierta: *Los santos de la virtud católica*.

Tres años antes el maestro Benedict me había dado a leer ese libro.

—No es más que un libro —dije—, es parte de mis estudios. Pertenecemos a la Iglesia de Inglaterra. Pregúntele al reverendo Wright.

Lord Ashcombe hojeó el libro y estudió las ilustraciones.

—¿Tienes alguna otra obra sobre religión? —preguntó—. ¿O sobre el más allá? ¿El cielo o el infierno?

—El maestro Benedict tiene libros sobre todo.

Tenía, pensé. *Ya no.*

—¿Te hablaba de lo que estaba leyendo?

—Todos los días.

Lord Ashcombe levantó la vista del libro.

—¿Y alguna vez te habló de la Secta del Arcángel?

Las palabras del loco resonaron en mi cabeza. *La Secta del Arcángel sale de cacería*. Me abracé. Se me pegó al pecho la camisa manchada de sangre, húmeda.

Sentía que me invadía la amargura. Lord Ashcombe era el protector de Su Majestad. ¿Dónde estaba *nuestro* protector? ¿Dónde estaba el guardia del rey cuando lo necesitábamos? ¿Por qué habían venido tras nosotros? ¿Por qué tenían que causarle daño a mi maestro?

¿Y dónde había estado *yo* mientras él yacía moribundo, cuando me necesitaba?

Incliné la cabeza.

—¿Y bien? —insistió Lord Ashcombe.

—El maestro Benedict no creía que hubiera una secta —respondí.

Lanzó un gruñido, como si yo hubiera dicho algo increíblemente tonto. Y allí, sentado junto a lo que a todas luces había sido obra de la Secta, pensé que quizá no le faltaba razón.

—¿Entonces Lady Brent fue la última persona a la que atendió antes de mandarte a hacer esa compra?

—No —aclaré—, estaban aquí William Fitz, Samuel Waltham y otros dos clientes. No sé quiénes eran.

—Descríbelos.

Intenté recordarlos.

—Había un aprendiz como de dieciséis años, un poco más alto que yo. Grande. Por musculoso, no por gordo. De pelo rojizo. El otro era un hombre, le calculo treinta años. En realidad no lo vi. Era rico, creo. Su abrigo parecía fino. Llevaba una peluca negra, larga, de ésas con caireles que tapan las orejas. Tenía la nariz torcida, como si se le hubiera roto.

—¿Y había alguien más esperando afuera? ¿Inspeccionando la botica, digamos, para reconocer el terreno?

No recordaba, pero no puse atención a nada cuando me fui. Estaba demasiado ocupado lamentando mi suerte. Ahora me sentía avergonzado.

—Estuviste fuera toda la tarde —dijo Lord Ashcombe, y yo asentí con la cabeza—, así que otros pudieron entrar.

De pronto me puse tenso.

—El libro de contabilidad —dije esto y Lord Ashcombe me miró inexpresivo—. Registramos todo lo que vendemos —dije—. Si hubo otros clientes... —me detuve.

—¿Qué pasa?

—El libro de contabilidad… desapareció.

Ya no estaba sobre el mostrador. El tintero seguía ahí, destapado. También la sangre, que al secarse sobre la madera estaba endureciéndose y tornándose color café. Fuera de eso, el mostrador estaba vacío. Lo rodeé para ver si el libro había caído atrás, pero no, tampoco estaba allí. No había más que mi colchón y mi almohada, encima de ellos mi cubo del acertijo y mi cuchillo, y la caja fuerte. La volteé. Estaba vacía.

—Se llevaron nuestro dinero —dije.

—¿Qué es eso? —dijo Lord Ashcombe señalando algo.

Allí estaba el libro de contabilidad: sobre una repisa, debajo del frasco de jugo de limón, el que el maestro Benedict me ordenó traerle antes de irme. La pluma estaba encima del forro de piel, o al menos los restos de la pluma, porque alguien la había partido en dos.

Lord Ashcombe llegó antes. Sacó el libro de un tirón y dejó el frasco de cerámica traqueteando sobre la madera. Lo colocó sobre el mostrador, lo abrió y lo hojeó hasta llegar a la última página. Pude percibir el penetrante olor cítrico del limón.

Durante unos momentos estudió el libro de contabilidad, finalmente dijo:

—No puedo leer esto.

Era de esperarse. Allí el maestro Benedict escribía los nombres y los remedios en taquigrafía, y a menudo en latín. A mí me enseñó el mismo código. Lo hacíamos así en parte porque era más rápido y en parte porque era otra manera de mantener secretos nuestros asuntos.

Casi todas las anotaciones eran mías. Las últimas tres estaban con la letra de mi maestro.

†Δ o. Sí. Ara: pledsatreup. Seno. e. Loja Bahgu. hed4. Le. ←
↓M08→   espadas.punta
neminidixeris

Me quedé viéndolas fijamente.

Lord Ashcombe me miraba.

—¿Pasa algo? —preguntó.

—Eh… No —sentí que se me calentaba el rostro—. Son… anotaciones. Recordatorios de comprar los componentes que ya se nos terminaron. Aceite de vitriolo y… otros. Los números indican cuánto —dejé mi mano en la página—. No anotó la venta a Lady Brent, y ninguna otra después.

Los oscuros pozos negros de los ojos de Lord Ashcombe parecían traspasarme con la mirada. *Lo sabe*, pensé. *Sabe que estás mintiendo.*

Él estaba por decir algo cuando la puerta de la calle se abrió con un rechinido. Volteó, igual que los guardias.

Lo hice sin pensar. Mis dedos tomaron la hoja y la jalaron justo antes de cerrar el libro. Entre el alboroto en la puerta y el ruido de la calle, nadie pareció darse cuenta de que la había arrancado.

CAPÍTULO

10

Puse las manos detrás de mi espalda y doblé el papel. Luego me levanté la camisa y deslicé la hoja arrugada por debajo de la pretina.

Un viejo entró cojeando, apoyado en un bastón de madera retorcida. Uno de los soldados le puso la mano en el pecho para detenerlo. El hombre esperó con calma.

La hoja del libro de contabilidad se resbaló un poco más por mi espalda.

—Déjelo entrar —dijo Lord Ashcombe.

Lo reconocí, y también a los dos que le siguieron, aunque no había visto a ninguno de ellos en tres años. Eran los miembros del Consejo del Gremio de Boticarios.

El hombre que cojeaba, vestido del chaleco a los pantalones con seda verde esmeralda, era Sir Edward Thorpe, Gran Maestro de los boticarios. Él había encabezado nuestro Gremio desde antes de que yo naciera. Se rumoraba que se mantenía vivo por haber descubierto el elíxir de la juventud. Si eso era cierto, entonces debió haber caminado sobre la faz de la Tierra junto con Moisés, porque a Sir Edward podían calculársele unos cuantos miles de años. Hasta su peluca era gris.

Los hombres que iban con él eran directivos del Gremio: Valentine Grey y Oswyn Colthurst. Yo apenas si conocía a Valentine, más por los rumores que por otra cosa. Era el secretario del Gremio, y se decía que era el boticario más adinerado de la ciudad. Y en efecto, la cadena de oro que le colgaba del cuello era tan gruesa, que se veía desde el cielo. También se decía que era un poco gruñón, y cierta amargura en la inclinación de sus labios me hacía sospechar que los rumores eran ciertos.

A Oswyn lo recordaba bien. Él fue quien alentó al director del orfanato para que me enviara al Gremio. Él también me aplicó el examen de admisión al Gremio de Boticarios. Como quería que yo entrara, imaginé que me la pondría fácil, pero, por el contrario, terminé temblando frente a él mientras con voz severa y ojos perspicaces me interrogaba sobre ciencia, matemáticas, historia, teología y, sobre todo, latín. Pensó que allí me haría tropezar, pero me había ganado suficientes golpes en el orfanato para hablar un latín tan bueno como el de Julio César. Aquella vez, sudando la gota gorda durante el examen, pensé que el hombre era un tirano, pero después de aprobar, Sir Edward y Valentine me habían felicitado con no más que un gesto de aprobación con la cabeza, mientras que Oswyn sonrió y me dio una cálida bienvenida al Gremio.

Pero hoy nada de sonrisas. Me saludó con un gesto triste antes de unirse al resto del Consejo en torno al cuerpo de mi maestro. Valentine aspiró, dijo "Dios nos proteja" y se persignó. Oswyn cruzó los brazos y se apartó.

Sir Edward movió la cabeza con gravedad y le habló a Lord Ashcombe con una voz más potente de lo que imaginé que su vetusto cuerpo pudiera soportar.

—Están atacando a nuestro Gremio, Richard. Imploramos la ayuda de Su Majestad.

—Aquí estoy yo, Edward —dijo Lord Ashcombe.

—¿Haciendo qué, exactamente? —preguntó con voz desdeñosa.

La réplica de Lord Ashcombe fue igual de hostil:

—Mi trabajo, puritano.

Había notado que la expresión de Lord Ashcombe se ensombreció cuando vio a Oswyn. Ahora entendía por qué.

Yo no me había dado cuenta de que Oswyn fuera puritano. Su vestimenta era sencilla en comparación con la de los otros dos miembros del Consejo, sin duda. Sólo un abrigo café de lana común y corriente sobre lino liso, y la cabeza rapada y sin peluca lo distinguía claramente de los otros hombres. Definitivamente tenía algo de severo: sus regaños hirientes por mis errores en el examen de admisión me dolieron con incluso más fuerza que los veloces puños del reverendo Talbot. Sin embargo, cuando hablé con él después de eso, me di cuenta de que no se me había venido encima con tal fuerza sólo por maldad: necesitaba asegurarse de que yo estuviera listo para ser aprendiz.

—Aquí hay muchos que no estarán contentos de que se les una un huérfano —me dijo señalando con un gesto a los otros niños y a los maestros que daban vueltas por el salón—. Estarán esperando que repruebes, pero no dudes de ti mismo, Christopher. La medida de un hombre no tiene nada que ver con el lugar de donde proviene.

Después de eso me sentí mejor que nunca por haber crecido en Cripplegate. Entonces, puritano o no, a mí no me parecía tan horrible.

Con todo, suponía que Lord Ashcombe, que había estado nueve años en el exilio con el rey Carlos en Francia y los Países Bajos, tenía muchas razones para pensar de otro modo.

Cuando nuestro rey regresó, Lord Ashcombe había encabezado la purga de puritanos de las filas del poder. A quienes se les demostró traición —y algunos que no— fueron ejecutados. La mirada que le lanzó ahora a Oswyn me hizo pensar que el guardia del rey quería sumar otra cabeza a las picas del Puente de Londres.

Sir Edward puso la mano en el brazo de Oswyn y le dijo en tono tranquilizador:

—Disculpe la brusquedad de mi colega, Richard, pero su comentario tiene una razón de ser: Benedict Blackthorn es el cuarto hombre que pierde nuestro Gremio.

—Entonces tal vez uno de ustedes podría hablarme de la Secta del Arcángel —dijo Lord Ashcombe.

Sir Edward frunció el ceño.

—¿Piensa que el asesino es un boticario?

—Los miembros de nuestro Gremio son hombres honestos —dijo Valentine, arreglándoselas para verse todavía más avinagrado—, y leales a la Corona.

—Algunos de ustedes —dijo Lord Ashcombe.

Oswyn se puso tenso. Antes de que pudiera responder, la puerta se abrió de golpe dejando entrar a Nathaniel Stubb.

Yo me sentí en llamas, me hervía la sangre de furia. Que esta rata entrara en mi casa retorció el cuchillo que ya estaba clavado en mi corazón.

Los guardias del rey lo detuvieron.

—¡Suéltenme! —dijo.

—¿Quién es este hombre? —preguntó Lord Ashcombe.

Stubb intentó soltarse.

—Estoy aquí para presentar una reclamación por los bienes de esta tienda.

—Ahora no, Nathaniel —dijo Oswyn con expresión irritada.

—Tengo el derecho —dijo.

Yo sabía que no debía decir nada, mucho menos enfrente del Consejo del Gremio: a un aprendiz no se le permite hablar sin permiso. Pero algo se rompió adentro de mí… o quizá ya estaba roto.

—Usted aquí no tiene ningún derecho —espeté.

El Consejo se me quedó viendo, escandalizado. Hasta Lord Ashcombe levantó una ceja.

—¡Cómo te atreves! —me gritó Stubb, y se dirigió al guardia del rey—. ¡Arréstelo, señor! ¡Este muchacho me atacó!

—¿De qué habla? —preguntó Oswyn.

—Él y otros vándalos me atacaron ayer en la calle.

Todos me miraron con expresión inquisitiva. Por lo visto Stubb sí me había visto con los huevos, después de todo.

—No llevaba puesto el roble —farfullé, y cuando los miembros del Consejo cayeron en la cuenta de a qué me refería, se avergonzaron. En circunstancias normales, eso habría causado un problema, pero ahí, frente al cadáver de mi maestro, a nadie le importó.

A Lord Ashcombe menos que a nadie.

—Conque él es Stubb —dijo, y volteó para dirigirse al boticario—. Usted tuvo una discusión con Benedict Blackthorn el jueves.

—¿De qué habla? ¡Suéltenme! —Stubb finalmente consiguió zafarse de los lacayos. Por la manera como fruncieron la nariz, me di cuenta de que no les molestaba desprenderse de él.

También Valentine parecía estar perdiendo la paciencia con Stubb.

—¿En qué se basa su reclamación contra esta botica? —preguntó frunciendo el ceño.

—Mi polémica con Benedict es bien conocida, señor. Él se robaba mis secretos. Por las normas de nuestro Gremio, tengo derecho a una compensación justa.

—Es usted un mentiroso —dije.

Valentine se quedó con la boca abierta.

—Cuida tus palabras, muchacho —dijo.

—*Silencio*, todo el mundo —Sir Edward dijo esto en voz baja, pero hasta Stubb, todo colorado, acató.

—Estamos perfectamente al tanto de nuestras propias normas, maestro Stubb. Y *usted* debería estar al tanto de que le corresponde al *Consejo* dictaminar cualquier reclamación sobre los bienes de nuestros miembros —fulminó con la mirada a Stubb, que se encogió ante el anciano—. Primero tenemos que determinar quién es ahora el dueño de esta propiedad.

—El testamento de Benedict debe estar en nuestros archivos —dijo Oswyn—, pediré a los empleados que lo saquen.

—¿Es eso aceptable para la Corona? —preguntó Sir Edward.

Lord Ashcombe se encogió de hombros y respondió:

—Su negocio no es de mi interés.

Sir Edward volteó a verme.

—Usted, eh…

—Christopher Rowe —le aclaró Oswyn.

—Preséntese en el colegio del Gremio el lunes, Rowe. Abordaremos su situación si el tiempo lo permite.

Estaba furioso con todos ellos y quería protestar, pero me quedaba el juicio suficiente para saber que gritarle al Gran Maestro sería algo muy pero muy tonto. Entonces sólo rechiné los dientes y dije:

—¿Puedo decir algo, Gran Maestro?

—El lunes tendrá permiso de hablar —dijo—. Y cuando lo haga, aprendiz, le hará bien recordar cuál es su lugar —echó un vistazo a la botica—. Por ahora tendrá que encontrar un lugar donde vivir.

Sentí un nudo en el estómago. En el momento en que me senté junto a mi maestro en el suelo, intenté hacer caso omiso a una pregunta, sucia y vergonzosa, que se había formado en mi mente: *¿Qué va a pasar conmigo?* Supongo que ya tenía mi respuesta.

—Blackthorn es mi casa —dije.

—No puedes quedarte aquí, muchacho —dijo Valentine, y haciendo un gesto hacia el cadáver de mi maestro agregó—: No con este... mal.

—Pero... —luché por encontrar una razón— tengo que alimentar a las palomas —fue lo mejor que se me ocurrió.

—Alguien del Gremio se ocupará de ellas —dijo Oswyn—. Esta botica ya no es tu responsabilidad.

Busqué la mirada del Gran Maestro, en ella pude leer un *Guarda silencio*. La única forma era morderme la lengua. En silencio, fui detrás del mostrador por mi cubo del acertijo.

—¿Qué hace? —dijo Stubb—. ¡Deténganlo!

Lord Ashcombe lo hizo y me preguntó qué era eso.

—El maestro Benedict me lo regaló de cumpleaños —dije mostrándoselo.

—Se lo está robando —dijo Stubb.

—¡Él me lo regaló! —grité—. ¡Es mío!

Valentine extendió la mano.

—Déjame verlo.

El secretario del Gremio lo inspeccionó y se lo pasó a Oswyn, que le dio vueltas con curiosidad.

—¿Es de plata? —le preguntó Sir Edward a Valentine.

—De estaño, creo.

Oswyn sacudió la cabeza.

—Antimonio —dijo.

Si Stubb lo tocaba yo iba a gritar.

—Es mío —volví a decir.

Sir Edward me lanzó una mirada severa.

—Un aprendiz no tiene posesiones —le quitó mi cubo a Oswyn y lo puso en el mostrador—. Ahí se queda. Con el testamento se determinará quién es el propietario.

Tenía razón. De acuerdo con la ley, todo, hasta mi ropa manchada de sangre, pertenecía a mi maestro. Me pregunté con rencor si me echarían desnudo a la calle.

Estaba claro que Stubb había contemplado esa posibilidad.

—Regístrenlo, puede ser que tenga algo más.

Me quedé inmóvil. En mi furia, lo había olvidado: *sí* tenía algo más. De repente, el papel que se me resbalaba por detrás de la pretina se sintió como una navaja contra mi piel. Si lo encontraban, me harían preguntas que yo no podría responder, y Lord Ashcombe intentaría obligarme a hacerlo... en el calabozo de la Torre... con carbones encendidos.

Pero al Consejo del Gremio parecía haberle indignado que Stubb lo hubiera insinuado siquiera.

—¡Oh, por favor, cállese, Nathaniel! —dijo Oswyn.

Respiré de nuevo. No terminaría en la Torre.

Pero la Secta del Arcángel me había arrebatado a mi maestro, y ahora el Consejo me echaba a la calle.

11

El padre de Tom estaba de pie en la entrada con sus fofos brazos cruzados.

—Terminantemente no.

—Pero, padre… —empezó a decir Tom.

William Bailey señaló con la salchicha que tenía por pulgar a las cinco niñitas que estaban asomadas detrás de él. La acción hizo temblar todo su cuerpo.

—Tengo suficientes bocas que alimentar. ¿Puede pagar su alojamiento? ¿Trabajará?

—Trabaja más que ninguno —dijo Tom.

—Pues ya tengo la ayuda que necesito.

Se me fue el alma a los pies. No por nada Tom y yo casi nunca estábamos en su casa. Su padre era, simple y llanamente, un mezquino.

Las hermanas menores de Tom jalaban el delantal enharinado de su padre.

—Por favor, padre, deje que se quede, por favor.

Eran buenas niñas, como Tom. Eso lo aprendieron de su madre. También sabían que si yo me quedaba les leería cuentos antes de dormir.

De hecho, fue la madre de Tom quien lo resolvió. Mary Bailey, de la mitad de la estatura de su esposo pero con la misma circunferencia, se asomó por la ventana del tercer piso y dijo a voz en cuello:

—Déjalo entrar, Bill. Podemos concederle esta caridad. Es lo que debe hacer un cristiano.

El padre de Tom señaló hacia la calle.

—La iglesia está por allá.

Una toalla empapada aterrizó en su hombro.

—¡William Bailey! Debería darte vergüenza —dijo, y luego me tronó los dedos—: sube en este instante, Christopher.

William Bailey me fulminó con la mirada, pero me dejó entrar. Tom recibió una palmada en la cabeza.

Con una pandilla de retoños Bailey detrás de mí, subí al dormitorio de los padres de Tom. La señora Bailey mandó de regreso a sus hijas, con sus risitas, y a mí me dijo que me sentara en la mesa junto a la ventana.

Una vieja cama de madera, con el colchón vencido por el peso de los años, se apretaba contra la pared. En una esquina había un sofá de terciopelo gastado, y en la otra una cómoda amarillo claro con la pintura descascarándose. La mesa frente a mí era la concesión al lujo, con sus curvas patas de cerezo talladas que remataban en un grueso bloque de piedra blanca. Sobre ella había una palangana de estaño, y junto a ésta, una áspera toalla moteada. En el fondo se había colocado un espejo de plata.

—Estaba por lavarme —dijo la madre de Tom—. Puedes usar mi agua. No me he deshecho de las viejas cosas de Tom —dijo calculándome la estatura—. Estoy segura de que algunas servirán.

Se marchó y me quedé solo.

Me quité el delantal de aprendiz, lleno de sangre seca. Mi camisa, también estropeada, se unió al delantal en el suelo. La hoja doblada que había arrancado del libro de contabilidad se soltó de la pretina y cayó a un lado de mi ropa.

Me vi en el espejo. El reflejo me sostuvo la mirada. Parecía tranquilo y en calma.

Todo está bien, decía.

Pero también mi reflejo estaba pintado de sangre: un hilo surcaba mi rostro. Recordé la suavidad del pecho de mi maestro, donde hacía un rato había recargado la mejilla.

Hundí un dedo en la palangana y se rizó la superficie de agua. Levanté la mano y dibujé una línea que cruzaba la sangre. Una gota de agua carmesí se deslizó por la palma, cayó de mi muñeca y salpicó el mármol, dejando una fea mancha rosada.

Estaba solo.

Por primera vez desde que lo encontré, estaba solo.

No podía hablar, no podía respirar. Lo único que hacía era sollozar.

La desesperación me tragó, como si fuera un demonio. Aullaba en mi cabeza, me aplastaba el pecho, me clavaba las garras en el alma. *Ven,* decía. *Aquí reina la paz.* Quería irme, quería morir. Deseaba con todas mis fuerzas que la Secta me hubiera llevado también a mí.

Por la ventana entró una brisa y mi pelo me rozó los párpados. Oí papel crujiendo a mis pies, era la hoja que había arrancado del libro de contabilidad. Empujada por el viento, revoloteaba y se arrastraba por la duela.

La desesperación me salmodiaba, intentaba sujetarme, me volvía a llamar.

"No", dije.

Golpeé la mesa con el puño. Fuerte. Resonó como martillo.

La piel del nudillo de mi dedo medio se abrió. Brotó sangre, goteó, se mezcló con la de mi maestro en el agua sobre la piedra.

Me punzó la mano, el dolor me revivió.

Porque estás vivo, Christopher. Él te salvó la vida, para eso te hizo salir.

Y te dejó un mensaje.

El papel tembló en la brisa y se detuvo. Me enderecé en la silla y me recargué. La madera de roble me cavaba líneas en la espalda.

Quería dormir, dormir para siempre. Ver a mi maestro de nuevo. Lo haría.

Pero aún no.

El maestro Benedict me había dejado ese mensaje en el libro de contabilidad por alguna razón. Lo que había en esa página era tan importante que prefirió anotarlo en vez de correr y ponerse a salvo.

Me necesitaba. Tres años antes, yo lo había necesitado y él me salvó; me llevó a Blackthorn, me dio por primera vez un hogar. Esa vida se había terminado, me la habían robado junto con la suya. No importaba. Me necesitaba, incluso en la muerte.

Me sequé las lágrimas. El corazón me seguía ardiendo. Desde sus llamas grité para que me oyera hasta el cielo. *Se lo prometo, maestro. Haré cualquier cosa que me pida, lo haré. No lloraré. No descansaré. No fallaré.*

Y encontraré a quien lo mató. Lo haré pagar. Lo juro por Dios y por todos sus santos.

Tocaron a la puerta. La madre de Tom llamó desde el otro lado.

—¿Christopher? ¿Está todo bien?

Me miré en el espejo. Mi reflejo respondió:

—Todo está bien.

12

La madre de Tom me ajustó el cuello de la camisa.
—Listo —dijo—. No se ve tan mal.

Tom había crecido tanto y tan rápido que tuvo que buscar ropa de tres años antes para encontrar algo que me quedara. Ahora yo estaba equipado con un par de pantalones café de lana y lino, y una camisa blanca de lino con una mancha roja en la manga. Recordaba la camisa: Tom la llevaba puesta el día que lo conocí.

Fue tres meses después de que me convirtiera en aprendiz. El maestro Benedict me había pedido estudiar un libro sobre las antiguas artes militares. Tras leer sobre las catapultas me quedé fascinado con la idea de construir una. Para eso el maestro Benedict me dejó usar un poco de madera que había sobrado en el taller y un nuevo juego de ramas de arce. El domingo, después del oficio religioso, arrastré mi máquina de guerra miniatura al norte, hacia Bunhill Fields, dispuesto a probarla. En un saco de arpillera sobre el hombro llevaba una selección de frutas podridas a modo de munición.

Resultó que la catapulta lanzaba muy bien, sólo que no era particularmente precisa. Me quedé viendo con horror cómo lo primero que lancé —una granada demasiado madura— se inclinaba con furia a la izquierda, golpeaba la cabeza a un niño un poco grande y le manchaba toda la camisa con jugo.

Desconcertado, miró hacia las nubes, como si se preguntara por qué Dios le había arrojado una granada. En eso vio mi pequeña catapulta sobre la hierba. Vino hacia mí cargando a una niña muy pequeña que se reía alegremente mientras unas semillitas rojas caían del pelo del niño al cuello de su camisa.

Lo primero que pensé fue en salir corriendo lo más rápido que pudiera. En Cripplegate crecí rodeado de niños más grandes, así que esperaba una seria paliza, pero en vez de eso me habló con bastante calma, sobre todo considerando que ahora olía a composta.

—¿Por qué me atacas con fruta? —dijo.

—Lo siento —dije. En los siguientes tres años terminé repitiendo esta misma frase una y otra vez—. Te juro que no te apuntaba.

La niña a la que estaba cargando lanzó al aire sus pequeños puños y me vitoreó:

—¡Otra vez!

Señalé la rama que había usado como lanzador de la catapulta.

—Tendría que haberse lanzado derecho. Creo que la rompí camino acá.

El niño estudió el lanzador torcido.

—¿Es de arce?

Asentí con la cabeza.

—Es todo lo que tenía. Tal vez debí hacerlo de tejo.

El niño ladeó la cabeza y se quedó pensando.

—Por el cementerio hay tejos —dijo—. ¿Tienes un cuchillo?

Usamos la nueva rama de tejo para arreglar el lanzador mientras la niña, Molly, la hermana más pequeña de Tom, excavaba en la tierra con sus deditos. Luego disparamos el resto de la fruta. Los tres ovacionábamos cada lanzamiento. Después corrí a casa a mostrarle al maestro Benedict mi catapulta y a hablarle de Tom, mi nuevo amigo.

Recordé al maestro Benedict escuchándome y sonriendo con dulzura.

—Qué bien —dijo aquella vez.

Me giré para que la madre de Tom no viera mi expresión.

Cuando bajé, el padre de Tom ya había arriado a sus hijos a seguir trabajando. Las niñas estaban en el patio lavando ropa, salpicando sus delantales de panaderas en el agua jabonosa. Cecily, que con doce años era la mayor de las niñas, me sopló jabonadura en el pelo cuando pasé por ahí. Las demás se rieron y recogieron puñados de burbujas. Salí corriendo, antes de que me cubrieran de espuma por completo.

Me encontré a Tom en la puerta trasera, fregando los escalones. Sacudió la cabeza cuando vio lo que llevaba puesto.

—Debí escaparme —dijo.

—¿De mí o de la catapulta? —pregunté.

—Tú *eres* una catapulta —dijo, pero en el fondo no tenía ánimo para bromas y suspiró—. Lamento mucho lo del maestro Benedict. Me caía bien.

—Le tenías miedo.

—Sí, pero era bueno contigo —Tom me escrutó el rostro y volvió a suspirar, ahora más profundamente—. Está bien.

—¿Está bien qué?

—Ayudaré.

—¿Ayudarás en qué?

—En cualquiera que sea tu nuevo plan.

Saqué la hoja del libro de contabilidad de mi bolsillo y la sostuve.

—Vamos a encontrar a los asesinos del maestro Benedict.

Tom se quedó viendo las últimas tres líneas de la página:

†Δ o. Sí. Ara: pledsatreup. Seno. e. Loja Bahgu. hed4. Le. ←
↓M08→   espadas.punta
neminidixeris

Entramos a leerlas. Alisamos el papel sobre una mesa de trabajo vacía en la panadería. Aunque el trabajo del día estaba terminado, el olor de la masa recién horneada seguía llenando el aire y nos envolvía.

—Es un mensaje —dije—. Para mí. El maestro Benedict lo escribió cuando… —se me quebró la voz.

Detente, me reprendí. *Dijiste que no llorarías. Lo prometiste.*

Carraspeé.

—El maestro Benedict debe haber conocido a sus asesinos —dije—. Me escribió esto cuando supo que iba a morir.

Los ojos de Tom se abrieron como platos.

—¿Aquí dice quiénes son los asesinos?

—Eso creo. Todavía no lo resuelvo. El código…

—¡Espera! Si en este papel están los nombres de los asesinos, ¿por qué no se lo diste a Lord Ashcombe?

—El maestro Benedict dijo que no lo hiciera.

—¿Eso dijo?

—En la última línea —aclaré.

Tom la leyó… o intentó leerla.

—*Nemi…* eh… ¿qué? ¿Esto es una palabra?

—Dos palabras, están en latín. Dice *nemini dixeris*. El maestro Benedict no escribió en código esta parte para que yo, al verla, enseguida supiera qué hacer.

—¿Robar esta página?

—Mantenerla en secreto. *Nemini dixeris* significa "No le digas a nadie".

—¿Y por qué querría mantener en secreto la identidad de sus asesinos?

—No lo sé —dije—, pero si tienes una hoja, podemos descubrirlo.

Empezamos con la primera línea del mensaje. Estaba oculta bajo uno de los primeros códigos que el maestro Benedict me enseñó.

†Δ o. Sí. Ara: pledsatreup. Seno. e. Loja Bahgu. hed4. Le. ←

—Es un galimatías —dijo Tom.

—De hecho está en nuestra lengua —dije.

Frunció el ceño.

—Veo *algunas* palabras. Sí... Ara... Seno. Y Le.

—Ése es el truco. Ésas parecen palabras, pero sólo están ahí para despistarte. Igual los puntos. La flecha es lo único que importa: te dice qué hacer.

Señaló hacia la izquierda.

—¿Ir para ese lado?

—Sí.

—No entiendo.

—En el renglón —expliqué—. Ve para ese lado sobre el renglón.

Entonces comprendió.

—Quieres decir leer *hacia atrás.*

—Eso es. Deshazte de los puntos y baja las mayúsculas…

osíarapledsatreupsenoelojabahguhed4le

—… y luego lee al revés…

el4dehughabajoleonespuertasdelparaíso

—… y obtendrás las palabras —dije.

El 4 de Hugh abajo leones puertas del paraíso

Tom parecía impresionado, y dijo:

—Eso no significa… ¿Fue el maestro *Hugh* quien lo mató?

—¿Qué? —me puse tenso—. Por supuesto que no.

—Pero dijiste que el maestro Benedict mencionaría a sus asesinos… aunque, no sé por qué, pero yo esperaba algo más del tipo "Arthur Quackenbush lo hizo, malditos sean sus ojos".

—No dice que sea *Hugh*: dice *el cuatro de Hugh.*

—¿El cuatro qué de Hugh? —preguntó Tom—. ¿Y qué leones? ¿Los del zoológico del rey? ¿Los de la Torre?

—No estoy seguro —dije—. Tal vez eso esté en la segunda línea.

↓*M08*→   *espadas.punta*

—Recuerdo esto —dijo Tom—. Está en el mismo código que la fórmula de la pólvora. ¿Pero no debería haber números?

—Los hay —le tendí la hoja—. Huele.

Tom se veía desconcertado.

—¿Es una broma?

—Es en serio.

Se inclinó con desconfianza y olió el papel.

—¿Es…? —se enderezó—. Limón, huele como a limón.

—Antes de que el maestro Benedict me echara de la botica —dije—, me pidió que le llevara jugo de limón. No entendía por qué, pues el jugo de limón es el tratamiento para el escorbuto, que ninguno de nuestros clientes tenía. Luego, cuando volví, había metido el libro de contabilidad en la repisa, abajo del frasco. No me di cuenta de lo que estaba haciendo hasta que vi el mensaje. Escribió los números con jugo de limón. Estaba ocultando códigos dentro de otros códigos.

—¿Y por qué haría eso? —preguntó Tom.

—Porque, sea esto lo que sea, *de verdad* no quiere que nadie más que yo lo vea.

—¿Y cómo podemos verlo nosotros?

—Con fuego —dije—. El calor calcinará el jugo de limón. Necesitamos una vela o algo.

Tom usó los carbones que todavía ardían en los hornos de pan para encender una candela. Le pedí que la sostuviera con firmeza.

—Si el papel se quema…

Agarró tan fuerte la candela que pensé que la iba a aplastar. Tuve que acercar el papel con pulso firme y mantenerlo inmóvil sobre la flama. Lo pasé de un lado a otro lentamente, percibí el olor del cítrico quemándose. Como por arte de magia aparecieron unas marcas café oscuro en la hoja.

↓*M08*→ *05142020222207201601080420210115 espadas.punta*

Durante unos momentos no hicimos más que ver la página. Luego anoté la clave del código.

A	B	C	D	E	F	G	H	I	J	K	L	M
22	23	24	25	26	01	02	03	04	05	06	07	08

N	O	P	Q	R	S	T	U	V	W	X	Y	Z
09	10	11	12	13	14	15	16	17	18	19	20	21

Tradujimos el mensaje y nos reclinamos en nuestras sillas.

—¿Qué significa *eso*? —preguntó Tom.

13

Me quedé viéndolo.
—No… no lo sé.

JSYYAALYUFMIYZFT

—¿Es latín? —preguntó Tom rascándose la cabeza.
—No puede ser —le dije—. En latín no hay *j* ni *u*.
—Tal vez sea otro código, como dijiste. A lo mejor éste es de veras, *de veras* secreto.
Eso tenía sentido.
—¿Pero cómo lo descifro? ¿Dónde está la clave?
—A lo mejor esos símbolos sí significan algo. Los del principio.

†∆

—¿Eso es una cruz? —preguntó.
Lo miré detenidamente.
—Creo que es una espada.
—¿Una espada? ¡Ah! —Tom señaló el final de la segunda línea—. Aquí: espadas punta. He ahí otra espada.

El cuatro de Hugh. Leones y puertas. Y un revoltijo de letras ilegibles. Eso era el mensaje, y yo no entendía nada.

El maestro Benedict me había enseñado a escribir al revés el primer verano que estuve con él. Sabía que yo había resuelto el código numérico de la fórmula para hacer pólvora, y él deliberadamente me había puesto el jugo de limón en la cara. Evidentemente esperaba que descifrara este mensaje, pero ahora yo no sabía qué hacer.

Me desplomé en la silla. Tom me puso una mano en el hombro.

—No te preocupes, lo resolverás. El maestro Benedict creía en ti.

Me dieron ganas de vomitar.

* * *

Ayudé a Tom a terminar de fregar los escalones de la puerta trasera antes de que volviera su padre. Él parloteaba, pero yo no lo escuchaba; estaba pensando en lo que había dicho antes.

Cuando el Consejo del Gremio me echó de mi casa, enseguida quise correr en busca de Hugh, pero la última línea en el mensaje del maestro Benedict me detuvo.

No le digas a nadie.

Cuando vi esa página en el libro de contabilidad pensé que el maestro Benedict la había dejado para identificar a sus asesinos. Ahora, después de lo que Tom y yo habíamos descifrado, ya no estaba tan seguro de que así fuera. Detrás de estos códigos estaba oculto algo más.

Eso es lo que me intrigaba. El propósito de los códigos era engañar y confundir a los extraños, como a Lord Ashcombe, pero Hugh no era ningún extraño: también él había sido aprendiz del maestro Benedict, y habría descifrado este mensaje más rápido de lo que yo jamás podría.

¿Entonces por qué no me dijo que fuera a verlo?

Sacudí la cabeza. Hugh no podía ser parte de la Secta del Arcángel. Él no era ningún asesino, yo estaba seguro. Si lo fuera, el maestro Benedict me lo habría advertido.

Pero quizá lo hizo, después de todo.

No le digas a nadie.

Terminé de fregar y me senté en un escalón. No tenía opción. Ese mensaje ocultaba algo que al maestro Benedict le importaba más que su propia vida. Significaba algo para él. Para descifrarlo necesitaría la ayuda de Hugh.

Decidí que no le diría a Hugh el contenido del mensaje. Mejor lanzaría indirectas, quizá mencionaría alguno de los símbolos. Diría que lo vi en un libro, o algo. Tenía que arriesgarme. Hugh Coggshall era el único que sabría qué significaba, sin importar qué cosa fuera su *cuatro*.

Hugh no tenía una botica. Cuando todavía estaba con el maestro Benedict, se había hecho amigo de Nicholas Lange, aprendiz del Real Colegio de Médicos. De acuerdo con mi maestro, pasaban tanto tiempo juntos como Tom y yo. Los dos se hicieron oficiales el mismo año, se casaron con muchachas casi idénticas, y comenzaron a impartir cátedra pocos años después. Como médico, el doctor Lange necesitaba a alguien que preparara las fórmulas para sus pacientes, así que contrató a su amigo Hugh como su boticario exclusivo. De esa manera, el doctor Lange contaba con alguien de confianza para preparar los medicamentos, y Hugh, que disfrutaba al máximo el taller de mi maestro pero sufría enormemente cuando le tocaba atender en la tienda, nunca más tendría que estar detrás de un mostrador.

El hecho de que ese contrato representara mucho dinero para Hugh tampoco venía mal. Su casa en Chelsea Street —junto a la de Nicholas Lange— era estrecha, pero de buena categoría. Alta, de ladrillo sólido, con un piso más que la mayoría de los edificios vecinos. El taller estaba en la planta baja, y los tres pisos superiores estaban destinados a la vivienda.

Tom y yo llegamos ante su puerta, de roble lacado, con un marco barroco de hierro forjado. Aunque ya estaba oscuro, no había luz encendida en casa, ni siquiera la de la chimenea.

Tom se asomó por la ventana.

—¿Será que no está?

Llamé a la puerta. No hubo respuesta así que llamé de nuevo, ahora con más insistencia.

Se abrió una puerta, pero no aquella frente a la que yo estaba parado. El doctor Lange salió de la casa de junto acompañado de su esposa. Ambos vestidos de fiesta.

—¡Doctor Lange! —corrí para alcanzarlo antes de que abordara el carruaje que los esperaba al final del sendero—. ¡Doctor Lange!

Volteó y se retiró de los ojos mechones de la larga peluca.

—¿Sí? Oh. Este... —movió un dedo intentando recordar mi nombre.

—Christopher Rowe, señor —dije—. Aprendiz de Benedict Blackthorn. Nos conocimos la Navidad pasada, en su establecimiento.

—Sí, por supuesto —frunció el ceño—. Qué gusto encontrarte por aquí. ¿Has visto a Hugh?

—No —respondí sorprendido—. Estaba por preguntarle a usted eso mismo.

—No lo he visto —resopló—. Eso me tiene muy molesto, de hecho. Se supone que Hugh cenaría con nosotros el Día de la Manzana del Roble y nos dejó plantados. El cordero se enfrió —lo dijo como si lo hubieran obligado a tomar cicuta—. Por si fuera poco, hoy necesitaba la preparación de varias fórmulas. Tuve que enviar a mis pacientes con ese imbécil de Cornhill. ¿No está con el señor Blackthorn?

Evidentemente el doctor Lange no estaba enterado de las últimas noticias. Sólo negué con la cabeza y dije:

—¿Entonces no ha visto al maestro Hugh desde el jueves?

Se mesó la barba.

—Sí, me parece que así es. Desayunamos juntos el Día de la Ascensión. Si partió a ver a su esposa sin avisarme, enterraré mi bota en su trasero. Díselo cuando lo veas —me ordenó dándome golpecitos con el dedo.

Caminamos de regreso a la casa de Tom; yo iba pisando fuerte los adoquines. Tom evitaba hacer contacto visual conmigo.

—El maestro Hugh no lo hizo —dije.

Tom sostuvo las manos en alto y respondió:

—Yo no dije nada.

—Puedo escuchar tus pensamientos.

—Está bien —dijo—, te creo. Pero entonces, ¿dónde está?

Tal vez el doctor Lange tenía razón. La esposa de Hugh no soportaba el ruido, ni el olor de la ciudad, y pasaba meses con sus dos hijas apartada en su casa de campo. Quizás Hugh se había marchado para estar con su familia. Recordé la conversación que había alcanzado a escuchar el jueves en la noche.

Hugh había dicho, preocupado: "Simon ya huyó de la ciudad".

Y el maestro Benedict había replicado, lleno de resignación: "¿Tú también quieres irte?"

Y luego mi maestro fue atacado.

Quizás eso lo llevó a su límite. Entonces salió huyendo... ¿Pero no habría convencido al maestro Benedict de irse con él?

Pues no. El maestro Benedict quiso quedarse. Y de todas las cualidades de mi maestro, *fácil de persuadir* no era una de ellas. Sacudí la cabeza. Si Hugh ya había abandonado Londres, yo no tendría modo de averiguar lo que significaba el mensaje de mi maestro.

Llegamos a la calle de Tom, pero en vez de caminar por ahí, Tom me condujo por el estrecho callejón que llevaba a la parte trasera de su casa. Su madre estaba esperando en la puerta trasera con un saco de arpillera en la mano.

—¿Le dieron la noticia al maestro Coggshall? —preguntó.

—No estaba en casa —le dije.

—Qué pena. Siempre es mejor oír esta clase de cosas de boca de los amigos —le pasó el saco a Tom—. La cena es en cinco minutos.

Tom me impidió entrar a la casa detrás de su madre.

—Tenemos que esperar.

—¿A qué? —adentro del saco había media hogaza de pan crujiente, un pan duro de centeno y algunos panes dulces.

—¿Esto es lo que vamos a comer?

—No —y señaló con un gesto hacia el final del sendero.

Apareció un hombre. A la distancia parecía como si fuera adinerado, cosa extraña, porque si bien ésta no era una calle de mala muerte, tampoco era la clase de lugar donde te encontrabas a hombres acaudalados paseando por los callejones.

Sin embargo, cuando se acercó vi que no era para nada lo que había pensado.

Su ropa alguna vez había sido elegante, pero ya no más; su peluca era un nido de pájaros; su delgado abrigo de lana lucía andrajoso y tenía las orillas desgastadas; su camisa estaba tan sucia que no podía saberse cuál había sido su color original, y sus pantalones de montar, de suave piel de ciervo, estaban tan gastados que se le transparentaban las rodillas.

Era el doctor Parrett. Solía visitar nuestra botica, pero el verano anterior su casa se incendió. No la había reparado pero tampoco se había mudado. Seguía viviendo allí, solo, entre la madera carbonizada y las cenizas de su antigua vida.

—Buenas noches, doctor Parrett —dijo Tom.

—Buenas noches, Tom, y… —ladeó la cabeza, como si estuviera escuchando algo— Christopher.

Se acercó. Se bañaba con la misma frecuencia con que lavaba su ropa.

—Me da gusto verlo de nuevo, señor —le dije.

Me miró con tristeza.

—Lamento mucho lo de tu maestro, muchacho. Si necesitas algo, mi casa es tu casa por el tiempo que necesites. Y a James le encantaría estar acompañado.

Sentí un escalofrío en la columna vertebral. James, el hijo de doce años del doctor Parrett, había muerto en el incendio.

—Es muy amable de su parte —farfullé.

Tom le extendió el saco.

—Aquí tiene, señor. Una hogaza y pan dulce.

—Eso le va a gustar a James —dijo el doctor Parrett—. Le encanta su pan dulce. Es difícil hacer que coma cualquier otra cosa —dio unos toques a sus bolsillos rasgados—. Mmm… Me temo que otra vez olvidé traer mi monedero. Puedo ir a…

—No se preocupe —le dijo Tom—. Lo anotaré en su cuenta, como siempre.

El doctor Parrett tomó el saco con mano temblorosa y la sostuvo contra el pecho como si fuera un bebé.

—Gracias —dijo dulcemente.

—Nos vemos el lunes.

Lo observamos alejarse. Cuando estábamos por entrar, Tom me puso la mano en el brazo.

—No le digas a mi padre —me dijo.

Tom llamó a sus hermanas. En un segundo, las cinco ya estaban descendiendo ruidosamente por las escaleras. Nos sentamos a cenar. En otras circunstancias habría saboreado la carne, asada a la perfección con pimienta y salvia, pero con cada bocado que yo daba, el padre de Tom se mordía los labios como si estuviera devorándome su futuro. Además, no podía dejar de pensar en el pobre doctor Parrett. Me asustaba. Yo también lo había perdido todo. ¿Así estaría yo en un año? ¿Viviendo entre los escombros de mi propia vida, mendigando sobras, imaginando que el maestro Benedict seguía vivo?

Después de la cena nos ordenaron a Tom y a mí que levantáramos la mesa y laváramos las ollas. Normalmente a las niñas Bailey les habrían asignado alguna tarea, pero el padre de Tom parecía sentir que desquitaría mi estancia si yo hacía todo el quehacer. Libres de sus deberes habituales, las niñas decidieron rondar la cocina y divertirse a costa nuestra.

Cecily, encantada con el giro de los acontecimientos, decidió que sería la capataz. Mientras nosotros trabajábamos, ella constantemente nos daba órdenes: nos decía que *esta* olla necesitaba tallarse más, o que *esa* otra necesitaba fregarse *así* y *asá*. La regordeta y risueña Isabel se sentó en la cubierta y, meciendo las piernas bajo su enagua anaranjada con holanes, se puso a parlotear —decía algo de un pato que era amigo de un borrego—, sin que pareciera importarle si alguien la escuchaba o no. Las otras tres, Catherine, Emma y la pequeña Molly, encontraron una bola de hilo y se pusieron a jugar algo llamado toca-pega. No sé cuáles serían las reglas, pero daba la impresión de que las niñas ganaban puntos cada vez que la bola nos daba a Tom o a mí, y puntos dobles si nos rebotaba en la cabeza.

Cuando terminamos con las ollas, las tres menores se sujetaron de mis piernas, me declararon su prisionero y se negaron a soltarme hasta que les leyera algún cuento. Entonces subimos al dormitorio de las niñas, donde los Bailey guardaban su único libro, un ejemplar de *Le Morte d'Arthur* con las esquinas de las hojas dobladas.

Todos subimos a la cama de Cecily. Abrí el libro. Cecily, sentada detrás de mí, parecía más interesada en trenzarme plumas en el pelo que en atender a la historia. Isabel se entretenía untándome colorete en las mejillas y riéndose todo el tiempo. Las otras tres escuchaban con las orejas en alto como lobos, mientras les leía el relato de "El rey Arturo y el gigante del monte Saint-Michel". El gigante aterroriza la campiña, matando a la gente y saqueando la tierra, hasta que sus habitantes le suplican al rey Arturo que los salve. Molly, que con apenas cuatro años era la más joven, escondía la cara en mi regazo mientras el gigante se comía a doce niños como si fueran pollos rostizados. Ella y la dulce Emma se aferraron a mi cintura durante la batalla final, cuando los dos ruedan cuesta abajo hacia el mar, hasta que el Gran Rey de Bretaña aniquila al monstruo con su daga.

Cecily recargó en mí su esbelto cuerpo con su cabeza en mi nuca.

—Me gustaría que estuviera aquí —dijo con tristeza.

—¿El rey Arturo? —pregunté.

—Ajá —puso la barbilla en mi hombro y me rodeó el pecho con los brazos.

—Él habría detenido a la Secta del Arcángel, y así no le habrían hecho daño a tu maestro —suspiro—. Pero sospecho que no es más que un cuento.

Cecily continuó abrazándome mientras Molly y Emma pasaban la página, y me suplicaba que siguiera leyendo. Tom, viendo desde la puerta, las mandó callar y las arropó bajo las sábanas.

—Ya tuvieron suficiente diversión por hoy. Mañana les contarán otro cuento.

Tom y yo apagamos las velas y salimos a sentarnos en los bien fregados escalones que daban al callejón. Tom me pasó un trapo de lana para que pudiera quitarme el colorete de las mejillas. Mientras lo hacía, él no dejaba de mirarme de reojo.

—¿Qué pasa? —pregunté.

—Estás muy callado —dijo.

—Ah, ¿sí?

—Ajá —suspiró—. ¿Entonces en qué quieres meterme esta vez?

—¿A qué te refieres?

—Conozco esa mirada.

Supongo que no habría podido guardármelo. Cecily tenía razón: el rey Arturo no era más que un cuento. Nadie vendría a salvarme. Pero eso no significaba que iba a dejar que me quitaran todo lo que me importaba. Tal vez no sabía cómo resolver el enigma del maestro Benedict, pero sí sabía qué podía hacer esa noche.

La Secta del Arcángel me había quitado a mi maestro. El Consejo del Gremio de Boticarios me había echado de mi casa. Solamente me quedaba una cosa en la vida: mi cubo del acertijo. Y ardería en las llamas del infierno antes de permitir que me quitaran también eso.

CAPÍTULO
14

—Es una locura —dijo Tom bufando.
—Ya lo habías dicho —susurré.

—Y sin embargo aquí estamos y seguimos haciéndolo. Así que, si no te molesta: esto es una locura.

Tenía algo de razón. Andar a hurtadillas por los callejones de Londres a medianoche no era la mejor idea del mundo. En el mejor de los casos te toparías con una panda de borrachos. En el peor, no vivirías para ver el amanecer. Y si te encontrabas con un miembro de la guardia del distrito, era tan probable que te rompiera el cráneo como que te interrogara, pues daría por sentado que traías algo entre manos.

No había faroles en las calles. El reglamento de la ciudad los prohibía después de las nueve de la noche. Lo que si había era niños con antorchas encendidas a los que podías contratar para que iluminaran tu camino, pero evidentemente eso era imposible para nosotros. Así que nos desplazamos con la luz de la media luna, que envolvía a la ciudad en un nebuloso resplandor plateado. Por suerte, mi casa no estaba lejos: sólo a tres cuadras de la de Tom. Nos escondimos detrás de la carreta de los hombres que pasan de noche a las casas a recoger los excrementos, corrimos a toda prisa por un callejón más, saltamos una valla de piedra y llegamos a la parte trasera del taller de Blackthorn.

—¿Cómo vamos a entrar? —preguntó Tom—. Creí que el Consejo del Gremio te había quitado la llave.

Sí me la habían quitado, sólo que no sabían que el maestro Benedict escondía otra llave y yo no les dije dónde. En una esquina de la parte trasera de la casa, una columna de ladrillo con grietas llevaba a un lado de la chimenea. Arrastré los dedos a lo largo de ella para sentir el símbolo. Lo encontré, grabado casi a la altura de los ojos, del lado izquierdo, camuflado por los dibujos que forma la textura del ladrillo.

♂

Tom ladeó la cabeza.

—¿No es eso un planeta?

Tenía razón, era el símbolo de Marte. Me pregunté por qué el maestro Benedict lo habría usado para señalar su llave. Seguía pensando en eso cuando un aleteo frenético estalló frente a mi rostro. Me sobresalté. Tom pegó un chillido que no sabía que pudiera salir de un muchacho de su tamaño.

El corazón volvió a latirme cuando vi que no era más que una paloma. Dio unos aletazos y aterrizó junto a mí. A la luz de la luna me tomó unos momentos reconocerla.

—¡Bridget!

Zureó.

Me arrodillé y la levanté entre mis manos. Se acurrucó en mis dedos.

—¿Qué haces aquí afuera? —pregunté.

—Mira —dijo Tom señalando hacia arriba.

Justo encima de nosotros, a la orilla del tejado, la puerta de la jaula de las palomas se balanceaba con la brisa. Lancé un terrible improperio. El mozo enviado por el Consejo del Gremio no había echado el pasador, y ahora seguramente todas las aves se habrían escapado. En libertad, Bridget podría haberse lastimado.

Se retorció entre mis dedos, alarmada por mi voz. Dejé de lanzar maldiciones y le acaricié las plumas para tranquilizarla, pero siguió mostrándose ofendida.

Tom, nervioso, miraba alrededor.

—No podemos quedarnos aquí toda la noche.

Una vez más, tenía razón. Acuné a Bridget en un brazo y jalé el ladrillo con el símbolo de Marte. Se deslizó raspando la mampostería. Detrás había un huequito, y adentro de él, la llave de la casa.

Sin embargo, cuando fui a la puerta trasera vi que ya estaba abierta. El mismo imbécil que había dejado salir a nuestras aves había olvidado asegurar la puerta. Estaba por maldecir nuevamente, pero cuando entramos noté que me había quedado sin voz.

Nuestro taller había sido registrado de arriba abajo.

Un fuego que todavía ardía en el horno del rincón daba suficiente luz para ver los daños. Había ollas y utensilios de cocina desparramados en las mesas de trabajo, libros abiertos arrojados como si fueran basura. Los frascos de cerámica estaban de cabeza y habían dejado explosiones de polvo arcoíris sobre las duelas. Hasta la bodega de hielo en el suelo estaba abierta, y los preciosos trozos astillados se derretían al descubierto.

Cuando Bridget dio un grito ahogado me di cuenta de que la estaba apretando.

—Tenemos que irnos —dijo Tom jalándome de la manga.

Yo no podía. En contra de los ruegos de Tom, avancé y entré a la tienda. Esperaba algo malo. Resultó aún peor.

La mitad de los frascos estaba fuera de las repisas, algunos volteados, otros hechos añicos, con polvos y hierbas tirados por todas partes. También aquí había libros rotos y hojas desperdigadas por la habitación, como si fuera un manto de nieve manchado de tinta. Ni los animales disecados se habían salvado: todos estaban mutilados, su relleno de paja encima del resto del desorden.

Me temblaron los hombros. ¡Esos monstruos horrorosos y aborrecibles! ¿Iban a destruir todo lo que me importaba? Por un momento casi desfallezco, pero no falté a mi promesa. Me sequé las lágrimas y contuve la oleada de llanto, para dejar que alimentara mi rabia por dentro.

La faja de mi maestro estaba en el rincón, parcialmente cubierta de hojas de zarzamora. Dejé caer la llave sobre el mostrador y dejé ahí también a Bridget. Levanté la faja. Todavía conservaba su tenue olor a incienso egipcio, que me hizo recordar a mi maestro. Le sacudí las hojas y me envolví con ella la cintura. Me abrazó con fuerza.

No había regresado por ella pero tampoco iba a dejarla ahí. No ahora. Me la amarré sobre la camisa. Luego busqué entre los escombros, pasando los dedos entre granos multicolor, hasta que finalmente encontré lo que buscaba, escondido en el suelo, abajo de un montón de cinabrio.

Mi cubo del acertijo. Mi regalo de cumpleaños del maestro Benedict. Mío.

Lo cargué dejando que su peso presionara la palma de mi mano. Durante unos instantes sentí como si todo volviera a estar bien.

—¿Debería comer eso? —preguntó Tom.

Volteé. Bridget, sobre el mostrador, estaba picoteando un montoncito de finos cristales blancos.

—¡Bridget! ¡No! —corrí hacia ella. Se apartó con un batir de alas.

Metí un dedo en el polvo y me lo puse en la punta de la lengua. Percibí un sabor dulce y suspiré aliviado. Sólo era azúcar. Inocua, menos mal. Con todo, imaginé lo que el maestro Benedict diría si me descubriera alimentando una paloma con valiosa azúcar.

En ese momento caí en la cuenta. *Sí era* valiosa.

La azúcar y las hojas de zarzamora, el salitre, el cinabrio... componentes de boticario que en el mercado se valuaban en una fortuna. Aunque los ladrones no conocieran el valor de todos esos artículos, teníamos frascos de oro y plata en polvo, claros bienes preciados. Sin embargo, no se los habían llevado, allí estaba todo ese tesoro desperdigado como arena.

En eso pude notar algo más. Lo que estaba tirado en la tienda eran componentes *secos:* polvos, minerales, hojas. Todos. Ninguno de los frascos que quedaban en las repisas contenían algo sólido, y todos los frascos con líquidos estaban intactos.

Libros deshojados. Animales disecados hechos jirones. Productos secos desperdigados.

Quien hubiera registrado la tienda no había venido a robar. *Buscaba* algo. Algo específico, que mi maestro había escondido. Algo tan valioso que valía la pena desechar cientos de libras en componentes para encontrarlo.

Y sabían leer las etiquetas de los frascos.

Metí el cubo del acertijo bajo la faja de mi maestro y levanté a Bridget.

—Tenemos que irnos.

Tom sonaba exasperado.

—¡Es lo que *yo* dije!

Fue medio trotando hacia la puerta del taller. Lo seguí, y luego me estrellé contra sus espaldas.

Bridget graznó y agitó las plumas. Yo di un paso atrás. Tom se quedó inmóvil.

—¿Qué estás...? —comencé a decir, pero levantó la mano, con los ojos abiertos como platos.

Y entonces lo oí yo también.

CAPÍTULO
15

Un lento crujido en las escaleras que conducían al segundo piso. Una pisada en la tierra. Una voz grave y ronca.

—¿Quién anda ahí? —dijo.

Jalé a Tom de la camisa. Nos escondimos debajo de la segunda mesa exhibidora, la más lejana a la luz de la chimenea.

Unas pisadas se acercaron a la puerta, lentamente, con cautela.

—¿Maestro? ¿Es usted?

Dio otro paso adelante. Alcancé a ver una bota cubierta de mugre y finos granos blancos, con un trozo de pergamino adherido al tacón. La pierna de sus pantalones, de lana gris, estaba metida en la bota.

Se acercó, y por fin pude ver su rostro. La luz era tenue, pero iluminaba lo suficiente para ubicarlo. De ojos juntos, frente inclinada. Cabello rojizo, musculoso. Como de dieciséis años. Esta vez no llevaba puesto el delantal azul.

Era el aprendiz. El que había pasado por la botica esa mañana. El que cubría media ventana y se había reído cuando el maestro me golpeó.

Me eché más para atrás contra las patas de la mesa. Rogué por que el hecho de que apenas pudiera ver a Tom encogido de miedo en el otro extremo significara que seguíamos en las sombras. También rogué por que Bridget no hiciera ningún ruido. Se acurrucó en mí, temblando. Me pregunté si ella podía oler mi miedo.

Se oyó otra voz que susurraba desde el taller.

—¿Wat? ¿Dónde estás?

—Aquí adentro —respondió el aprendiz.

El segundo hombre entró a la botica.

—¿Tú dejaste abierta la puerta trase…? —se interrumpió y dio un grito ahogado.

Reconocí esa voz, la conocía bien. Lo supe desde antes de que apareciera ante mi vista.

Era Nathaniel Stubb.

Miró boquiabierto el desorden.

—¡Wat! ¿Qué diablos has hecho?

—Lo que me dijo que hiciera —dijo Wat. Sonaba enojado—: buscar el maldito fuego.

Stubb le dio un golpe en la oreja.

—¿No entiendes lo que vale todo esto? —los ojos se le salieron de las órbitas—. ¿Eso es azafrán? ¡Pero qué imbécil eres!

Stubb se abrió paso hacia el mostrador e intentó separar las hebras doradas de azafrán que se había mezclado con bermellón. No se dio cuenta de cómo lo miró Wat, ni de cómo los dedos del muchacho agarraron la empuñadura de la navaja ancha y curva que traía en el cinturón.

—¿Y por lo menos encontraste algo —preguntó Stubb—, o estás destruyendo esta botica sin ninguna razón?

Wat rechinó los dientes.

—No está aquí.

—Tiene que estar aquí. Si no hubieras matado a Benedict tan rápido, te habría dicho dónde está.

Sus palabras me atravesaron el corazón como una flecha. Una parte de mí ya sabía que Stubb había tenido algo que ver con la muerte de mi maestro pero, de todas formas, escucharlo fue doloroso.

—¡No fue mi culpa! —dijo Wat con tono resentido—. Él ya se había envenenado antes de que yo pudiera sacarle nada.

—Porque te delataste.

—¡No me delaté!

—Sí, claro, estoy completamente seguro de que el maestro boticario Benedict Blackthorn masticó estramonio por accidente —dijo Stubb en tono desdeñoso.

El estramonio. Me había olvidado de él por completo, pero en ese momento recordé las semillas negras con forma de riñón esparcidas alrededor del frasco de vidrio en el taller, que vi justo antes de encontrar el cadáver de mi maestro. Pensé que quizá la Secta del Arcángel se las había llevado para usarlas con algún enemigo futuro, pero el maestro Benedict se había envenenado.

Mi mente se aceleró. ¿Por qué haría eso? ¿Para librarse de la tortura que Wat le inflingiría, como a las otras víctimas de la Secta? ¿O había algo más? Wat había destrozado la botica de mi maestro en busca de algo. ¿El maestro Blackthorn se había envenenado para no tener que decirle al muchacho dónde estaba?

Pensé en el mensaje que mi maestro ocultó en el libro de contabilidad. La hoja que ahora estaba en casa de Tom, metida debajo del colchón de su cama. Se me ocurrió que probablemente ésa era la mejor idea que había tenido en todo el día, porque, estuvieran buscando lo que estuvieran buscando, el secreto para encontrarlo se me había otorgado a *mí*.

Fue como si Stubb hubiera oído mis pensamientos.

—¿Por qué no al menos te quedaste para interrogar al aprendiz? —le dijo. El pecho se me congeló en ese instante.

Wat se cruzó de brazos y dijo:

—Él no sabe nada. Blackthorn lo odiaba. Él no le habría enseñado a ese niño ni cómo limpiarse su propio trasero.

Allí, en medio de la oscuridad, me llevé la mano a la mejilla. *Eres un inútil,* había dicho el maestro Benedict antes de golpearme. Lo había hecho en público, frente a aquel muchacho.

El maestro Benedict me había golpeado enfrente de Wat para *salvarme,* para dejarme fuera de la pista. El cruel escozor del recuerdo se evaporó y me dejó dentro un vacío doloroso. *Oh, maestro,* le reclamé, *¿por qué se quedó si sabía que lo matarían? ¿Por qué no mejor vino conmigo? ¿Por qué no me tomó de la mano para salir huyendo?*

—No me importa lo que Benedict pensara de su aprendiz —dijo Stubb—. Ese muchacho pudo haber visto, escuchado o leído algo. Encuéntralo e interrógalo. Luego deshazte de él, igual que de los otros, sin importar si sabe del fuego o no. No podemos arriesgarnos a que siga vivo.

Me sentí como si estuviera congelado. También Tom había dejado de respirar.

—Está bien —dijo Wat encogiéndose de hombros y se dispuso a partir.

—Todavía no, tonto —dijo Stubb—. ¿Cómo vas a descubrir a dónde fue a estas horas de la noche? Hazlo mañana. Termina de revisar los libros.

Wat puso cara de pocos amigos.

—¿Tiene una idea de cuántos libros tenía este viejo?

Stubb levantó la mano para golpear al muchacho.

—Cuidado con lo que dices.

Se quedaron viendo fijamente a los ojos. Por un momento estuve seguro de que Wat sacaría su cuchillo, pero no, tan sólo se agachó lentamente y recogió del suelo un libro forrado en piel. Lo sacudió en el mostrador y se formó en el aire una nube de polvo anaranjado. Stubb tosió. Wat esbozó una sonrisita de satisfacción y comenzó a hojearlo.

Stubb regresó donde el azafrán e intentó rescatar todo lo posible. Los dos nos daban la espalda. Eso no duraría para siempre.

Teníamos que salir de allí. Ya.

Stubb bloqueaba el acceso al taller. La puerta principal, detrás de mí, estaba cerrada con llave y tenía puesta la tranca. Quizá podría quitar la tranca y luego abrir la puerta mientras estuvieran volteados. Estaba a punto de salir a gatas de abajo de la mesa cuando me di cuenta de que había cometido un gravísimo error.

¡La llave! Había dejado la llave de la botica sobre el mostrador.

Allí seguía, de hierro gris y sin brillo, en un montoncito de azúcar. Maldije. Podría atravesar a gatas sin ser visto hasta el otro extremo de la habitación, pero llegar al mostrador era algo que no iba a ocurrir.

Ahora sólo había una manera de salir: necesitaba que Stubb se alejara de la puerta del taller.

Intenté pensar. Una esquina del cubo del acertijo, que tenía metido debajo de la faja del maestro Benedict, se me encajaba en el estómago. Me moví, en un intento de ajustarlo para que ya no me lastimara. Enfrente de mí, Tom, que estaba hecho un ovillo, se encogió todavía más. Se veía tan asustado que pensé que iba a llorar. Yo sabía exactamente cómo se sentía.

Pero ver a Tom fue lo que me dio la idea.

Le extendí a Bridget. La tomó con dedos temblorosos entre sus enormes y suaves manos y la abrazó. Sus ojos se abrieron como platos cuando me escabullí.

Me moví alrededor de la mesa, la madera entre los intrusos y yo. En medio de la habitación había un espacio que debía atravesar, pero tenía la esperanza de pasar desapercibido si me quedaba en la sombra.

Gateé despacio a la otra mesa, cerca de la chimenea. El corazón me latió con fuerza todo el camino. Acurrucado detrás de la estantería, busqué en la faja de mi maestro. Por suerte, Wat no había roto las ampolletas cuando la tiró. Tuve que leer casi todas las etiquetas antes de encontrar las tres que buscaba.

Azufre, carbón y salitre.

Después de que Wat registró los libros de mi maestro quedaron papeles rotos por todas partes. Podía usarlos. En silencio, retiré los tapones de corcho y vacié las ampolletas sobre una hoja. Mezclé la pólvora con los dedos lo mejor que pude. Sin el mortero no iba a ser tan buena como la de nuestro cañón. Rogué para que aun así funcionara.

Tan cerca del fuego, sólo tendría unos cuantos segundos para intentarlo. Coloqué el papel con la pólvora junto a la chimenea. Tomé una segunda hoja y la puse encima: un extremo sobre la pólvora, el extremo contrario sobre las llamas.

El fuego rizó el papel más rápido de lo que esperaba. Salí como pude de mi escondite y me arrojé tras de la puerta donde estaban ocultos Tom y Bridget.

Stubb giró con los ojos entrecerrados.

—¿Qué cosa fue e…?

De repente una llamarada refulgió desde la chimenea. Hubo un siseo aterrador. Luego las flamas se alzaron desde la piedra, y la corriente expulsó las hojas encendidas hacia arriba.

—¡Fuego! —gritó Stubb—. ¡Apágalo! ¡Apágalo!

Enloquecido, buscó agua en la repisa detrás del mostrador. Wat corrió en medio del humo hacia la chimenea y comenzó a apagar el fuego con los pies, en un intento desesperado por impedir que el papel en llamas encendiera nada más.

Sujeté a Tom del cuello de la camisa. Lo jalé. Corrimos.

* * *

Tom hizo la carrera de su vida bajo la noche londinense, apretando contra él a la espantada Bridget. Yo corría tras él, volteando en cada esquina para ver si nos seguían.

O los perdimos o no nos vieron, porque llegamos al callejón detrás de la casa de Tom sin que Wat o Nathaniel Stubb aparecieran por ningún lado. Por poco y quedamos aplastados en la puerta trasera —o, más exactamente, Tom por poco y me aplasta a mí— cuando ambos intentamos entrar al mismo tiempo. Eché la tranca de golpe y me incliné en la mesa jadeando. Tom se apoyó en la pared y se deslizó hacia el suelo, intentando recuperar el aliento.

La pobre Bridget forcejeaba en sus manos. Tuve que persuadirla de que viniera conmigo y sostenerla junto a mi rostro para que se apaciguara. Esa paloma estaba hecha de un material resistente, porque se tranquilizó mucho antes que nosotros.

Fui a la ventana. Busqué algún resplandor, humo, algo que anunciara que la pólvora que encendí hubiera explotado y reducido mi casa a cenizas, pero no vi nada, y sabía que, de haber habido un incendio, para entonces ya se habría dado la alarma. De todas formas miré y esperé.

Tom buscó junto a mí, con su brazo recargado en mi hombro.

—¿Estamos a salvo? —preguntó.

No sabía cómo responder.

DOMINGO 31 DE MAYO DE 1665

LA VISITACIÓN DE MARÍA

16

No podía dormir.

No era sólo porque el piso del dormitorio de Tom se sintiera como un bosque de astillas. Tampoco era por el miedo que aún tenía alojado en las tripas. Tom estaba tan asustado como yo, y sin embargo diez minutos después de que su cabeza cayó en la almohada ya estaba roncando más fuerte que las ruedas de un carruaje sobre el adoquín.

No podía dormir porque sabía quién había asesinado a mi maestro. No podía dormir porque ahora sus asesinos vendrían tras de mí.

Y no sabía qué hacer con eso.

Quería ir corriendo con Lord Ashcombe, contarle lo que había visto, pero no podía. Aunque me creyera —y el guardia del rey no parecía muy abierto a confiar en los demás que digamos—, yo no tenía pruebas reales de que Stubb y Wat hubieran matado a mi maestro. Sería mi palabra contra la suya, y yo no era tan tonto como para no saber qué resultaría de eso. Él era un maestro, yo un aprendiz. A mí nadie me escucharía.

Tom me respaldaría, por supuesto, pero a él no lo tomarían más en serio que a mí. Además habíamos cometido un delito grave. Entrar a una casa —aunque *fuera* la mía— era bastante serio. Haberme llevado el cubo y la faja, ambos ahora escondidos bajo la cama de Tom junto a la página del libro de contabilidad, era hurto. Y robar era castigado con pena de muerte. Terminaríamos colgando de la horca, con o sin secta homicida.

La puerta del dormitorio de Tom se abrió con un rechinido. Su hermana menor, Molly, entró descalza sin hacer ruido, se acurrucó en el suelo y se arrimó hacia mí, apretando contra su pecho una mantita muy preciada. La oí respirar mientras pensaba, presa de insomnio. Para que colgaran a Stubb y a su aprendiz por sus crímenes tendría que mostrar pruebas concluyentes a Lord Ashcombe, o el testimonio de alguien con mayor prestigio que Stubb. Alguien respetado, cuya posición lo colocara por encima de los hombres comunes y corrientes. No sabía cómo obtener lo primero, pero lo segundo tal vez sí.

* * *

Al amanecer me escurrí de los brazos de Molly y salí sigilosamente de la casa. A esa hora casi todos los días, las calles ya estarían atestadas con el tráfico: tenderos camino a su trabajo, comerciantes acarreando sus productos al mercado, cocheros insultando a los peatones, pero entonces era domingo, el día de descanso del Señor. Aunque había algunas almas en la calle para darme los buenos días, la ciudad se sentía vacía.

Y yo aún no me sentía seguro. Por un lado, las calles vacías me permitirían ver mejor si Stubb o Wat estaban cerca, pues cualquiera de ellos podía estar buscándome. Por otro lado, había menos testigos que pudieran ahuyentar a los posibles secuestradores. Lo mejor que podía hacer era mantenerme lejos de las calles cercanas a la botica de Stubb. Tenía la esperanza de que, tras haber pasado toda la noche registrando nuestra tienda, necesitarían dormir un poco en la mañana.

Llevaba conmigo la faja de mi maestro, amarrada debajo de mi camisa para que nadie la viera. También, la página del libro de contabilidad y mi cubo del acertijo, que hacía un bulto en mi bolsillo. Pero lo que realmente deseaba haber traído era a Tom. Y a Bridget también. Había tenido que soltarla antes de meternos a la cama, pues si el padre de Tom encontraba una paloma en su casa, hornearía una tarta con ella. Se había ido batiendo las alas a la noche, hacia la luna brillante, antes de desaparecer detrás de un tejado distante. Mientras caminaba, miraba el cielo en busca de ella, deseando que volviera.

Me tomó un tiempo llegar. Sabía que la casa que buscaba estaba en Cornhill, pero no estaba seguro de cuál era. Le pedí indicaciones a un ropavejero que llevaba un costal grasiento al hombro. Él me envió a la esquina, donde estaba la casa del Gran Maestro boticario Sir Edward Thorpe. Llamé a la puerta.

—No está disponible —dijo la larguirucha joven criada que abrió.

—¿Cuándo puedo hablar con él? —pregunté.

Me miró de arriba abajo. *Nunca*, dijeron sus ojos. No había tenido oportunidad de lavarme tras la noche anterior, debo haber parecido un mendigo.

—Por favor, señorita. Es un asunto urgente del Gremio. Soy un aprendiz.

Apretó los labios pero me dio una respuesta.

—Fue al Colegio.

Me sorprendí.

—¿En domingo?

Se encogió de hombros y dijo:

—No soy quién para preguntar.

Di un paso atrás antes de que me cerrara la puerta en la cara.

No había visitado el Colegio de Boticarios en tres años. Después de que aprobé mi examen de admisión, el maestro Benedict me llevó a mi nueva casa, y ninguno de los dos había regresado. Eso no era raro para alguien como yo. Técnicamente hablando, los aprendices aún no eran miembros del Gremio, así que, a menos que enfrentaran un castigo o que estuvieran asignados al laboratorio del Gremio, un aprendiz no tenía nada que hacer en el Colegio. A veces, sin embargo, me preocupaba por mi maestro. Él no tenía muchos amigos. Sólo Hugh lo visitaba en casa. Estaba Isaac el librero, claro, pero yo nunca lo había visto. Ni siquiera habría sabido de su existencia si no fuera por las columnas de libros que crecían como tallos de maíz en mi casa. Una vez le pregunté al maestro Benedict por qué nunca iba al Colegio.

—La política me aburre —fue todo lo que dijo.

Mientras me encaminaba hacia allá, me pregunté si no sería en realidad el hedor el motivo por el que no se acercaba. El Colegio estaba cerca del Támesis, en Blackfriars Lane. El río apestaba horrible, especialmente con la marea baja, cuando el fango en las orillas aglutinaba cualquier cantidad de podredumbre. Las calles no olían mejor: estaban atascadas por culpa de los clientes que acudían al teatro cercano, donde actores, escritores y otras personas vulgares en estado de embriaguez vaciaban el estómago y llenaban las canaletas de inmundicia.

Pero el edificio del Colegio era imponente. Alguna vez había sido un monasterio, hogar de los frailes dominicos de capa negra que le dieron nombre a la calle, Blackfriars, y eso se notaba en sus muros de ladrillo negro de tres pisos de altura. La primera vez que fui me quedé afuera, asomándome por las ventanas altas y angostas. Miraba a hombres entrar y salir e imaginaba cómo sería su vida, que pronto, esperaba, sería también la mía. Estudiaba sus rostros y me preguntaba quién sería mi nuevo maestro, y deseaba que fuera éste o que no fuera aquél, sin basarme en ningún otro motivo que si me agradaba su apariencia o no. Recuerdo la primera vez que vi al maestro Benedict, aún con la euforia de haber aprobado el examen. Me extendió la mano y dijo, como si yo fuera una persona de verdad:

Encantado de conocerte, Christopher Rowe.

En aquel entonces la entrada al Colegio me ponía nervioso. Era una cosa enorme de roble, del doble de mi estatura, flanqueada por dos pilares con un arco arriba. LA HONORABLE SOCIEDAD DE BOTICARIOS, decía, con el escudo azul del emblema del Gremio encima. En el escudo estaba Apolo, el dios griego sanador, erguido sobre el dragón negro de la enfermedad, apoyado en dos unicornios dorados. Abajo se desplegaba un rollo con el lema de los boticarios: OPIFERQUE PER ORBEM DICOR. *En el mundo entero me llaman aquél que da alivio.*

Este día la inmensa puerta estaba cerrada. La golpeé con un puño. Pasó un minuto antes de que abriera con un rechinido. Un hombre joven de ojos gris pizarra asomó la cabeza por la rendija y dijo:

—El Colegio del Gremio cierra los domingos. Los candidatos a aprendiz deben traerle su solicitud al administrador entre semana —y dicho esto comenzó a cerrar la puerta.

—Espere —dije—. Yo ya soy aprendiz. Tengo que hablar con el Gran Maestro Thorpe.

—Regrese mañana. Hasta entonces podrá atender sus asuntos.

—Es por el asesinato de Benedict Blackthorn.

El hombre me miró de arriba abajo. Volví a desear verme un poco más limpio.

—Un momento —dijo, y cerró la puerta.

Pasaron varios minutos antes de que regresara.

—Venga conmigo.

Me condujo a través del pasadizo con arcos hasta el patio empedrado. En el centro estaba el pozo, que suministraba agua a los laboratorios y talleres del Gremio. Había bancos de hierro en los costados, colocados contra muros recién pintados de ocre amarillo. Las ventanas de los despachos superiores tenían vista hacia ese espacio. Todos parecían vacíos, como era de esperarse en domingo.

Del lado sur del patio, una escalinata conducía, por la derecha, a los despachos de los maestros y al Gran Salón, donde había hecho el examen. La puerta de los laboratorios estaba frente a nosotros.

Por un momento pensé que hacia allá me llevaría el hombre, pero en vez de eso dio vuelta a la izquierda en el fondo del patio. Fuimos hacia el norte a una habitación con una puerta, que daba a los despachos de los empleados, y dos sillas.

Hizo un gesto hacia una de ellas:

—Alguien estará con usted en breve.

Esperé.

Una mano me zarandeó y me desperté.

Parpadeé. Con ojos adormilados vi arriba de mí la cabeza calva de Oswyn Colthurst.

—Estás babeando —me dijo.

162

—Lo siento.

Me sequé la boca con la manga. Mi camisa seguía oliendo a pólvora.

Oswyn cruzó los brazos.

—Si mal no recuerdo, Christopher, se te pidió presentarte el lunes. ¿Sí conoces los días de la semana?

Me puse de pie.

—Perdone, maestro Colthurst, pero tengo que hablar con el Gran Maestro enseguida.

Oswyn consiguió verse enojado y a la vez divertido ante mi atrevimiento.

—Debes haber vuelto loco al pobre Benedict —dijo y se pasó la mano por el cuero cabelludo—. Sir Edward no está aquí.

—Me dijeron que vino al Colegio.

—Salió hace una hora para ir al oficio dominical. Se le espera de regreso por la tarde. Y a *ti*, de regreso, mañana.

Me puso una mano suave pero firme en el hombro y empezó a conducirme a la salida.

—Espere, maestro, por favor —dije—. Se trata del asesinato del maestro Benedict. Yo sé quién lo mató.

—Todo mundo sabe quién lo mató —dijo Oswyn—: la Secta del Arcángel.

—Sí, maestro, pero me refiero a que sé *quién* lo hizo.

Se detuvo, sorprendido.

—Prosigue.

—Fue Nathaniel Stubb.

Oswyn se quedó con la boca abierta. Enseguida asió mi oreja, la retorció y empujó con mi cabeza la puerta hacia el despacho del administrador.

CAPÍTULO
17

Por lo visto a Oswyn le pareció que mi cráneo había sido tan útil para abrir la primera puerta que lo usó también para abrir la siguiente. Me llevó a rastras por un corredor estrecho y me arrojó a un despacho vacío. Al caer golpeé con el escritorio y tiré un pisapapeles de cerámica con forma de ganso.

—¿Estás completamente loco? —dijo Oswyn—. Stubb es un *maestro*. Si escuchara lo que dijiste, te expulsaría del Gremio y luego te mandaría azotar. Eso mismo debería hacer yo.

Me puse la mano en la frente. El roble duele mucho.

—Pero es la verdad.

Me preocupó que esta vez Oswyn quisiera usar mi cabeza para abrir la ventana, pero dio un resoplido y dijo:

—Es ridículo. Nathaniel Stubb podrá ser una comadreja, pero no un asesino. No tiene las agallas.

—No lo hizo con sus propias manos —dije—. Fue su aprendiz.

Oswyn se desconcertó.

—¿Su aprendiz?

—Él estaba en la botica justo antes del asesinato del maestro Benedict. Se llama Wat —dije, y se lo describí.

Oswyn frunció el ceño.

—Ése no es el aprendiz de Stubb.

—Le decía *maestro* y llevaba puesto un delantal azul.

—*Maestro* es un honorífico común, y cualquiera puede usar un delantal azul.

—Pero...

—Nathaniel Stubb tiene dos aprendices —dijo Oswyn, irritado—: Edgar Raleigh y Adam Horwath. Edgar tiene la edad que dices, pero su pelo es negro, no pelirrojo, y nadie que tenga ojos lo describiría como *musculoso*. Adam es un año menor que tú, y media cabeza más bajo. Stubb no tiene más aprendices. Lo sé a ciencia cierta, pues, como seguro recuerdas, yo mismo he aplicado el examen a todos los candidatos a aprendiz en los últimos diez años. ¿De quién escuchaste semejante disparate?

—Yo los oí —dije—. Anoche, en la botica de mi maestro.

—¿Y qué demonios estabas haciendo en la botica de tu maestro?

Me sonrojé. Intenté no bajar la vista hacia el bulto en mi bolsillo o a la faja debajo de mi camisa, que ya de sí sobresalía bastante.

No sirvió de nada.

—Regresaste por ese cubo, ¿verdad? —dijo.

Notó que me sentí culpable y ésa fue su confirmación. Suspiró.

—Ay, Christopher, ¿qué voy a hacer contigo? —hizo un gesto para que me sentara—. Está bien, cuéntamelo.

Le describí la botica revuelta. No le importaron nuestras palomas perdidas, pero sí le importó la conversación que escuché.

Oswyn se quedó atónito.

—¿Por qué Nathaniel mataría a Benedict? ¿Tan mal se habían puesto las cosas entre ellos?

—Estaba buscando algo —dije—. Wat lo llamaba *el fuego*.

—¿El fuego? ¿Es uno de los remedios de tu maestro?

—No lo sé —dije—. Nunca lo mencionó.

Oswyn parecía perplejo.

—Existe el *fuego griego,* pero todos los boticarios conocen esa fórmula —se dio un golpecito en la barbilla, pensativo, y frunció el ceño—. ¡Mmmm!

—¿Sí, maestro?

—El testamento de Benedict está perdido —dijo—. Registró uno nuevo en la administración hace tres meses, pero alguien lo hurtó de la caja fuerte.

Otra atrocidad.

—¿Por qué harían eso?

—Supongo que no les gustó lo que decía.

—¿Y entonces qué va a pasar con la botica?

Nuestra botica…

—Benedict compró la propiedad al Gremio hace como treinta años. Sin testamento, y sin familiares, la botica volverá al Gremio. La reclamación de Stubb por sus bienes probablemente será rechazada, pero él era el competidor más cercano de Benedict y tiene oro más que suficiente para adquirirla. Si quiere Blackthorn, la obtendrá.

Me dieron náuseas.

—Además la única preocupación de Stubb es el dinero —dijo Oswyn—. ¿Estás seguro de que no estaba buscando eso? ¿Alguna provisión que tu maestro escondiera?

Negué.

—Entonces tenemos que considerar que esto en verdad fue otro golpe de la Secta del Arcángel.

—El maestro Benedict me dijo que no existía tal secta —dije—. Pero sí existe, ¿no es así?

—Oh, sí. Aunque Stubb, en la Secta… —Oswyn parpadeó—. No puedo ni imaginarlo.

—¿Por qué están haciendo todo esto? ¿Qué es lo que quieren?

—Lo mismo que todos los demás —dijo encogiéndose de hombros—: poder.

—No entiendo.

Oswyn se enderezó en su silla.

—Dime, ¿de dónde viene la fuerza curativa de nuestros remedios?

Me sentí como si volviera a tener once años, sudando en pleno examen de admisión al Gremio de Boticarios.

—De Dios.

—Correcto —dijo Oswyn—. Las hierbas, aceites y ungüentos que mezclamos no tienen un poder propio. No son sino el canal a través del cual pueden funcionar las sagradas bendiciones de Dios. Sin embargo, nuestros remedios, si bien son milagrosos, sólo se obtienen de las verdades que Dios le ha dado al hombre. Hay otras verdades, mayores, que Nuestro Señor reserva únicamente para sus huestes celestiales. Y esas maravillas, Christopher, harían palidecer de vergüenza a nuestros milagros terrenales.

"Eso es lo que está buscando la Secta del Arcángel —continuó—. El poder del mismo Dios. Sea lo que sea este *fuego*, queda claro que es la clave para desentrañarlo —entrecerró los ojos—. Es *por eso* que la Secta está torturando a sus víctimas. No son sacrificios, son interrogatorios. Han de creer que estos hombres saben dónde está el fuego.

—¿Pero qué harán si lo encuentran? —pregunté.

—Lo que haría cualquiera con semejante poder en sus manos. Darle al mundo la forma que consideren apropiada.

Darle forma al mundo, pensé.

Recordé al loco el Día de la Manzana del Roble. *La Secta del Arcángel sale de cacería. ¿Quién es su presa?*

Y recordé a Lord Ashcombe interrogándome en la botica sobre el maestro Blackthorn. *¿Y qué opinaba de Su Majestad?*

Ahora entendía.

—El rey Carlos —dije—. Buscan derrocar al rey.

Oswyn asintió.

—Siempre ha existido una pugna por la Corona, y como tú bien sabes, en los últimos tiempos ha sido especialmente encarnizada. Matan al rey, obligan al Parlamento a acatar sus órdenes e Inglaterra será suya —suspiró—. En realidad, no es tan difícil de entender. Tú y yo podemos ser leales, Christopher, pero esta nación no es precisamente un paraíso. Tu maestro era un buen hombre, sin ninguna paciencia con los nobles y sus maquinaciones, así que has estado protegido de los peores de ellos, pero no puedes imaginar la corrupción que habita en las clases dirigentes. Ni siquiera nuestro Gremio, dedicado al conocimiento y a la curación, se libra de eso. No es ninguna sorpresa que algunos hombres crean que pueden hacerlo mejor —arqueó una ceja—. A menudo son ellos quienes más ostentosamente profesan su lealtad.

Pensé en el maestro Benedict. Él era fiel a Dios y también buscaba verdades más profundas, pero nunca habría anhelado el poder, nunca quiso dominar a los demás. Amaba el conocimiento por el conocimiento mismo.

Lo extrañaba.

—En cualquier caso —dijo Oswyn—, tenemos asuntos más apremiantes. Necesitamos alguien que pueda confirmar tu relato.

No le podía hablar de Tom a Oswyn. Eso lo volvería un blanco de la Secta, igual que a mí. De todas formas no ayudaría: Oswyn necesitaba un testigo adulto, no un aprendiz de panadero.

—Estaba solo —dije.

Oswyn frunció los labios.

—Entonces tenemos un problema. La primera vez que nos vimos te dije que el Gremio necesitaba más hombres de origen humilde. No todo mundo comparte esa opinión. El Gran Maestro es un hombre honrado, pero enceguece un poco cuando se trata de ver la verdad sobre ciertos miembros. Además, está la vergüenza que un descubrimiento como ése traería consigo. Sencillamente no querrá creer que un boticario forma parte de la Secta del Arcángel. Y tú ya cavaste un hoyo bastante grande. A Sir Edward *no* le dio buena impresión que hablaras sin permiso ayer. Que insultaras a un maestro fue aún peor. Valentine piensa que deberías recibir unos azotes —me miró con recelo—. Por favor, dime que no has mancillado aún más el nombre de Stubb.

No, *después* del asesinato no.

—No, maestro, se lo prometo.

—Entonces todavía podemos salvar esto —se puso de pie—. Mandaré a alguien a inspeccionar la botica de Benedict, y esta tarde hablaré con Sir Edward, sin Valentine. Eso será alrededor de las cuatro. Si es verdad que la Secta anda tras de ti, es mejor que no salgas hasta entonces. Puedes esconderte aquí —y me apuntó con el dedo duramente—. Y quiero decir *aquí*, Christopher, en este despacho. No deambules por el recinto. Si Stubb está buscándote, bien puede venir al Colegio.

Tragué saliva. Eso no se me había ocurrido.

—Sí, maestro.

—Cuando haya hablado con el Gran Maestro te pediré que le relates lo que viste. Sé breve, sé respetuoso. No digas nada que no sean hechos simples y llanos. Y por el amor de Nuestro Santísimo Salvador, esta vez no pierdas los estribos. ¿Entiendes?

—Sí, maestro.

Dio la media vuelta para irse y de repente se detuvo. Me dijo con los ojos entrecerrados:

—Si estás mintiendo, muchacho...

Levanté la mano.

—Se lo juro, maestro Colthurst. Todo lo que dije es verdad.

Está bien, de acuerdo: sólo *una* mentirita.

18

De hecho, dos.

Con la cabeza asomada por la puerta vi a Oswyn salir. Se detuvo en la escalinata del patio para hablar con el empleado que me había dejado entrar. El hombre asintió con la cabeza y luego subió. Oswyn desapareció por la entrada principal. Esperé todo lo que pude —que fue poco menos de un minuto— y salí corriendo a la calle.

Olvídense de lo que le había prometido a Oswyn. Las calles podrán no ser seguras, pero el Colegio sonaba todavía peor. No podía creer que había ido sin pensar que Stubb podía aparecerse, aunque fuera domingo. *Él también es boticario.* Me maldije. *Él tiene más derecho que tú a estar allí.*

Además, era media mañana. Pasarían por lo menos seis horas antes de la reunión con Sir Edward, y yo todavía tenía un trabajo pendiente.

Los Baileys regresaron a casa tras el oficio religioso para encontrarme sentado en su entrada. A las niñas les dio gusto verme, y las más jóvenes giraban para lucir sus vestidos domingueros, pero la madre de Tom no parecía nada contenta.

—No sé en qué andaría tu maestro, Christopher, pero si vas a quedarte bajo nuestro techo tendrás que asistir a la iglesia como todo buen cristiano.

—Lo siento, señora Bailey —dije—; tuve que presentarme con los maestros en el Colegio del Gremio. Iré al oficio de las doce en San Pedro. ¿Puede Tom venir conmigo?

Con eso pareció contentarse.

—Por supuesto. Una segunda porción de la sabiduría del Señor le hará bien.

Tom frunció el ceño. Cuando estuvimos solos dijo:

—No quiero una segunda porción. El reverendo Stills es *aburridísimo*.

—No iremos a la iglesia —oré una disculpa silenciosa, esperando que el Señor comprendiera—. Iremos a la casa del maestro Hugh.

La casa de Hugh estaba con llave y con los postigos cerrados, igual que el día anterior. Tenía la esperanza de que ya hubiera vuelto, pero no contaba con eso.

—¿Entonces por qué estamos aquí? —preguntó Tom.

—Necesitamos buscar en su casa —dije.

—Pero no hay… —cruzó los brazos—. Christopher, *no* vamos a meternos ahí.

—¿Es realmente allanamiento si tenemos una llave?

—¡Sí! —frunció el ceño—. Espera… ¿Cómo es que tenemos una llave?

No la teníamos, pero estábamos a punto. Lo llevé, rodeando la casa, a una esquina en la parte trasera, donde el ladrillo de la chimenea subía por un costado. Lo inspeccioné y arrastré los dedos por el ladrillo hasta encontrarla.

Igual que en la botica de mi maestro. Saqué la llave detrás del ladrillo y se la mostré a Tom en actitud triunfal.

No estaba, ni con mucho, tan contento como yo.

—¿Y si el maestro Hugh llega? —dijo.

—Creo que salió de la ciudad.

—¿Y si...? —los ojos de Tom se abrieron como platos—. Oh, no. No, no, no, no, no.

—Tranquilízate —le dije—. No está aquí dentro, estoy seguro.

Bueno, *casi* seguro. Era posible que a Hugh lo hubieran matado. Con todo, no pensaba que eso hubiera pasado. Los asesinatos de la Secta eran... llamativos, supongo. Como si quisieran que todo mundo viera lo que hacían. Si hubieran matado a Hugh, habrían dejado una espeluznante señal, como en el resto de los casos.

Al menos eso creía. Por mucho que intentara ocultárselo a Tom, yo estaba tan asustado como él. No quería encontrar otro cadáver. No... podía. Pero no me tocaba elegir.

Llevé a Tom a rastras frente a la puerta trasera. Tuve que llevarme a rastras a mí también.

La casa estaba oscura. Unos rayos de sol entraban por las rendijas de los postigos y daban luz apenas suficiente para ver. En la planta baja no había un salón o habitación trasera, como en nuestra casa, sino sólo un espacio largo y abarrotado para el taller de Hugh.

No lo habían registrado. Y, alabado sea el Santo Niño Jesús, no retozaba en él ningún hombre asesinado. Fuera de eso, el taller estaba dispuesto exactamente igual que el del maestro

Benedict, hasta el horno con forma de cebolla en la esquina. Pensé en el futuro que había soñado: tener mi propia botica. Por supuesto que la arreglaría igual. *Si todavía tengo un futuro*, me recordé.

Nadie había trabajado aquí durante algún tiempo. Tanto la chimenea como el horno estaban helados.

—¿Qué estamos buscando? —preguntó Tom.

—El cuatro de Hugh —saqué de la faja de mi maestro la hoja del libro de contabilidad—, como dice el mensaje.

—¿Su cuatro qué?

No lo sabía. Estaba claro que el maestro Benedict esperaba que yo descubriera la respuesta, pero él era un genio en esta clase de cosas. A veces se le olvidaba que otros —a saber, yo— no éramos tan buenos como él para descifrar acertijos. Peor aún, su cerebro funcionaba de maneras extrañas. Yo esperaba que ya estando aquí se me ocurriría la solución, pero fuera de la sensación un poco molesta de haber estado aquí antes, no podía ver otra cosa que un viejo taller.

Sin la solución a la vista, subimos por las escaleras. En el segundo piso estaba el salón de la esposa de Hugh. También había una cocina, una despensa con algunas provisiones y un comedor. En la mesa había un solo tazón con espesos, cafés y duros restos de estofado en el fondo, junto con la cuchara. Había quedado el cabo de una vela, con su cera color morado derramada sobre el nogal bruñido.

El tercer piso tenía tres dormitorios y una estancia para coser. Dos de los dormitorios estaban llenos de muñecas y cosas con holanes: las de sus hijas. El otro era sencillo y estrecho. Supuse que sería el de la doncella de la señora Coggshall. Era imposible imaginar que pudiera estar aquí lo que mi maestro deseaba que viera.

En el último piso había otros dos dormitorios. Uno no era tan de niña como los de abajo, pero estaba igual de recargado, con una cama con dosel de terciopelo aguamarina. El otro era el de Hugh, sin lugar a dudas.

Como el taller, el dormitorio tenía una disposición casi idéntica al del maestro Benedict: una cama sencilla, mesa auxiliar, un escritorio cubierto de papeles frente a la ventana. Hasta los muebles parecían haber sido fabricados por el mismo carpintero, y también aquí de la duela crecían columnas de libros como si fueran árboles, aunque estaba lejos de ser la misma cantidad.

Las sábanas estaban arrugadas. En el suelo, junto a una tambaleante columna de libros, podían verse las sobras de una hogaza de pan. Le di unos toquecitos con la uña e hicieron *tic*, duras como piedra.

—No ha entrado nadie aquí en varios días —dijo Tom. Miró los papeles sobre el escritorio.

—¿Vamos a revisar todo eso?

Parecía, en efecto, la mejor manera de empezar. Me senté en el escritorio y me puse a revolver los papeles de Hugh. Tom registró la ropa del armario y volteó todos los bolsillos.

Había muchas notas, fórmulas y pensamientos sobre hierbas y mixturas en general. En busca de *el cuatro de Hugh* miré detenidamente la cuarta página, el cuarto renglón en cada página, la cuarta palabra. No vi nada prometedor. Además se estaba haciendo más difícil concentrarse: el cubo del acertijo que traía en el bolsillo me lastimaba la pierna, y si bien me gustaba usar la faja de mi maestro, sus costuras me estaban empezando a rozar la cintura: esa cosa estaba diseñada para usarse por fuera, no oculta ni junto a la piel desnuda. Me la desamarré y la arrojé sobre la cama.

Tras la noche anterior, Tom tenía tantas razones para apreciar la faja como yo.

—Esta cosa es genial —dijo. Se sentó en el suelo, despatarrado como si todavía fuera un niño pequeño, y comenzó a sacar las ampolletas de sus correas una por una. Su estómago gruñó como tigre.

—¿Y nada de esto se come? —preguntó esperanzado.

—Eso se come —dije haciendo un gesto con la cabeza hacia la ampolleta que tenía en la mano—, o algo así. Es aceite de ricino.

Tom hizo gestos.

—Eso me da diarrea.

—Para eso es —hice a un lado los papeles de Hugh y me quedé viendo la hoja del libro de contabilidad—. Ahí junto hay ipecacuana, si lo prefieres. Ésa hace que las cosas salgan por el otro extremo.

—Si pretendes ahuyentarme el apetito no lo estás consiguiendo —dijo Tom.

Yo también tenía hambre. Había salido de la casa de Tom tan temprano que no había podido siquiera desayunar, y ahora además nos estábamos perdiendo el almuerzo. Pensé en asaltar la despensa de Hugh, pero me obligué a quedarme en el escritorio, leyendo la hoja del libro de contabilidad una y otra vez. Todavía no resolvíamos todas las partes del mensaje. En particular, apenas si habíamos prestado atención a las palabras *espadas.punta* de la segunda línea. El maestro Benedict no habría escrito eso sin una razón, tenía que ser parte de la clave.

La pregunta era cómo descifrarlo. El punto podía separar las palabras, como parecía ser, o podría significar algo más, como un punto de partida, o estar sustituyendo una coma o una apóstrofe. También era posible que no fuera nada, una distracción para despistar a un aspirante a espía. Espadas de punta, la punta de la espada, dar punta: ¿dar punta a qué?

—¿Qué hay aquí? —preguntó Tom con curiosidad.

Levantó una ampolleta de la faja de mi maestro. El líquido que contenía dentro era amarillo transparente. A diferencia de los otros, estaba sellado con cera y atado con un cordel.

—Aceite de vitriolo —le dije.

—¿Es como el aceite de ricino? —al decir esto ya empezaba a desamarrar el cordel.

—¡No lo toques! —grité.

Se quedó inmóvil.

—Eso no se come —le dije—, el aceite de vitriolo disuelve el hierro.

—¿De veras? —dijo pestañeando.

—Y también disuelve a la gente. Si te cae encima, derretirá tu piel.

Con una sacudida alejó los dedos del tapón. De todas formas dijo:

—¿Podemos probarlo con alguna cosa?

—Si quieres.

Miré por la ventana intentando pensar. El dormitorio de Hugh, en el cuarto piso, sobresalía por las casas que estaban enfrente, lo que le daba una bonita vista de la ciudad. Podía incluso ver el color verde de un jardín privado a dos calles de ahí, enclavado en un callejón.

Y en el alféizar de la ventana había una paloma.

—¿Qué diab…? —empecé.

Tom volteó.

—Es Bridget —dije asombrado.

Ella inclinó la cabeza y picoteó el vidrio.

—¿Nos siguió hasta acá? —dijo Tom—. ¿Con qué alimentas a ese pájaro?

Descorrí el pestillo de la ventana, que abría hacia afuera, así que empujó un poco a Bridget fuera del alféizar. Ella batió las alas en actitud acusadora.

—No puedo abrirla si no te mueves —le dije. Y entonces me detuve.

Tomé la hoja del libro de contabilidad y releí el mensaje de mi maestro. El corazón me latía con fuerza.

El 4 de Hugh abajo leones puertas del paraíso

—¿Pasa algo? —preguntó Tom.

—Eh… creo que sé dónde está el cuatro de Hugh.

—¿Dónde?

—Aquí —dije—, justo aquí. Estamos parados en él.

—¿El dormitorio de Hugh?

—¿En qué piso estamos?

Tom contó.

—El cuatro —se vio sorprendido—. El cuatro de Hugh. ¿Pero cómo sabes que ésa es la respuesta correcta?

—Mira —dije señalando por la ventana.

Bridget intentó meter la cabeza por la rendija inferior del marco de la ventana. Tom siguió mi mirada hasta el jardín privado. Estaba separado del callejón por un portón con pilares de piedra unidos por una cerca de hierro. Encima de los pilares había dos estatuas que nos daban la espalda. Sus colas se curvaban en la base.

Tom me miró intrigado. Empujé la hoja del libro de contabilidad hacia él. La leyó y volvió a mirar el jardín. Sus ojos se abrieron como platos.

—Las estatuas.

—Son leones —asentí.

CAPÍTULO
19

Me detuve en seco cuando di vuelta a la esquina. Me quedé mirando fijamente el muro de ladrillo que, de nuevo, se interponía en nuestro camino.

—Debimos haber dado vuelta a la izquierda —dijo Tom.

Miré atrás, por donde veníamos, pero todo lo que vi fueron más ladrillos.

—Por la izquierda habríamos llegado a la calle —le dije.

—No, a la derecha está la calle, a la izquierda las casas.

—Esto es un laberinto —dije.

—Creo que ésa es la idea.

Eso parecía, en efecto. Habíamos salido de la casa de Hugh y nos dirigimos al callejón que conducía a las estatuas de los leones. Deberíamos haber estado en un agradable camino recto a los jardines privados, pero en lugar de eso alguien había puesto una trama confusa de muros entre las casas, de cuatro o cinco metros de alto, con todo y curvas cerradas y callejones sin salida. Púas de hierro guarecían el borde superior de los muros, para impedir que alguien trepara y brincara al otro lado.

—Esto está más retorcido que un pretzel.

—¿Qué es un pretzel? —preguntó Tom.

—Es una especie de galleta que preparaba el cocinero del orfanato. Lo mojas en mantequilla y… No importa. Vamos a la derecha.

—Es a la *izquierda* —insistió Tom.

—Es a la *derecha*.

Bridget aleteó sobre nosotros y voló a la izquierda. Tom me fulminó con la mirada.

—¡Está bien! —dije—, es a la izquierda.

Tom se cruzó de brazos y dijo:

—Deberíamos darle el mando a la paloma.

La paloma estaba en lo correcto. Al dar vuelta a la izquierda llegamos a un sendero que atravesaba el laberinto y terminaba justo frente a los pilares. Detrás de la cerca de hierro forjado estaba el jardín privado, que se parecía muchísimo al jardín donde Lord Ashcombe había encontrado el cuerpo enterrado el Día de la Manzana del Roble. También aquí el portón estaba cerrado, pero no con candado. Los leones de piedra, sobre los pilares a cada lado, miraban hacia la mansión con una pata levantada.

—¿Y ahora qué? —dijo Tom.

Saqué la hoja del libro de contabilidad.

abajo leones puertas del paraíso

Me miró.

—¿Y eso significa…?

Había un portón entre las estatuas. ¿Serían éstas las puertas del paraíso? No les veía nada de especial. Los pilares parecían grandes bloques grises unidos con cemento. Pasé las manos por ellos. Seguían siendo grandes bloques grises unidos con cemento.

Al otro lado de la cerca, un sendero de pizarra agrietada empezaba en el portón y rodeaba una estructura de granito rectangular, de dos metros y medio de alto y tres metros y medio de ancho, con una enredadera que subía por los muros. Una cruz de piedra lisa adornaba la parte superior. Allí nos esperaba Bridget, acicalándose un ala extendida.

El sendero terminaba en la puerta trasera de la mansión. A los dos lados de la pizarra, la hierba crecía desordenada. Los arbustos, algún día bien cuidados, habían perdido el estilo y las ramas se alargaban en bultos deformes.

Descorrí el pestillo del portal.

—Echemos un vistazo.

—No podemos —dijo Tom—, es propiedad privada.

Las ventanas de la casa estaban oscuras. Lo único que se oía en el jardín era Bridget, que zureaba sobre la cruz.

—No creo que nadie haya vivido aquí en varias semanas.

Caminamos por el sendero al otro lado de la estructura de piedra, que resultó ser un mausoleo. El frente, que daba a la casa, tenía una puerta de madera con un pestillo de hierro. A los lados, unas parras trepaban y echaban retoños de brillantes flores blancas que saltaban como cuernos. Sobre la puerta había una placa de bronce, que tras siglos a la intemperie se había puesto verde jaspeado.

IN MEMORIAM

GWYNEDD MORTIMER A. D. 1322

REQUIESCAT IN PACE

Fruncí el ceño.

—Mortimer. ¿Por qué conozco ese nombre?

—Henry —dijo Tom—. Lord Henry Mortimer. Fue el tercer hombre asesinado por la Secta —caminó a la mansión y se asomó por la ventana—: ¿Crees que ésta era su casa?

Bridget bajó al pasto batiendo las alas. Cuando la levanté, metió el pico entre mis dedos en busca de comida.

—No traje nada —le dije.

—Christopher, ven acá —me llamó Tom viendo en la dirección por donde veníamos, con la cabeza inclinada a un lado.

Me acerqué. Me dio la vuelta para hacerme quedar frente al jardín.

—Mira —me dijo.

Desde donde estábamos, el mausoleo cubría la mayor parte del portón de hierro que conducía al laberinto. Todavía se veían los leones sobre los pilares. Por su posición, parecían estar custodiando las esquinas del sepulcro. Detrás de las casas que le daban la espalda al cercado —todas con las ventanas tapiadas, según observé— estaba la ventana del dormitorio de Hugh, desde donde vimos el jardín oculto la primera vez. Detrás de ella estaba la torre de una iglesia. Incluso desde esta distancia podía distinguir la estatua en el chapitel: era un hombre de barba con una aureola, con la mano derecha levantada para dar una bendición y en la izquierda una llave.

—Es san Pedro —dijo Tom—, guardián de las puertas del cielo.

San Pedro se cernía justo sobre el mausoleo, con los leones a sus pies. Las parras trepaban alrededor de la puerta, con sus flores blancas a punto de abrir.

Abajo de los leones, las puertas del paraíso.

Lo habíamos encontrado.

* * *

Dentro del mausoleo estaba oscuro y apretujado. En el centro había un sarcófago de mármol de 1.80 metros de largo. No tenía marcas, excepto manchas de agua y una inscripción en latín a un costado.

DOMINUS ILLUMINATIO MEA

El Señor es mi luz.

Tres de los muros contenían un nicho. Dentro de cada uno había una estatua de 45 centímetros de alto hecha del mismo mármol que el sarcófago. A la izquierda, un hombre de cara redonda y labios inclinados hacia abajo sostenía una torre en una mano y un libro en la otra. A su derecha, viendo hacia él, un hombre calvo de barba larga sostenía la pata de un león que yacía tranquilo a sus pies. Me sorprendió darme cuenta de que los reconocía. Había visto sus imágenes en ese libro que mi maestro me había dado a leer tres meses antes, el mismo por el que Lord Ashcombe me había preguntado en la botica. Eran santos católicos: Tomás de Aquino a la izquierda, Jerónimo de Estridón a la derecha. Santos patronos del conocimiento y la educación.

La estatua frente a la puerta era un ángel. Sus pómulos prominentes y sus ojos en blanco enmarcados por una cabellera larga y suelta. Sus alas estaban extendidas, y cada pluma había sido tallada con tanto detalle que parecían casi reales. En la mano derecha llevaba una espada volteada boca abajo, con la punta sosteniéndose justo arriba de la piedra. La otra mano estaba abierta, con la palma hacia adelante, los dedos apuntados hacia el suelo.

Bridget asomó la cabeza por la entrada del mausoleo, con pie dudoso, penetró en la oscuridad. Tom se inclinó hacia adentro y miró el león de san Jerónimo. Yo no podía quitarle los ojos de encima al ángel.

Espadas punta.

Rodeé el sarcófago. Pasé los dedos por el filo de la espada del ángel hasta la punta.

¿Punta de la espada?

Jalé la piedra, suavemente para no romper la estatua. Di un toquecito en la punta de la espada y miré la empuñadura. El ángel, impávido, me devolvió la mirada.

Tom se me unió. Tocó la palma abierta del ángel.

—Es como si quisiera mostrarte algo.

Debajo de la estatua no había más que piedra rugosa. Miré el sarcófago, detrás de nosotros. En esa luz tenue, algo en la parte inferior del ataúd llamó mi atención.

—Tom —dije.

Volteó y se quedó mirando lo mismo que yo.

Para cualquier otra persona no habría parecido más que otra mancha de agua sobre el mármol, pero nosotros conocíamos bien esa forma.

Me arrodillé para examinarla. No vi ninguna juntura a su alrededor, ningún ladrillo que pudiera mover. Pasé los dedos por el símbolo, trazando todas las ondas de piedra ligeramente corroída. La hendidura encajaba perfectamente en el círculo.

Lo presioné. El rizo de piedra se deslizó hacia adentro.

Se escuchó un tenue *clic*.

Un rechinido ahogado hizo eco en la cámara. Caí hacia atrás y Tom me sostuvo por el cuello de la camisa. Bridget batió las alas y voló hacia la luz.

El sarcófago se movió ocho centímetros hacia san Jerónimo y se detuvo.

Debajo del ataúd, cavado en el suelo, había un hoyo.

CAPÍTULO

20

M e asomé a la oscuridad. Olía a humedad.

—Esto se ve mal —dijo Tom.

—Esto se ve bien —dije yo.

Tom sacudió la cabeza y dijo:

—Estoy segurísimo de que esto está mal.

No se veía nada, pero por la manera como el agujero se tragaba mi voz me quedó claro que, de lo que hubiera allá abajo, había mucho. Tenía que haber un modo de meterse.

Bridget regresó y se asomó por el agujero. Yo la aparté suavemente a un lado y empujé el ataúd hacia san Jerónimo. Se deslizó otros dos o tres centímetros.

—Ayúdame —le pedí a Tom.

Vino de mala gana y le dio un empujón al ataúd, que rechinó contra el suelo hasta que se detuvo con una sacudida. El agujero era cuadrado, de un metro de ancho. Del lado más cercano al ángel, una escalera de madera descendía hacia la oscuridad.

—Necesitamos luz —dije.

—No vamos a bajar —dijo Tom.

—Pero si a eso vinimos.

—No sabía que habría una fosa debajo de un ataúd —dijo Tom levantando las manos.

En un rincón junto a la puerta colgaba una antorcha apagada. Usé el pedernal y la yesca de la faja de mi maestro para encender el extremo empapado de aceite.

La antorcha destelló en el apretujado recinto. La sostuve sobre el agujero y apenas si pude ver el fondo.

—Son como siete metros —dije—. Ven.

Me columpié hacia la escalera. Bridget caminó alrededor del hoyo, asomó la cabeza y se le erizaron las plumas. Gorjeó alarmada.

—Escucha al ave —dijo Tom.

Bajé. Con cada peldaño el aire se sentía más húmedo. Tom venía refunfuñando detrás de mí. Bridget me dio unos aletazos, pero no bajaría con nosotros.

Estábamos en lo que parecía una cripta antigua. El pasadizo, de dos metros y medio de ancho, se alejaba de la escalera en dirección a la casa. A ambos lados, en cornisas incrustadas en la roca, descansaban restos humanos.

Tom se bajó de la escalera.

—Ah, por supuesto que hay cadáveres.

Evidentemente los restos llevaban años allí. Su ropa y sus envolturas se habían desintegrado y no quedaba nada más que una que otra hebilla oxidada en medio de huesos manchados por el tiempo.

—Esta cripta debe haber sido construida hace siglos —dije—. Veamos adónde lleva.

Tom juntó las manos y masculló una oración:

—Jesús misericordioso, protege a los tontos como nosotros. Amén.

El pasadizo continuaba, con esqueletos en fila a los lados, como cinco metros, antes de dar una vuelta cerrada a la izquierda. Se estrechaba hasta que no cabía más que un hombre, y luego se ensanchaba para convertirse en un liso recinto cuadrado. A diferencia del corredor, aquí las cosas eran nuevas. A los dos lados había mesas de trabajo. La de la izquierda tenía como treinta jarros de vidrio, cada uno etiquetado con el nombre de un líquido: agua, mercurio, *aqua vitae,* aceite de antimonio y otros. En la otra mesa había la misma cantidad de frascos de vidrio pero más pequeños, también etiquetados, que contenían polvos. Sal, natrón, arena, trébol, lo consabido, pero lo que verdaderamente me llamó la atención fue lo que estaba frente a nosotros.

La pared que daba a la entrada estaba cubierta con un mural. Hasta arriba, un ángel clavaba su espada en la barriga de un dragón. El dragón rugía y se retorcía agonizante, a punto de engullir una pelotita negra. Debajo de la bestia había otros dos dragones, con sus cuerpos de serpiente enrollándose, cada uno a punto de morder una pelota idéntica a la de arriba. La escena estaba rodeada por una enorme víbora con el dorso rojo y el vientre verde, con la cabeza encima de la del ángel, mordiéndose su propia cola.

Tom me jaló de la manga tan fuerte que casi me rasga la camisa.

—Tenemos que irnos, Christopher. *Tenemos que irnos.*

A duras penas pude mantener el equilibrio.

—¿Qué estás haciendo?

—¿No te das cuenta de dónde estamos? Esto es la guarida de la Secta del Arcángel.

—No lo es —le dije.

—Rinden culto —dijo poniendo un dedo en el mural— al arcángel —señaló la figura de hasta arriba. Me sacudió—. Ahora junta las dos cosas. No es tan difícil, ¿o sí?

—Esto no puede pertenecer a la Secta —le dije—. El maestro Benedict quería que lo encontrara. Él no nos mandaría a la guarida de sus asesinos sin previo aviso.

Yo sabía que él nunca habría hecho algo así, pero Tom no tenía la misma confianza. Al menos me soltó el brazo.

—¿Entonces qué lugar es éste? ¿Alguna clase de taller secreto de boticario?

—No es un taller —le dije. Fuera de los componentes en los frascos, no había ningún equipo. Sólo un par de matraces de vidrio de boca ancha sobre la mesa de los líquidos, y una cuchara de metal de mango largo sobre la otra.

—Parece un almacén.

—¿De qué?

No estaba seguro. Había muchos otros componentes, pero nada que no se encontrara en cualquier botica. No imaginaba por qué alguien los escondería aquí abajo.

Tom, sin dejar de ver fijamente el mural, me jaló hacia él y me susurró al oído:

—¿Y si nos están vigilando?

—Tom, es una pintura —le dije.

—¿Y entonces para qué son estos agujeros?

Durante unos instantes no tuve idea de qué estaba hablando, y luego me di cuenta de que tenía razón.

Las manchas negras en las bocas de los dragones. Pensaba que era pintura, como el resto del mural, pero de cerca podía ver que en realidad cada punto era un agujerito en la pared, y los tres juntos formaban las esquinas de un triángulo perfecto. Me asomé por el que devoraba el dragón de la izquierda, pero incluso con la antorcha estaba demasiado oscuro y no se veía nada. En contra de los ruegos de Tom, metí un dedo.

Tampoco sentí nada. Detrás de la pared había un espacio, pero su final —si es que tenía— estaba más lejos de lo que mi dedo podía alcanzar. Con todo, me percaté de una cosa: por la tersura y lo frío que se sentían los bordes del agujero, pude darme cuenta que la pared no era de piedra, sino de hierro.

De cerca, el mural era todavía más sorprendente. Había cientos de formas y símbolos inscritos alrededor de los dragones. Algunos eran sencillos, como círculos y cuadrados; otros parecían las letras extrañas de alguna lengua olvidada. Al verlos fijamente noté algo. Cerca de cada uno de los agujeros en las bocas de los dragones, algunos de los glifos estaban delineados con oro, apenas perceptible.

Junto a la serpiente de arriba había un triángulo dorado con una línea atravesándolo, como el pico de una montaña nevada.

El dragón frente a Tom tenía tres símbolos destacados: un triángulo boca abajo, una curiosa escalera con un extraño zigzag abajo, y un círculo atravesado por una línea horizontal en el centro.

El último dragón, frente a mí, tenía un solo glifo dorado.

Me detuve. Éste lo había visto antes.

Era el símbolo del planeta Mercurio. Volteé a ver las mesas de trabajo y los componentes que había sobre ellas. Saqué de mi bolsillo el cubo del acertijo y le di la vuelta.

—¿Qué es? —preguntó Tom.

Toqué la pared.

—Creo que ya sé lo que es esto. No es sólo una pintura —deslicé los dedos desde el dragón hasta el agujero—. Creo que esto es una *puerta*.

CAPÍTULO
21

Tom se alejó lentamente del mural.

—¿Una puerta?

—Creo que para eso son los componentes que están en las mesas —dije señalando los símbolos encima de los agujeros—. Los líquidos y los polvos, el matraz, la cuchara. Es como mi regalo —le tendí el cubo de antimonio—. Pones dentro la sustancia correcta y se abre.

—¿Qué es lo correcto?

—Bueno, pues éste es el símbolo del mercurio, así que supongo que es azogue.

En uno de los frascos sobre la mesa había mercurio en abundancia, más de lo que jamás hubiera visto en un solo lugar. Tomé uno de los matraces con muescas y vertí en él un poco de azogue. El vidrio se iba haciendo pesado mientras lo llenaba hasta la marca.

En la puerta, la boquilla del matraz cabía perfectamente por el agujero en las fauces del dragón. Lo incliné y dejé que se vertiera todo el metal. Cuando cayeron las últimas gotas, por atrás del mural se oyó un débil chasquido.

—Funcionó —dijo Tom.

Pero no pareció ocurrir nada más. Empujé la pared. Tom me ayudó y recargó el hombro en ella. No se movió un ápice. Oímos otro chasquido, como si algo se hubiera acomodado.

Me alejé del mural.

—Hay otros dos agujeros —dije—. A lo mejor tenemos que poner algo en todos ellos para que se abra la puerta.

Y el ruido parecía indicar que no teníamos más de un minuto para conseguirlo.

Los símbolos, con los componentes correctos, eran la llave. Me sorprendía lo ingenioso que resultaba. Mucho mejor que una llave de hierro o latón, que podía perderse o ser robada. Ésta era una puerta que sólo podías cruzar si sabías cómo… y nosotros no sabíamos.

—¿Qué hay del resto del mensaje? —dijo Tom—. Esas letras, las del código con jugo de limón. A lo mejor allí dice cuáles son los componentes.

Saqué de mi bolsillo el pergamino con el código.

JSYYAALYUFMIYZFT

—¡Mira! —dijo Tom—. Digamos que esa *M* es de "mercurio". Entonces la *J* es por… este… *jalea*. O algo.

Ignorando la parte de la jalea, lo que decía Tom no era tan mala idea, pero había otros dos agujeros, otros cuatro símbolos, y el mensaje de mi maestro tenía suficientes letras para iniciar un nuevo alfabeto. Incluso si Tom tenía razón, no podía ni contar la cantidad de combinaciones con las que tendríamos que intentarlo. Estábamos perdidos.

Otra vez.

Regresamos a la superficie y empujamos el sarcófago hasta su lugar. Bridget ya se había ido. Aunque deseaba desesperadamente quedarme un rato más allá abajo, no podía. La tarde avanzaba con rapidez y yo tenía que regresar al Colegio de Boticarios.

En el camino paramos por la casa de Tom. De mala gana, dejé el cubo del acertijo en su habitación. La faja de mi maestro podía quedar más o menos oculta debajo de mi camisa, pero el cubo era demasiado voluminoso para ocultarlo, y lo último que necesitaba era que el Gran Maestro Thorpe me preguntara qué era esa cosa en mi bolsillo. Con todo, sí cargué con la hoja del libro de contabilidad y el trozo de papel con la traducción, bien guardados debajo de la faja.

Cuando salimos del dormitorio de Tom apareció Cecily en la entrada del suyo. Tenía los ojos llenos de miedo.

—¡Corran! —susurró.

La pequeña Molly pasó velozmente junto a su hermana, con sus chinos dando saltos mientras corría. Me echó los brazos, hundió la cara en mi vientre y se puso a sollozar.

Miré a Tom lleno de extrañeza. Él se arrodilló junto a su hermana.

—Molly, Cecily, ¿qué pasa?

Un puño rollizo agarró el vestido de Molly por atrás y la jaló. Ella cayó de espaldas, llorando.

Tom miró, horrorizado.

—¡Padre!

Nunca nadie me había arrastrado por el pelo, mucho menos golpeteando al bajar un tramo de escaleras. Catherine e Isabel, que estaban jugando en la sala del frente, tiraron sus muñecas y, como pudieron, corrieron a esconderse detrás de su madre, quien miraba la obra de su esposo.

—¡Padre! —Tom corrió tras de nosotros—. ¡Padre, por favor, deténgase!

William Bailey abrió la puerta principal de una patada y me lanzó a la calle. Me derrapé por los adoquines; mi camisa —la camisa de Tom— se desgarró del hombro, y de paso se desgarró también mi piel.

Me quedé tendido en la canaleta, demasiado lastimado para moverme. Mi mano estaba apretada contra el brazo herido. El dolor en el cuero cabelludo era tan lacerante que me pregunté si me quedaría tan calvo como Oswyn, de tanto pelo que me arrancó el padre de Tom.

Tom se movió para ayudarme. Su padre le dio un puñetazo en la mejilla antes de que siquiera pudiera salir por la puerta. Tom chocó contra el muro y se llevó la mano al rostro, acongojado.

William Bailey se alzó, temible, sobre mí.

—Abusaste de mi confianza, muchacho.

Era cierto que el padre de Tom me había alojado en su casa, pero yo estaba seguro de que la confianza no tenía nada que ver con eso.

—¿Qué hice? —dije con voz ronca.

—La guardia vino a buscarte.

¿La guardia? Varias posibilidades me daban vueltas en la cabeza… ninguna buena. ¿Nos habrían visto entrar a la casa de Hugh? ¿Sabrían que me llevé el cubo del acertijo? ¿La faja?

En la calle, los vecinos miraban con curiosidad al padre de Tom que me clavaba en el pecho un dedo regordete.

—La guardia dijo que Lord Ashcombe está buscándote. Dijo que saben que estás durmiendo aquí. Le dije que en esta casa no les permitimos la entrada a los extraños. No te conocemos. No queremos conocerte. No vuelvas a acercarte a mi hijo nunca más.

Se dirigió a la casa furioso. Tom corrió para adelantársele. Oí una escaramuza y luego los golpes de los pies de Tom subiendo disparado las escaleras.

La madre de Tom llenaba el marco de la puerta. Se veía menos enojada que triste.

—Lo siento, Christopher, pero mi esposo tiene razón. Tengo que proteger a mi familia. Por favor, no vuelvas.

Cerró la puerta.

22

Un par de meses después de haber cumplido doce años estuve a punto de fracturarme la cabeza. Había estado jugando balonmano en Bunhill Fields cuando otro niño me metió el pie y me envió cuan largo era a un árbol, con la cabeza por delante. No podía caminar, ni siquiera podía estar de pie, así que Tom me cargó todo el camino de regreso a la botica. Me recostó sobre mi jergón, y el maestro Benedict se inclinó hacia mí.

No sabía dónde estaba. Aterrado, intenté huir.

Suavemente, el maestro Benedict me retuvo en la paja.

—Todo está bien, Christopher —dijo—. Soy yo. Soy yo.

Recobré el conocimiento.

—Pensé que estaba de vuelta en el orfanato —dije sin dejar de temblar.

—Ya no tienes que preocuparte por eso —dijo el maestro Benedict—. Blackthorn es tu casa. Siempre lo será.

Pero no pudo mantener su promesa. Y ahora también todo lo demás se estaba derrumbando.

El hombro me ardía como si diez avispones me estuvieran clavando el aguijón. Probablemente a Tom le estaba yendo todavía peor con su padre. Nunca más me dejarían verlo, y ahora no tenía dónde quedarme. Pensé en acudir al Gremio, pero tal vez ni siquiera ahí me darían oportunidad. Si el Gran Maestro Thorpe no creía mi historia, estaría completamente solo: sin casa, sin comida, sin amigos, abandonado a mi suerte para arreglármelas yo solo contra la Secta del Arcángel.

No creía que hubiera algo más escalofriante, pero si Lord Ashcombe de verdad estaba buscándome, mi desmoronada vida se pondría incluso peor.

Me entraron ganas de vomitar.

El hombre de los ojos gris pizarra me dejó entrar al Colegio de Boticarios. Parecía fastidiado de que yo hubiera regresado.

—Entra, pues —dijo, con un gesto impaciente para que me apresurara.

Entré con cautela, lo que lo irritó todavía más.

—¿Ha venido Stubb…, este, el maestro Stubb?

El hombre atrancó la puerta y se alejó.

—No, aún no.

Eso me tranquilizó, aunque el hecho de que el hombre supiera de quién estaba hablando significaba que Stubb acudía con cierta regularidad. Todavía era posible que se apareciera por ahí en cualquier momento. Rogué para que la reunión no tardara mucho en empezar.

Atravesé el patio con la idea de regresar al despacho del administrador en la planta principal, donde esa mañana Oswyn me había dicho que esperara. Un aprendiz de pelo oscuro y largo, arrellanado en la escalinata que lleva a los niveles superiores, lanzaba al aire una pequeña daga para luego atraparla torpemente. Yo lo miré medio ansioso. Estaba seguro de que en cualquier momento saldrían volando algunos de sus dedos.

Al lanzador de dagas se le podían calcular dieciséis años. El cuchillo estaba en el aire cuando se dio cuenta de que lo estaba viendo. La daga le pasó cerca de los dedos y rebotó en su delantal azul, exactamente en un punto adonde uno no quiere que se acerque ninguna daga. Aturdido, se levantó.

—¿Quién eres? —preguntó.

—Estoy aquí para hablar con el Gran Maestro Thorpe —le dije—. El maestro Colthurst me dijo que me presentara a las cuatro para una reunión.

El aprendiz volteó hacia las ventanas.

—Ah, muy bien. Entonces puedes esperar en el despacho del maestro Colthurst.

—No sé dónde está.

Se guardó la daga en el cinturón.

—Yo te llevo.

Las escalinatas de piedra del patio llevaban a unos pisos de cerezo bruñido en el interior del edificio. No había estado aquí arriba desde hacía tres años, cuando presenté mi examen de admisión en el Gran Salón. Los mismos tapices delicadamente tejidos colgaban de las paredes, igual que en aquel entonces. En un lado estaba el escudo azul del Gremio de Boticarios; en el otro, un hombre recogía hierbas, mientras un unicornio lo miraba. Las nubes se habían abierto para que la luz del Cielo lo iluminara.

Seguí al aprendiz. Pasamos el rellano que daba al Gran Salón y subimos al tercer piso. En el camino tuve la vaga impresión de haber visto antes a ese muchacho. Me pregunté si habría estado aquí cuando presenté mi examen de admisión. Probablemente era muy grande para haberlo presentado conmigo, pero podría ser que en ese momento hubiera estado asignado al salón.

—¿Eres el aprendiz del maestro Colthurst? —le pregunté.

—¿Yo? No —retiró el pelo de su rostro y me condujo por un largo pasillo con paneles de castaño. Al final llegamos a una puerta sencilla que aún tenía la llave en el ojo de la cerradura. El aprendiz llamó a la puerta y permaneció un momento a la escucha. Cuando no hubo respuesta, la abrió.

—Espera aquí —dijo—. Comunicaré a los maestros que has llegado.

Entré. Él cerró la puerta. Sonó el golpe del pestillo.

Entonces éste era el despacho de Oswyn. Estaba ordenado —no me extrañaba de un puritano—, pero era más pequeño de lo que había imaginado. En el centro había un escritorio sencillo, y detrás de él una silla de madera que no se veía nada cómoda, con la espalda hacia la ventana que daba al patio. Frente a ella había otra silla idéntica. El escritorio estaba cubierto de pilas organizadas de papeles, una de ellas manchada con el aceite derramado de una lámpara apagada que colgaba en el rincón. Las paredes de yeso eran austeras y anodinas: no había ningún adorno salvo por una serie de pliegos de papel de vitela clavados en ellas, algunos con algo escrito, otros con dibujos de figuras e íconos diversos. En un lado había unos cuantos tarros vacíos, y en el otro, media docena de libros.

Me senté a esperar en la silla frente al escritorio. En la pared junto a mí había un dibujo curioso, de dos hombres y dos mujeres montados sobre bestias mágicas: un grifo, una mantícora, un centauro y un caballo alado. Cada figura estaba rotulada con el nombre en latín de uno de los cuatro elementos, los componentes fundamentales de toda creación: *aer, ignis, aqua, terra* (aire, fuego, agua, tierra).

Las bestias del dibujo me recordaron el mural en la casa de Mortimer. Pensé en la cerradura escondida detrás de él, la cripta debajo del sarcófago, las estatuas de santos en los nichos.

Secretos bajo secretos, pensé. *Códigos dentro de códigos.*

La Secta del Arcángel había empezado su campaña homicida cuatro meses antes. Un mes después, el maestro Benedict me enseñó el libro de los santos. En ese entonces estaba confundido. ¿Santos católicos?

—Es importante entender la historia —me dijo mi maestro aquella vez—. Nunca sabes cuándo podrás necesitarla.

Y yo la había necesitado.

Luego me dio mi cubo del acertijo. No era sólo un regalo de cumpleaños increíble: era una lección sobre los símbolos… y las llaves líquidas. También de ésos vi en el mural debajo de la cripta.

Ahora entendía.

Me había estado preparando. El maestro Benedict nunca había dejado de prepararme, incluso en secreto. Él quería que yo encontrara la cámara en la cripta. Él me guio en todo momento. Por eso me enseñó todo lo que yo necesitaba, excepto una cosa fundamental: qué significaban los símbolos del mural.

Él tenía que saber que yo no los entendía. No me habría llevado al borde del abismo para abandonarme ahí. Debió haberme dado la solución.

Tenía que estar en el mensaje del libro de contabilidad.

Acerqué la oreja al ojo de la cerradura de la puerta de Oswyn y estuve unos momentos a la escucha. No se oían pasos, así que regresé al escritorio y saqué la página del libro y el trozo de papel que guardaba bajo la faja de mi maestro.

Esa línea, la que no entendía.

¿Qué se me estaba escapando? Miré el mensaje original, todo junto.

†Δ o. Sí. Ara: pledsatreup. Seno. e. Loja Bahgu. hed4. Le. ←
↓M08→   *espadas.punta*
neminidixeris

Cada línea ocultaba algo diferente. La primera, con la espada y el triángulo que no entendía, me dijo cómo encontrar la cripta, donde había visto otros símbolos que tampoco entendía. La última línea era la advertencia en latín para mantenerlo en secreto.

Quedaba, pues, la línea de en medio, con la que Tom y yo habíamos generado el revoltijo de letras. La clave para descifrar los símbolos *tenía* que estar allí. Me vino a la cabeza que aún no habíamos resuelto qué significaba *espadas.punta*. Tenía que estar relacionado con lo que venía antes.

Espadas punta. ¿Cómo podía ayudarme eso a descifrar el código?

Últimamente había visto muchas espadas: el símbolo en la primera línea del mensaje, la estatua del ángel en el mausoleo, el mural en la puerta de hierro. ¿Había pasado algo por alto en alguna de ellas? ¿Había en algún lugar otra espada que no hubiera encontrado?

Sacudí la cabeza, con la sensación de que lo más importante se me escapaba. Aquí las espadas no tenían ningún sentido. Esta línea tenía que ser un mensaje cifrado; seguro había algo oculto.

Espadas, punta… seguí dándole vueltas en la cabeza.

Nemini dixeris, decía la última parte del mensaje. *No le digas a nadie.*

Me quedé pensando en eso. Era una advertencia. Eran dos palabras, escritas como una sola. Estaba en latín.

¿Latín?

El maestro Benedict, boticario. Latín, la lengua de los boticarios.

Secretos bajo secretos. Códigos dentro de códigos.

¿No debería estar en latín el mensaje cifrado?

Fruncí el ceño. Tom ya había preguntado si el mensaje estaba en latín. Le dije que no podía ser; el alfabeto latino sólo tiene veintitrés letras. No hay *J:* para ésa se usa la *I.* Tampoco hay *U:* se pone la *V* en su lugar. Y no hay *W.* Entonces Julio César, o JULIUS CAESAR, se escribiría IVLIVS CAESAR. Nunca encontrarías una *J.*

Me quedé helado.

Un error. Había cometido un error.

Nunca encontrarías una *J,* porque no es parte del alfabeto.

Había traducido el mensaje como si estuviera en nuestra lengua, pero si el código fue escrito en latín, el mensaje estaba mal desde el principio. Con otro alfabeto, las letras no saldrían igual.

Tomé una pluma del escritorio de Oswyn. Escribí el mensaje cifrado, empezando, igual que antes, con 08 para *M,* pero esta vez en latín.

A	B	C	D	E	F	G	H	I	K	L	M
20	21	22	23	01	02	03	04	05	06	07	08

N	O	P	Q	R	S	T	V	X	Y	Z
09	10	11	12	13	14	15	16	17	18	19

Comencé la nueva traducción. Después de cinco letras, los dedos me empezaron a temblar y tuve que sujetarlos con la mano izquierda.

Obtuve el nuevo mensaje. Lo miré fijamente.

ISAACCLAVEMHABET

Tom tenía razón: sí *era* latín.

Decía *Isaac clavem habet.*

Isaac tiene la clave.

CAPÍTULO
23

Me puse a dar vueltas por el despacho de Oswyn, con los zapatos golpeando la duela. Mi mente estaba tan acelerada como yo.

Isaac tiene la clave. Isaac el librero, el amigo sin rostro del maestro Benedict. Yo nunca lo había visto, pero el maestro Benedict me había dicho dónde estaba su tienda. Quería ir corriendo para allá enseguida, pero no podía: todavía tenía que ver al Consejo del Gremio de Boticarios. De todas formas, irme no habría servido de nada: era domingo y la librería de Isaac estaría cerrada.

Nada de eso disminuyó mi impaciencia. Inquieto, caminé más rápido. Di una y otra vuelta alrededor del escritorio de Oswyn; me sentía como un perro arreando ovejas. En una de las vueltas vi por la ventana una figura en el patio. Era otro aprendiz, saliendo por la puerta de los laboratorios.

Yo antes pensaba que Tom era grande. Este joven era del doble de tamaño, un auténtico gigante viviente. Su pecho de barril tensaba su delantal azul. Por la manera pesada de caminar, parecía como si un elefante se hubiera escapado del zoológico del rey.

Se dejó caer sobre uno de los bancos frente a la escalinata del Gran Salón. El hierro crujió bajo su peso. Al igual que el aprendiz de pelo largo, el muchacho Elefante se me hacía conocido. Otra vez pensé en el día de mi examen, pero no me sonaba para nada que fuera de ahí. Tenía la sensación de haberlo visto recientemente. Intenté recordar dónde.

Mientras intentaba ubicarlo, Oswyn salió al patio. Iba con el Gran Maestro, sosteniéndolo por el codo y ayudándolo a bajar lentamente la escalera principal. Sir Edward parecía molesto, y Oswyn no se veía mucho mejor que él. Hablaban pero dos pisos arriba y con la ventana cerrada, a duras penas podía distinguir algunas palabras.

—… botica… destruida —dijo Oswyn—. Stubb… buscando a… desaparecido.

—… crees… —dijo Sir Edward. … deben de terminar… buscar a Lord Ashcombe…

Oswyn asintió con la cabeza y prosiguió:

—… ya mandé… Christopher… asesinatos… Secta…

Oswyn condujo a Sir Edward por el patio. El sonido del bastón del Gran Maestro sobre la piedra se oía más que sus palabras. Abrí la ventana, intentando escuchar el resto de lo que decían, pero ahora me daban la espalda mientras se dirigían a la entrada del Colegio. Lo poco que alcancé a oír me llegó en fragmentos no menos frustrantes.

—… Arcángel… —dijo Oswyn—. … no puedo creer… ¿… hacemos?

—… Stubb… —dijo el Gran Maestro— … aprendiz…

El viento se llevó el resto de la conversación. Desaparecieron bajo el arco de la salida hacia Blackfriars Lane. Cuando se abrió el portón, la luz penetró, y luego volvió a oscurecerse. Pestañeé.

¿Abandonaron el Colegio?

Estaba tan empeñado en escuchar lo que decían que ni se me ocurrió pensar adónde irían. Esperé un momento a ver si regresaban. Y no, no regresaron.

Supuestamente el aprendiz de pelo largo iba a decirles que yo esperaba aquí. ¿No los habría encontrado? Me moví para salir tras ellos y me detuve en seco.

La puerta del despacho de Oswyn no abría.

La sacudí, pero la perilla no se movía y el pestillo estaba atrapado en la jamba. Me asomé por el agujero de la cerradura para ver si la llave estaba atorada, pero lo que vi fue la pared de enfrente. La llave no estaba atorada: simplemente no estaba allí.

El aprendiz me había encerrado.

Me quedé unos momentos mirando la puerta. El corazón comenzó a acelerarse dentro de mi pecho. Corrí a la ventana. Elefante seguía sentado en el banco de hierro, apático, lanzando piedritas a una bandada de golondrinas que se había congregado cerca del pozo. Estuve a punto de pedirle ayuda, pero el que arrojara las piedras sacó un recuerdo a la superficie.

Dados.

Allí es donde había visto antes al muchacho Elefante. El día anterior había estado a punto de tropezarme con él al salir de la botica, después de que el maestro Benedict me golpeara. Estaba detrás de la casa, en el callejón, jugando a los dados. Había otro muchacho con él. No le había visto la cara, pero tenía pelo oscuro y largo. Estaba tan alterado en ese momento que apenas si les presté atención. Ahora los recordaba.

Habían estado en el callejón detrás de la botica justo antes de que asesinaran a mi maestro. Elefante y el aprendiz de pelo largo, el que me condujo acá arriba.

Se me empezaron a retorcer las tripas. El aprendiz no había ido a decirles a Sir Edward y a Oswyn que yo ya había llegado: había ido a sacarlos del edificio. Ellos ni siquiera sabían que yo estaba aquí. Atrapado.

Finalmente entendí por qué mi maestro no huyó ese día. Él también había estado atrapado: los mismos enemigos lo rodeaban. Querían el secreto del maestro Benedict. Si él hubiera escapado conmigo, nos habrían atrapado a los dos, quizá no de inmediato, pero sí después de perseguirnos. Lo mejor que pudo hacer el maestro Benedict fue enviarme lejos. Se sacrificó para salvarme. Ahora, encerrado en el despacho de Oswyn, estaba tirando por la borda lo que él había hecho por mí. Los había dejado atraparme.

En el patio hubo movimiento y eso me sacó de mi creciente desesperación. Era Valentine Grey, el tercer miembro del Consejo, el que al parecer pensaba que debían azotarme por mi insolencia. Su cadena de oro gigante rebotaba contra su estómago mientras se apresuraba por la escalinata. Al llegar abajo se detuvo y, sin aliento, se dirigió a Elefante.

—¿Dónde está Sir Edward?

El aprendiz señaló la salida.

—Se marchó, maestro.

Valentine corrió tras ellos, sujetando su collar. Como el resto del Consejo, desapareció tras pasar bajo el arco y no volvió.

Los maestros se habían ido. Rogué por estar equivocado, que todo esto fuera un malentendido. Cuando vi iluminarse la entrada de nuevo, contuve la respiración. Regresaron, pensé. Y en eso vi quién era.

Era Wat.

Cruzó el patio dando grandes zancadas, mientras se desataba el delantal azul. Lo echó en el banco junto a Elefante.

—El aprendiz de Blackthorn está aquí —dijo Elefante.

Wat pasó los dedos por la empuñadura de su cuchillo.

—¿Dónde?

—Martin lo llevó arriba.

El aprendiz de pelo largo —Martin— apareció por la escalinata.

—¿Dónde está? —preguntó Wat nuevamente.

—Lo encerré en el despacho del maestro Colthurst —dijo Martin.

Los tres voltearon hacia la ventana abierta. Me quité de ahí de un brinco, esperando que no me hubieran visto... como si a esas alturas eso pudiera cambiar algo.

—¿Por qué lo metiste ahí? —oí que dijo Wat, más enojado que de costumbre.

—Dijo que venía con el maestro Colthurst —respondió Martin a la defensiva—. ¿Qué querías que hiciera?

—Esconderlo en otro lugar. Nadie debe verlo. ¿Y si los maestros se hubieran enterado?

—¿Por qué lo harían?

—Ya basta —retumbó la voz de Elefante—. No importa. Los maestros se han marchado, ya nadie lo encontrará.

—Entonces terminemos con esto —dijo Wat, y juré haber oído la hoja del cuchillo abandonar su funda.

—Todavía no —dijo Elefante—. El portero sigue aquí. Deshágase de él. No, quiero decir: envíenlo a hacer algún mandado que lo mantenga un buen rato fuera de aquí. Martin y yo revisaremos el resto del Colegio para asegurarnos de que nadie más haya venido.

—Pregúntale al portero —dijo Martin—, él ha de saber.

—El maestro nos dijo que nos aseguráramos —dijo Elefante—, así que nos aseguraremos. Cuando el Colegio esté despejado, lleva a Christopher al sótano. Allí nos ocuparemos de él.

Oí el banco de hierro crujir y el roce del cuero sobre la piedra.

—No es como si fuera a escapar.

CAPÍTULO
24

Las punzadas de mi cráneo encontraban eco en el corazón, que me golpeaba el pecho como un martillo. Con cada latido surgía una pregunta.

¿Cómo pude ser tan estúpido?

Si no hubiera estado tan encerrado en mi cabeza… Si tan sólo me hubiera fijado en ellos dos afuera de la botica por un segundo más… Si no hubiera seguido ciegamente a Martin… Me comporté como si Stubb fuera el único miembro de la Secta.

Sacudí la cabeza. Bueno, más tarde podría reprocharme todo lo necesario. Ahora tenía que salir de aquí.

La ventana, pensé. Me asomé con cautela. El patio estaba vacío. Saqué la cabeza un poco más para ver si había modo de bajar por ahí.

Ni en broma. Estaba en el tercer piso, y abajo no había más que un sólido piso de piedra. Salir por la ventana no sería una vía de escape, sino de fracturarme las piernas.

Quería llamar a gritos al portero. Lo habría hecho si no hubiera sabido que Wat estaría dispuesto a matarlo para que se callara. Entonces mejor regresé a la puerta, jalé la perilla y la sacudí lo más fuerte que pude. No sirvió de nada: la jamba era de roble macizo y el pestillo de hierro. Lo más que conseguiría sería quebrar el picaporte.

Revisé la habitación en busca de algún arma, cualquier cosa que pudiera usar. Las sillas eran resistentes, habrían funcionado bien como garrotes, salvo porque el despacho de Oswyn era tan pequeño que apenas había espacio para blandirlas. Los libros eran inútiles, a menos que planeara salir de aquí usando el papel como arma. Tal vez la lámpara. La base era de latón macizo, lo bastante pesada para causar algún daño. También tenía aceite, que podía ser peligroso. Desgraciadamente no tenía manera de encender fuego.

Entonces recordé: *sí* tenía una manera de encender fuego. De hecho, tenía mucho más que eso.

La faja de mi maestro. Todavía la traía puesta. No sólo contaba con pedernal y yesca, sino que estaba llena de cosas útiles. Me levanté la camisa y vi las decenas de ampolletas en sus bolsillos, con sus tapones de corcho asomándose por arriba de la tela.

Lo primero que pensé fue en fabricar pólvora e intentar volar la cerradura, pero las ampolletas con los componentes que necesitaba para eso estaban vacías: me habían servido para escaparme de Stubb y Wat, y no se me había ocurrido rellenarlas cuando estuvimos en el taller de Hugh. Le di vuelta a la faja, en busca de algo más, y en eso lo vi, con su sello de cera arriba, atado con un cordel. Saqué la ampolleta, la que había dejado a Tom fascinado cuando estábamos en el dormitorio de Hugh.

Aceite de vitriolo. Ese líquido mágico que disuelve el hierro, como el de la cerradura de la puerta del despacho de Oswyn.

Tenía que apresurarme. Retiré el cordel de la cera y rompí el sello. El hedor agrio del vitriolo se elevó por el vidrio. Podía ver el pestillo entre la puerta y la jamba, pero no podía meter la ampolleta en la hendidura. Arranqué uno de los dibujos de la pared, deseando vehementemente que Oswyn me perdonara por profanar su despacho. Enrollé el pergamino y lo metí en el hueco. Luego, con mucho, mucho cuidado, vertí el poco espeso aceite amarillo en el metal.

De inmediato se produjo una efervescencia en el hierro. El vapor invisible que se desprendía de las burbujas me resecó la garganta y sentí que me ahogaba. Tuve que retroceder tosiendo, mientras el aceite de vitriolo actuaba sobre el pestillo. Dejé que las pocas gotas vertidas fueran destruyendo el hierro durante un minuto, y luego eché unas cuantas más.

El pestillo se corroyó despacio, muy despacio, pero temía a los efectos de ir más rápido. La cerradura no era muy gruesa, pero yo no tenía una gran cantidad de vitriolo y no podía darme el lujo de desperdiciarlo. Ya se había perdido un poco en el embudo de pergamino, que se estaba disolviendo más rápido que el hierro. Tenía la esperanza de que la vitela, al ser resistente a los líquidos, durara lo suficiente para terminar la tarea, pero antes de que pudiera verter una tercera porción, el pergamino se desmoronó y sólo quedaron escamas de piel de becerro ennegrecida.

Fui por otro en la pared de Oswyn, y me vino a la mente una mejor idea. Saqué la cuchara de plata de la faja de mi maestro y la metí entre la puerta y la jamba para usar el mango como guía para el goteo del aceite. Hubiera pensado en eso antes de arruinar la obra de Oswyn... aunque romper su puerta tampoco iba a granjearme su cariño precisamente. Si no tenía oportunidad de explicar lo que había pasado, perdería al único aliado que me quedaba.

De cualquier forma, el pestillo se desintegró. Había desgastado el hierro hasta convertirlo en una angosta tira de metal cuando se vació la ampolleta. Ya no había nada que pudiera hacer al respecto. Tomé el picaporte con las dos manos y jalé.

El pestillo seguía atrancando la puerta.

¡Vamos!, pensé. Puse un pie contra la pared y volví a intentarlo, haciendo un gran esfuerzo. Los dedos me punzaban y se entumecieron de dolor.

El hierro se dobló.

Otra vez jalé con todas mis fuerzas, y de la misma manera recé hasta elevar al cielo una silenciosa plegaria. *Por favor, Dios. Por favor, maestro. Por favor, ayúdenme.*

Funcionó.

El pestillo se soltó con un sonido metálico. Su extremo picado salió volando de la jamba y, con un ruido sordo, rebotó en el suelo y dejó un rastro de gotitas amarillas. Me caí hacia atrás con fuerza y aterricé de costado, con lo que el hombro desgarrado comenzó a arder de nuevo. No importaba. Me había liberado.

O no.

Martin me miraba boquiabierto desde el otro lado de la puerta.

—¿Cómo…? —empezó.

Me levanté con dificultad. Tomé la silla más cercana a mí pero antes de poder golpearle con ella, Martin ya estaba a mi lado.

Me tomó de los brazos y me empujó contra el escritorio. La punta se me clavó en la columna, justo abajo de las costillas.

Dolor. Un dolor enorme, insoportable. Se sentía como si la madera me hubiera apuñalado, perforándome la espalda como una lanza. Aullé y caí al suelo. Martin perdió el equilibrio y cayó sobre mí. Me aplastó con todo su peso y me dejó sin aire.

Quedé así unos momentos sin poder moverme, ahí tirado, gimiendo, en un grito de dolor. Abrí los ojos a tiempo para ver el puño cerrado del aprendiz volando hacia mi rostro. Sus nudillos golpearon contra mis dientes. Mi cabeza se estrelló contra el suelo. Me llegó un sabor a sangre, agrio y metálico.

—Pequeña rata —me dijo.

Su puñetazo me dejó aturdido, pero él no había terminado. Echó el brazo atrás para golpearme otra vez. Busqué en la faja que traía en la cintura, más por instinto que por otra cosa. Tomé una ampolleta, la que fuera, y se la hinqué en la mejilla.

El vidrio se hizo añicos en mis manos y su borde irregular abrió la piel de Martin. Él gritaba mientras yo restregaba la ampolleta rota en su barbilla; un polvo ocre se derramó encima de mí. Mientras empujaba torcí la mano, con lo que me provoqué una punzada de dolor en el dedo. Martin me apartó de un empujón y se dio la vuelta, con la mano en el rostro.

Yo rodé hacia el lado opuesto. Martin volteó, con los dedos en su mejilla sangrante y una furia desenfrenada en la mirada. Todavía quedaba algo de polvo en la ampolleta. Se lo arrojé directo a la cara.

—¡Aaaaaay! —gritó. Se echó hacia atrás. Los ojos le ardían y se los cubrió con el brazo. Le arrojé lo que quedaba de cristal, que rebotó en su delantal azul sin hacerle daño. La sangre de mi dedo cortado dejó un reguero rojo sobre la madera.

Por el momento no tenía a Martin encima de mí, pero la cabeza seguía dándome vueltas. Me recargué en un costado de la silla, que ahora estaba en el piso, para levantarme. Aturdido, me tropecé y metí la rodilla entre sus travesaños de roble. Terribles espasmos atacaron mi espalda y amenazaron con dejarme agarrotado.

En el suelo, Martin parpadeaba intentando contener las lágrimas. Sus ojos mostraban un color rojo encendido, y sus mejillas seguían salpicadas de polvo ocre. La herida que le había provocado sangraba mucho; hilos escarlata le corrían por la mandíbula y le manchaban el cuello de la camisa. También él empezó a incorporarse. Con la mano buscaba a tientas su cuchillo en el cinturón.

Tomé la lámpara de Oswyn, que ahora estaba volcada sobre el escritorio. La balanceé con furia. Martin se agachó. La lámpara pasó silbando junto a él sin lastimarlo, pero le hizo perder el equilibrio. Se tropezó y cayó en el rincón.

Yo corrí.

Había pensado volver por el mismo camino por el que había venido, pero en vez de eso me detuve, derrapando. En el pasillo, a diez metros de mí, también el muchacho Elefante se paró en seco. Nos quedamos viendo fijamente durante lo que pareció una eternidad. De mi mano colgaba la lámpara de Oswyn; de la suya, una cuerda llena de nudos.

Me di la vuelta y corrí en dirección opuesta.

CAPÍTULO
25

Martin salía disparado del despacho de Oswyn, con los ojos como fiera y el rostro ensangrentado, cuando pasé a toda prisa por ahí hacia el final del corredor. Junto al despacho de Oswyn había otra salida. Yo no tenía idea de adónde dirigía, pero *adónde* sin duda sería mejor que *aquí*.

La puerta en forma de arco albergaba una estrecha escalera de caracol. Bajé dando saltos, lo más rápido que pude, y a cada paso el dolor me atravesaba la espalda herida. Martin venía tras de mí, podía escuchar sus tacones de cuero raspando la piedra, y más atrás, las pisadas de Elefante golpeando fuerte.

Al correr me di cuenta de que la lámpara que llevaba no serviría de arma, pero sí podía usarla para algo más. A mitad de las escaleras la arrojé detrás de mí. El vidrio se hizo añicos, el aceite salpicó por todos lados y gotas amarillas salpicaron los escalones.

Funcionó aún mejor de lo que había esperado. Martin brincó hacia mí, intentando acortar la distancia. Su tacón patinó en el aceite. Se resbaló de los escalones y cayó de cabeza contra el barandal de hierro forjado. Retumbó como si alguien hubiera tañido una campana de iglesia, y rodó escaleras abajo.

No me detuve a ver. Martin quedó fuera unos momentos, pero las fuertes pisadas de Elefante seguían tras de mí. Al pie de las escaleras, el pasadizo conectaba con otro corredor en el segundo piso, hacia el norte. Corrí, intentando abrir cada puerta a mi paso. Todas estaban aseguradas.

Oí voces a mis espaldas. Martin maldecía y Elefante gritaba en respuesta. Di vuelta a la derecha, seguí por un pasillo, luego a la izquierda, y llegué a otro. Encontré más escalones y bajé por ellos.

Terminé en la planta baja, en una cámara que reconocí. Era el despacho del administrador, donde Oswyn me había dicho que aguardara. Y después de eso, el patio. Corrí hacia afuera.

Wat esperaba en la entrada del Colegio.

Me paralicé al verlo. Se encogió, como para perseguirme, pero no lo hizo. En vez de eso, revisó las ventanas vacías.

—¡Aquí está! ¡Acá abajo! ¡En el patio! —gritó.

Me tomó un segundo darme cuenta de por qué no me seguía. No tenía que hacerlo: él bloqueaba la única salida. Ahora sólo tendría que esperar a Martin y a Elefante. No tuvo que esperar mucho, ya se oían acercándose a trote por las escaleras.

No tenía adónde ir. Me di la media vuelta y corrí al laboratorio.

Ya había estado allí una vez, después de mi examen, cuando los maestros nos llevaron a recorrer el Colegio del Gremio. Había una entrada principal al complejo de los laboratorios, que tenía tres habitaciones distintas. La cámara central, para las preparaciones generales, estaba abarrotada de mesas de trabajo cubiertas de contenedores, toneles, barriles y tubos. Del lado derecho había una puerta que llevaba a la destilería, que bombeaba el olor del alcohol al cuarto de preparaciones.

Otra puerta a la izquierda albergaba los hornos del cuarto de cocción. En cada una de las tres cámaras principales, recordé, había un depósito, más pequeño, en el que se guardaban diversos componentes.

Lo que desafortunadamente no recordaba era que ninguna de las cámaras tenía ventanas por las cuales pudiera escapar. La mayoría de la luz del taller provenía de las velas colocadas en las paredes, de las que ya sólo quedaban unos trocitos. Más luz se derramaba de la puerta que daba al cuarto de cocción. Entré allí corriendo, esperando encontrar a alguien trabajando.

Qué va. La única señal de vida eran los fuegos que aún ardían en los doce hornos enormes. En las parrillas había ollas, que los maestros habían dejado con fórmulas que tardaban mucho en cocerse, para que hirvieran a fuego lento mientras ellos disfrutaban su día de descanso. Estaba solo.

Y, una vez más, atrapado.

—¡Allá adentro! —gritó alguien en el patio—, ¡se metió en el laboratorio!

Había llegado el fin. Me habían acorralado. Y caí en la cuenta de que aún llevaba en el bolsillo el secreto para entrar a la cripta.

Isaac tiene la clave.

Saqué de la faja de mi maestro el papelito con el código descifrado y lo arrojé al horno más cercano. Se enroscó al instante, crujió y se redujo a cenizas. Estuve a punto de quemar también la hoja del libro de contabilidad, pero no pude. Vi la letra de mi maestro en el papel y... simplemente no pude.

Metí el papel bajo la faja y, desesperado, busqué algún arma. Aquí al menos tenía mejores opciones que en el despacho de Oswyn. Por ejemplo, un plato de hierro caliente, o un atizador, para usarlo como lanza o garrote.

Sacudí la cabeza. Cuánta insensatez: yo no soy el rey Arturo. Hoy no me tocaba asesinar a ningún gigante. Elefante solito podía aplastarme con su puro pensamiento. Incluso si lograra superar los obstáculos que eran Martin y él, Wat seguía vigilando la salida con su cuchillo. Nunca saldría de aquí tras un pleito en serio.

Lo que necesitaba era distraerlos, como la última vez que huí de Wat. Bueno, esto era un laboratorio, y si había algo que yo *podía* hacer era distraer.

Corrí al depósito en el otro extremo del cuarto de cocción. Estaba tan lleno de componentes que a duras penas pude entrar. Nunca había visto semejante surtido. Jarros de vidrio con veinte, cuarenta u ochenta litros de una colorida y abrumadora variedad de líquidos. Los frascos de cerámica eran tan grandes que parecían estar hechos para ballenas.

Pero primero tenía que ganar tiempo. Encontré dos componentes: azúcar y salitre. Si los juntabas, no había nada mejor para distraer al oponente.

Haciendo caso omiso de mi terrible dolor de espalda, arrastré los frascos al cuarto de cocción; la cerámica raspó la piedra del piso. Mi plan funcionaría mejor si primero derretía los componentes, pero no tenía tiempo, así que sólo volqué los frascos cerca de la puerta que daba al cuarto de preparaciones y con los dedos mezclé los contenidos derramados.

Me llegaron voces desde la cámara central.

—Me rompió el diente —lloriqueaba Martin.

—¡Silencio! —dijo Elefante.

—Voy a matar a ese gusanito.

—Ni lo toques. Ahora cállate y déjame escuchar.

Me dirigí sigilosamente al horno más cercano y con unas pinzas levanté un carbón al rojo vivo.

—Fin del juego, Christopher —dijo Elefante—. Vamos, sal de ahí.

Las pisadas se acercaron a la puerta, se movían cautelosas.

Arrojé el carbón sobre la pila de polvo blanco.

Se escuchó un silbido.

—¿Qué es eso? —preguntó Martin.

Entonces el polvo estalló en llamas. Nubes de humo salían del montículo, y en eso empezó a formarse un muro rojo de llamaradas que gemían como un alma en pena.

—¡Atrás! —gritó Elefante—. ¡Retrocedan!

Caí en la piedra y salí de ahí como pude, tan asustado como los demás. Nunca había mezclado tanta azúcar con salitre. La hoguera me salpicaba los zapatos con gotas de caramelo caliente hasta que los granos se consumían y dejaban una mancha carbonizada sobre la losa. El salón se llenó de humo, una neblina blanca. Apenas si podía ver lo que estaba a unos centímetros de mí.

—¡Por el amor de Dios, incendió el Colegio! —exclamó Martin,

—¡Christopher! —gritó Elefante—, ¡sal de ahí! ¡Te vas a matar!

No le faltaba razón. Lo que yo quería era el humo. La neblina me ocultaría y mantendría a los otros fuera por uno o dos minutos. Sin embargo, la nube se hinchó y lo abarcó todo. Hizo que me ardieran los ojos y se me congestionaran los pulmones. Corrí hacia la bodega, tosiendo y respirando pesadamente. Tomé un delantal de repuesto y me lo amarré alrededor del rostro para cubrir nariz y boca, con la esperanza de filtrar algo del humo. Ayudó un poco, pero no podría quedarme mucho más aquí.

De todas formas había ganado algo de tiempo para poner manos a la obra. Me habría encantado hacer otro cañón, pero ya había quemado todo el salitre. Ya no podría preparar pólvora. Necesitaba otra cosa.

El humo era tan espeso y los ojos me lloraban tanto que casi no podía leer las etiquetas de los frascos. Pero ahí, entre los otros polvos blancos, había natrón. Y allá, del otro lado, en un jarrón de ochenta litros de capacidad, había vinagre.

Tomé del perchero un delantal de aprendiz y vacié ahí el natrón; lo enrollé de un extremo para formar una pesada bolsa. Luego le di la vuelta al jarrón y dejé que la mitad del vinagre se derramara en el piso. Salpicó por todas partes. Me mojó los zapatos y alcanzó una hilera de costales de trigo cerca de la puerta y los dejó manchados. Pensé: *Si salgo de ésta, no habrá en el Colegio un solo maestro que no quiera mandarme azotar.*

El olor ácido del vinagre mezclado con el humo me hizo toser todavía más. Con unos apretones a la bolsa, vacié natrón por la boca grande del jarrón. Luego volví a taparlo de tal modo que la parte superior del delantal quedara atrapada en el cuello de la botella. Un golpe con mi zapato hundió el corcho lo suficiente.

Tomó un segundo para que el vinagre restante del jarrón empezara a calar en la lona. El líquido comenzó a burbujear.

—Christopher —me llamó Elefante, que seguía esperándome junto a la puerta de la cámara central—, no puedes escapar. Ya sal. Sólo necesitamos cierta información. Si nos dices lo que queremos saber no te haremos daño.

¿De verdad parezco tan tonto? Lo malo es que tenía razón. Ya era hora de salir. El jarrón no iba a aguantar toda la vida; el tapón de corcho estaba presionando fuerte el vidrio, y el humo me estaba mareando.

Levanté el jarrón, con lo que mi espalda dio otro grito de dolor. Un arma más, eso era todo lo que necesitaba. La encontré entre la niebla, sobre la estufa, en una cacerola de mango largo con un menjurje café burbujeante que olía como a merienda del diablo. Quité la cacerola del fuego. El fondo de hierro rozó la parrilla con un chirrido metálico.

—Christopher —dijo Elefante.

El brazo me empezó a temblar con el peso de la olla, lo que nuevamente hizo gritar a mis heridas. Con la otra mano cargando el jarrón de natrón y vinagre caminé sigilosamente a la puerta que conducía a la cámara central. Estaba gris por todas partes. No podía verlos... Necesitaba verlos.

Tosí.

—¿Prometen que no me harán daño?

—Te lo prometemos —dijo Elefante.

Listo: arrojé el pegote caliente hacia donde escuché su voz. Lo oí salpicar sobre lino rígido. Él gritó.

Me apresuré a correr con el jarrón en una mano y la olla de hierro ya vacía en la otra. Aquí el humo se había diluido lo suficiente como para ver que el pegote le había dado de lleno a Elefante. Estaba empapado y una asquerosa mancha café se le había estampado en el pecho y el cuello. Barritó y sacudió los brazos intentando arrancarse la ropa de la piel escaldada. Martin, con el labio aplastado y la mejilla cubierta de sangre, se alejó de su compañero.

Me vio salir del humo, pero demasiado tarde. Balanceé la olla para darle en la cabeza. Hizo sonar su cráneo tan fuerte que me soltó en un instante y rebotó en el piso, repicando en la piedra. Martin se hizo un ovillo: parecía un bulto de carne.

Ésa va por el maestro Benedict, pensé.

Salí corriendo hacia el patio, pasando por el salón de preparaciones. Ahora iba cargando el jarrón de vidrio con las dos manos, y todos mis músculos se unieron a mi espalda para aullar en protesta por el esfuerzo. Dentro del jarrón, el vinagre se había convertido en una espuma rosa efervescente. El corcho presionaba para salir.

Wat aguardaba. Sacó su cuchillo de hoja larga, curva y malintencionada.

Pero yo no pensaba pelear con él. Al llegar en medio del patio, con las últimas fuerzas que me quedaban, lancé el jarrón hacia donde él estaba parado. Wat lo vio volar por los aires, sorprendido. Era una cosa tosca, fácil de esquivar. Y lo hizo, tal como yo había esperado.

Me lancé y me derrapé en el piso de piedra para estrellarme contra la parte trasera del pozo, que quedó entre Wat y yo. El jarrón cayó al suelo.

Explotó. El vidrio se hizo añicos con un estallido ensordecedor. Sonó como si fuera el cañón más grande del mundo. La aterradora presión de la mezcla de vinagre y natrón hizo volar los fragmentos de vidrio tan lejos que golpearon en las ventanas del tercer piso y, como mil flechas sarracenas, dejaron picado todo el ladrillo del patio.

Guarecido de la explosión detrás del pozo, vi llover junto a mí esquirlas salpicadas de espuma rosa. Asomé la cabeza por el borde para ver lo que había pasado.

Wat se retorcía en el piso sin soltar su cuchillo, cuya hoja arañaba la piedra. Del lado derecho, desde las botas hasta el pelo, estaba embadurnado de una sustancia rojiza. No sabía si era vinagre o sangre, y no me quedé a averiguarlo. Comencé a correr, abrí de golpe la puerta del Colegio y salí a la calle. Sabía que, después de lo que le había hecho al lugar, nunca jamás conseguiría volver.

CAPÍTULO
26

Corrí, y los pulmones me ardieron todo el camino. Parecía como si Londres entero me mirara mientras yo pasaba corriendo, apestando a humo y vinagre, tosiendo hasta escupir un pulmón. Pero seguí corriendo, al borde del pánico, con una sola idea en la mente.

Blackthorn.

Mi hogar.

No importaba que la botica ya no fuera mía; no sabía adónde más ir. Aunque no hubiera sido domingo, la tienda de Isaac estaba demasiado cerca del Colegio de Boticarios para que yo me apareciera por ahí. Además, no sabía qué tanto podía confiar en él... y en casa de Tom no era bienvenido.

Me inventé un pretexto para volver a casa: componentes. En mi huida me había terminado el contenido de otras dos ampolletas de la faja del maestro Benedict. Si no hubiera tenido esos componentes y los del laboratorio, en este mismo momento Wat me estaría partiendo en dos como a un cerdo dominical.

Ésa no era mi única excusa: la casa de Tom estaba de camino desde el Colegio del Gremio. Tal vez estuviera afuera y yo podría verlo un momento sin su familia ahí. Se había me-

tido en problemas por mi culpa. Quería verlo, disculparme...
Despedirme.

Debía tener cuidado. Me estremecí de sólo pensar en lo
que haría el padre de Tom si me viera. Tendría que ser todavía
más cauteloso al regresar a casa: había altas probabilidades de
que la botica estuviera vigilada. Wat y los demás podrían estar
de vuelta en el Colegio, pero Stubb no. Y si algo había aprendido desde ese día era que cualquiera, donde fuera, podría
formar parte de la Secta.

En medio del caos había olvidado que también Lord Ashcombe me estaba buscando. No lo olvidé por mucho tiempo.

Cuando estuve cerca de la casa de Tom estaba tan falto de
aliento que apenas si podía caminar. La espalda, que se quejó
todo el camino, sufría un espasmo a cada paso. *Sólo faltan
unas pocas calles*, me dije, y entonces pude descansar. Me estaba concentrando con tal fuerza en mantenerme en pie que
estuve a punto de estrellarme con la guarida del león.

Tom *sí* estaba afuera de su casa, pero no solo: también
Lord Ashcombe estaba allí.

Casi me tropecé con los adoquines. A trompicones llegué
a la seguridad de la entrada de un joyero de por ahí y recargué
la espalda en la madera. Jadeaba con fuerza, mis pulmones
estaban en llamas.

Lord Ashcombe guardaba silencio. Tom, por el contrario,
parloteaba. Yo estaba demasiado lejos para oír una palabra,
pero Tom se veía aterrorizado. Lord Ashcombe lo atravesaba
con su mirada oscura de ojos negros.

Con la cabeza gacha, sigilosamente me dirigí a un callejón
cercano, entre el taller del joyero y la ferretería de al lado,
que era un mejor escondite. Volví a asomar la cabeza. Lord

Ashcombe seguía escuchando y a Tom no le paraba la boca. Un guardia real salió de la casa de Tom. Llevaba algo en las manos y se lo entregó a Lord Ashcombe. Éste lo mostró a mi amigo sin decir una palabra.

Alcancé a ver el destello de los rayos del sol reflejados en el metal plateado. El guardia del rey estaba sujetando mi cubo del acertijo.

Los ojos de Tom se abrieron como platos. Empezó a parlotear de nuevo, ahora más rápido que antes. Lentamente, Lord Ashcombe alargó la mano libre y agarró a Tom del pelo. Lo retorció y lo obligó a hincarse.

La madre de Tom salió corriendo de su casa. Se arrodilló en el fango junto a su hijo y comenzó a suplicar con un parloteo tan rápido como el de Tom. El padre también tomó partido, y con el rostro enrojecido y sudoroso, hizo gestos de enojo a la calle, hacia el camino por el que yo había desaparecido cuando me echó. Lord Ashcombe casi los ignoró: sus ojos nunca se apartaron de los de mi amigo.

Lord Ashcombe tenía que saber que había sido *yo* quien había tomado el cubo del acertijo, no Tom. Pero según la ley, eso no importaba. Haberlo encontrado en la casa de Tom lo señalaba a él como ladrón. El castigo por eso era la pena de muerte.

Incliné la cabeza. No podía dejar a Tom en manos de Lord Ashcombe. Si el guardia del rey iba a obligar a que alguien asumiera la responsabilidad del hurto, tenía que ser a mí.

Salí a la calle.

—Hola, Christopher —dijo una vocecita.

Provenía detrás de mí, del callejón. Volteé.

Era Molly. Me sonrió desde las sombras, con su mata de suaves caireles que le caían sobre los ojos. A sus cuatro años, era muy pequeña para pronunciar bien algunas letras. *Hola, Quistofe.*

Parpadeé.

—¿Molly?

Su sonrisa se hizo más grande.

—Ven conmigo —dijo. *Ve comigo.*

—Este… no puedo —dije, aunque tenía muchas ganas de ir con ella—. Tu hermano tiene un problema, tengo que ayudarlo.

—No —Molly alargó sus dedos, pequeños y delicados, los enrolló en mi mano y me jaló—. Ven conmigo. Dice Tom que tienes que venir.

—No puedo.

—Dice Tom —jaló lo más fuerte que pudo, y ni así pudo moverme un centímetro—. Dice Tom. No. ¡Noooooo! —se puso a llorar cuando di un paso hacia donde estaba Lord Ashcombe—. ¡Lo prometí! ¡Dice Tom!

A lo lejos, Lord Ashcombe soltó el pelo de Tom, que parecía como si fuera a desmayarse. Su madre parecía agradecer una y otra vez. Lord Ashcombe la ignoraba. Le dijo algo a Tom, y éste asintió repetidamente. Los guardias reales ya habían comenzado a interrogar a los vecinos, y algunos señalaban en la misma dirección que el padre de Tom, por donde yo me había alejado de su casa. Al parecer Tom había convencido a Lord Ashcombe de que en verdad no sabía dónde encontrarme.

La niñita que me estaba jalando de los dedos parecía contar otra versión.

—*Ven. Dice* Tom.

Esperé otro momento, para asegurarme de que Lord Ashcombe no cambiara de parecer y siempre sí se llevara a Tom. Cuando finalmente se fue, suspiré.

—Está bien.

* * *

En cuanto accedí, el humor de Molly cambió, como sucede en los niños pequeños. Las tibias lágrimas dieron paso a una amable sonrisa, que mantuvo mientras vagaba por los callejones de Londres frente a mí. Iba tarareando algo, y de cuando en cuando daba unos saltitos por el camino, jugando.

—¿Qué hacías en el callejón? —le pregunté.

—Buscarte —dijo mirándome orgullosa—. Tom nos mandó a buscarte cuando vio venir al señor que asusta. Pero *yo* te encontré.

Le pasé el brazo por los hombros y la acerqué hacia mí.

—Eres la mejor.

Me sonrió, encantada, recargando la cabeza en mi cadera. Luego vio una mariposa y se puso a perseguirla, dando brincos para intentar atraparla mientras revoloteaba en el aire.

Cuando empecé a seguir a Molly supuse que me estaba llevando a la parte trasera de la casa de Tom por el camino largo, aunque más me valía que sus padres no me vieran ahí. Sin embargo, parecía que sólo estábamos caminando sin rumbo fijo de un callejón a otro. La excursión se me estaba haciendo eterna. No nos estábamos acercando a la casa de Tom y mi espalda ya había tenido más que suficiente.

—¿Sabes adónde vamos? —le pregunté.

—Ajá —dijo Molly escrutando el cielo, esperando que la mariposa volviera—. Dice Tom que te lleve a la Casa de Negro.

—¿La Casa de Negro? —no reconocí el nombre—. ¿Quién es el Negro?

—No *Negro*, tonto —me dijo Molly con una risita—: *Negro*.

—Ya veo —dije, aunque ya llevaba algún tiempo sin entender aquella lógica de los niños de cuatro años.

Pero al poco rato se aclaró. En el último de los incontables callejones llegamos a… No sabía cómo llamarla. Ya no era una casa.

Antes aquí estaba lo que alguna vez había sido la casa más grande de la calle. El verano anterior, un incendio había destruido toda la parte interior. El último piso había desaparecido por completo. El segundo piso también estaba medio reducido a cenizas: no había más que paredes pelonas ennegrecidas y restos de maderos carbonizados viendo al cielo, como palillos de dientes gigantes. La parte inferior de la casa estaba desplomada en un rincón, y no quedaba nada más que escombros y astillas de roble.

La casa de negro.

Cecily estaba en el callejón. Caminaba de un lado al otro y jalaba la parte delantera de su vestido azul lavanda. Cuando nos vio a Molly y a mí, volteó a ver la puerta trasera de la casa, que apenas si se sostenía de una sola bisagra y se mecía detrás del hombre que nos estaba esperando.

—Bienvenidos —dijo el doctor Parrett.

CAPÍTULO
27

También el interior de la casa había quedado marcado por el incendio. Vigas alcanzadas por lenguas de fuego y surcadas de hollín seguían sosteniendo, de alguna manera, la planta superior. Todo el piso estaba cubierto de lodo seco; la capa era tan gruesa que parecía como si todavía estuviéramos en la calle. Arriba de la chimenea, la pintura estropeada de algún olvidado paisaje colgaba en un marco roto, con el óleo derretido y el lienzo arrugado.

El doctor Parrett. El pobre, loco doctor Parrett, cuya familia había muerto en el incendio el verano anterior, seguía viviendo aquí con el fantasma de James, su hijo.

A Molly no parecía molestarle la casa, para nada. Miraba fascinada las ruinas a su alrededor. Era muy pequeña para entender lo que en realidad significaba. Cecily no estaba tan tranquila. Ella estrechó mi brazo y se apretujó contra mí. Yo me apretujé de vuelta, con el frío calándome hasta los huesos, mientras me preguntaba si de verdad el espíritu de James seguía aquí.

—Mi hijo está durmiendo —susurró el doctor Parrett— y mañana tiene que estudiar, así que no se queden despiertos toda la noche —me dijo haciendo un gesto admonitorio con el dedo, pero en tono afable.

—No, no lo haremos —dije. Era todo lo que podía hacer para no persignarme.

—Pueden quedarse con James, en su cuarto. Está allá, al fondo.

Tomó una lámpara de la repisa de la chimenea y nos condujo por la parte trasera hasta un cuartito sin puerta. En una esquina había una cama con un colchón de paja. La paja estaba fresca, y a diferencia del resto de la casa, aquí no había lodo. Todo lo demás estaba muy quemado. Pedazos de damasco arrugado se desprendían de la pared. La cabecera de la cama estaba carbonizada y rota. Le faltaba una pata, y esa esquina se apoyaba en un par de ladrillos. Sobre el colchón había una almohada manchada de hollín, y a su lado un caballero: un muñeco de lana desgastado al que le faltaba un ojo de botón.

—Avísenme si necesitan algo —dijo el doctor Parrett.

Sonrió y se fue. Molly enseguida fue por el muñeco. Se dejó caer sobre la duela y al rato estaba platicando con el caballero tejido y preguntándole adónde había ido su caballo.

—¿Cómo supieron dónde encontrarme? —le pregunté a Cecily.

—No lo sabíamos —dijo acurrucándose en mí y mirando las paredes ennegrecidas—. Cuando Tom vio a la guardia real acercarse, le preocupó que pudieras regresar a la casa, así que mandó a mis hermanas a buscarte. Me pidió organizarme con el doctor Parrett para que pudieras quedarte con él.

Mi cuerpo maltrecho consiguió superar el frío que sentía por estar en el dormitorio de James, anduviera por aquí su fantasma o no. Lentamente me senté en la paja. Mi espalda aulló, y luego, cuando por fin le quité todo el peso de encima, sólo gimió en silencio. Cecily me ayudó a recostarme. Parecía preocupada.

Hice un inventario de lo que quedaba de mí. Tenía la mejilla sensible e hinchada donde Martin me golpeó. A la piel del hombro, donde se había roto mi camisa en el adoquín, se le estaba formando una costra y ardía. El dedo que me corté con la ampolleta que rompí en el despacho de Oswyn me punzaba sin piedad, aunque al menos ya había dejado de sangrar.

La cortada en el dedo no era mi herida más dolorosa —ese premio se lo llevaba la espalda—, pero sí la más peligrosa. La articulación ya estaba roja e hinchada, sensible al tacto. Si no se trataba, podía envenenarse y agriar los humores de mi cuerpo. Afortunadamente todavía tenía la faja de mi maestro. Probé levantarme la camisa para alcanzarla, pero a mi espalda no le gustó el movimiento.

—¿En qué te ayudo? —ofreció Cecily.

Me jalé la camisa y le pedí que me ayudara a quitármela.

Lo hizo, deslizándola con cuidado por la cabeza mientras yo apretaba los dientes para aguantar el dolor. De una ampolleta de la faja saqué telaraña, a la que le puse sábila, que tomé de otra ampolleta, para ponérmela como compresa en la herida del dedo. Formé un vendaje con una tira de tela que desgarré de la parte inferior de mi camisa. Cecily me la amarró. Hizo lo mismo con mi hombro raspado. Luego se sentó detrás de mí sobre la paja y me revisó la espalda, donde se me había encajado la esquina del escritorio.

—Está muy rojo —dijo.

—¿Puedes presionar ahí? Necesito saber si no se rompió algo.

—¿No va a dolerte?

—Sí —suspiré—, me va a doler.

Y dolió. Pero fuera de un triángulo rojo irritado del ancho de un melón sobre mi columna vertebral, parecía que no se había roto nada. De todas maneras, definitivamente me esperaban unos días desagradables. Moría por tomar un balde completo de té de adormidera, pero no quería que se me embotara la cabeza ahora que la Secta del Arcángel y Lord Ashcombe estaban tras de mí, así que mejor saqué la ampolleta con corteza de sauce blanco y me tragué la mitad. Hice muecas de asco con el polvo amargo. Fuera de eso, lo único que podía hacer era acostarme sobre la paja y aguantar el dolor.

Tom vino al amanecer con un pequeño saco de arpillera y una bolsa de cuero en la misma mano. Tenía una mancha púrpura en el rostro: ya se estaba formando un moretón donde su padre lo había golpeado. Molly se levantó del suelo, sin soltar al muñeco, y corrió hacia su hermano.

—¡Lo encontré! —dijo toda orgullosa, señalándome mientras yo me sentaba.

—¡Bravo, muy bien! —dijo Tom. Le quitó los caireles de los ojos a su hermana y le hizo un cariñito en la mejilla.

Cecily se sentó en la paja junto a mí, abrazándose las rodillas.

—¿Tienes algún problema? —le preguntó Tom.

—El doctor Parrett es muy amable —dijo negando con la cabeza.

—¿Puedes llevarte a Molly a la casa?

—Claro —dijo, y se puso de pie.

Molly me dio al caballero y luego me echó los brazos. Eso hizo a mi espalda gemir de nuevo, pero no me importó.

—Gracias por ayudarme —le dije, y haciendo un gesto con el dedo vendado le dije a Cecily—: Gracias también a ti.

Sonrió con timidez, rodeó a su hermana con el brazo y se marchó. Después miré a Tom.

—Lo siento. ¿Estás bien? —le dije.

Tom se encogió de hombros.

—Mi padre me ha dado peores.

A mí me preocupaba más Lord Ashcombe.

—¿Regresará por ti? Vi que encontró mi cubo del acertijo…

—A Lord Ashcombe no le importa tu cubo del acertijo. Toma.

Tom me pasó el saco que llevaba. Adentro había dos piezas de pan dulce. Sólo con verlas volví a sentirme humano.

Tom me vio hacer un gesto de dolor al recargarme en la maltratada cabecera.

—¿Qué te pasó? —preguntó.

Con la boca llena de pan le conté lo que había pasado en el Colegio, que Martin, Wat y aquel chico Elefante me atraparon y con una treta hicieron que Sir Edward y Oswyn se fueran. Pensé que iba a llevarse una impresión tremenda, pero casi ni pareció enterarse de lo que le estaba contando. También le hablé de mi descubrimiento.

—Isaac tiene la clave del mural de la cripta —le dije.

—Ah —Tom no se veía muy interesado. Con un gesto de la mano señaló la habitación carbonizada—. Lo siento, pero éste es el único lugar que se me ocurrió. Pensé que nadie vendría a buscarte aquí.

Puse el caballero tejido de James junto a mí en la cama.

—Agradezco mucho tener este lugar. Gracias.

—Tarde o temprano la guardia real estará vigilando las salidas de Londres. Tal vez, cuando sepa cómo son las patrullas, puedas llegar a los muelles a escondidas y salir de aquí —dijo y me entregó el monedero de piel.

Tintineó cuando lo tomé. Jalé el cordón y lo abrí. La plata brillaba a la luz de la llama. Conté tres chelines y por lo menos doce peniques. Me quedé atónito.

—¿De dónde lo sacaste?

—De la panadería: de la caja fuerte de mi padre —dijo.

—¿Estás loco? Va a matarte. No puedo aceptarlo.

Le alargué el monedero. Tom escondió las manos en la espalda y se alejó.

—El pasaje costará por lo menos un chelín —dijo—. Más, si piensan que estás desesperado. Uno de nuestros clientes habituales maneja una barcaza. Creo que se dejaría sobornar. Le preguntaré si te lleva.

—¿Si me lleva adónde?

—Ya te dije: fuera de la ciudad. No puedes quedarte aquí —Tom me miró a los ojos—. ¿Te das cuenta?

—Pero… escucha, creo que ya lo resolví. Un miembro del Consejo del Gremio de Boticarios, Valentine Grey, estuvo hoy en el Colegio. No creo que el resto del Consejo sepa que estuve allí. Luego lo vi hablar con Elefante. Es posible que Martin y él fueran los aprendices de Valentine. Si es así, entonces también Valentine está en la Secta. Si se lo dijo a Lord Ashcombe…

—No puedes ir con Lord Ashcombe.

—Sé que no tengo testigos, pero si le explico… Lord Ashcombe estuvo ayer ahí; él sabe por qué yo quería mi cubo del acertijo…

—¡Por Dios, Christopher! —resopló Tom—. A veces no *escuchas*. A Lord Ashcombe no le importa tu maldito cubo del acertijo: él piensa que tú eres culpable de la muerte del maestro Benedict.

Me quedé con la boca abierta.

—¿*Yo?* Pero… ¿*por qué?*

—Estuviste fuera de la botica exactamente cuando la Secta atacó. A Lord Ashcombe eso le pareció sospechoso. Esta mañana, cuando regresó a la botica para revisarla, notó que faltaba la hoja del libro de contabilidad. Sabe que mentiste sobre lo que escribió el maestro Benedict. Está convencido de que ahí dice algo incriminatorio y que tú la tomaste para que nadie más la viera.

Sentí un hueco en el estómago.

—Eso sigue sin explicar por qué yo querría matarlo.

—No está seguro. Piensa que podrías estar colaborando con la Secta del Arcángel.

Me le quedé viendo fijamente.

—Pero… qué locura.

—También sugirió que posiblemente hiciste que la muerte del maestro Benedict *pareciera* un asesinato de la Secta para que todo mundo la culpara en vez de a ti. Piensa que quizá querías vengarte de que el maestro te golpeara.

Me puse tenso.

—¡Él nunca me puso una mano encima! —y en eso caí en la cuenta: sí me había golpeado. Una vez, sólo una—. Lady Brent… —dije.

Tom asintió con la cabeza.

—Lord Ashcombe la interrogó. Ella afirma que el maestro Benedict te golpeaba con frecuencia. Dijo que era cruel contigo y que tú te resentías. Por eso volvió a la botica, a buscar la hoja del libro de contabilidad. Yo le dije que eso no era cierto, pero piensa que estoy mintiendo para protegerte.

El maestro Benedict me había golpeado e insultado para mantenerme a salvo de Wat y el resto de la Secta. Representó tan bien el papel de maestro cruel que me salvó, al menos temporalmente, pero Wat no había sido el único testigo. La palabra de Lady Brent le bastaría a cualquier tribunal para declararme culpable. Sentí náuseas.

—El maestro Hugh —dije de pronto—. Él sabe la verdad, y es maestro del Gremio. Tendrán que creerle. Si lo encontramos, responderá por mí.

Tom se quedó viendo el suelo.

—El maestro Hugh está muerto —dijo muy quedo.

Me quedé ahí sentado, inmóvil. Pasaron unos momentos antes de que pudiera hablar.

—¿Qué?

—Me lo dijo Lord Ashcombe. El cadáver enterrado en el jardín, el que vimos el Día de la Manzana del Roble, era de Hugh.

Pensé que la noticia me golpearía más fuerte, pero sólo me sentí entumido. Tal vez porque no podía imaginar nada más devastador que ser culpado por el asesinato de mi maestro. O quizás era porque, muy en el fondo, una parte de mí ya sabía que Hugh no se había ido de la ciudad; que, como yo, él no podía dejar atrás al maestro Benedict.

—Entonces… la Secta *sí* los atacó el jueves por la noche.

—De hecho —dijo Tom desconcertado—, Lord Ashcombe no está seguro de que haya sido la Secta. Su cuerpo no presentaba las mismas heridas que los otros. Además, le dieron cristiana sepultura, en un camposanto.

Fruncí el ceño. ¿Por qué los asesinos de Hugh le darían un entierro cristiano? Nada de eso tenía sentido.

—Supongo que también me culpa de la muerte de Hugh —dije con amargura.

—De él no dijo, pero sí de Stubb.

—¿Qué significa eso?

Tom pareció sorprendido.

—¿No supiste? También Stubb está muerto.

Me quedé con la boca abierta.

—¿Qué? —pregunté pestañeando—. No... no puede ser.

—Lo encontraron esta tarde en su casa. Los asesinaron a él y a sus aprendices, igual que al resto de las víctimas de la Secta. La noticia está por todas partes, pensé que lo sabías.

La cabeza me dio vueltas.

Stubb... ¿muerto?

No entendía. El maestro Benedict, Hugh, ¿y ahora Stubb?

¿Por qué la Secta del Arcángel mataría a Stubb? Él mismo estaba *en* la Secta.

Pensé en Wat. Martin y Elefante habían estado en el Colegio de Boticarios. Wat había llegado más tarde.

¿Habrá matado Wat a Stubb? ¿Sería allí donde había estado?

Es cierto que los asesinatos parecían obra de Wat, y evidentemente el muchacho lo odiaba. ¿Entonces se había descontrolado? ¿Mató a Stubb por pura maldad?

¿O estaba siguiendo órdenes?

No *entendía* nada.

—¡*Christopher*!

Alcé la vista. No me había dado cuenta de que Tom seguía hablando.

—Ahora entiendes, ¿no? —dijo—. Tienes que irte de Londres. La Secta se está deshaciendo de todos. El único hombre que puede detenerla piensa que tú formas parte de ella. No puedes luchar contra la Secta y no puedes buscar la protección de Lord Ashcombe.

—¿Pero adónde iré? —pregunté.

—No lo sé. Busca otra ciudad, consigue un nuevo trabajo. Cualquier maestro estaría encantado de tenerte de aprendiz.

—Ser aprendiz con alguien nuevo me costaría algunas *libras* —dije—. Y no hay trabajo para alguien como yo: ya sabes lo que les pasa a los niños en la calle.

Me estremecí al pensar en lo que podía pasarle a Sally si no conseguía trabajo, al recordar a los niños mayores que por la edad tuvieron que salir de Cripplegate. Los suertudos seguían por ahí, mendigando, robando... o haciendo cosas todavía peores. La mayoría sencillamente desapareció y nunca nadie los volvió a ver.

Lo cierto es que yo no tenía adónde ir: Tom estaba soñando. Por unos momentos, también yo me puse a soñar. Cerré los ojos y me fugué a un lugar seguro, donde el maestro Benedict seguía vivo. Un lugar libre de dolor, libre de muerte.

Pero no era más que un sueño.

—¿Qué vas a hacer? —preguntó Tom en voz baja.

¿Qué otra cosa podía hacer?

—Ir a ver a Isaac. Conseguir la clave del mural.

Y confiar en que el maestro Benedict me ayudaría a encontrar una salida.

—Pero... ni siquiera puedes andar en la calle. Lord Ashcombe está ofreciendo una recompensa por tu captura. Una grande, además: cinco o diez libras. Todo Londres te estará buscando.

Pasé los dedos por las ampolletas de la faja.

—Para eso tengo una idea. *Tú* sólo ve y devuelve estas monedas antes de que tu padre te mande a ti a la tumba —le entregué el monedero—. Y no vuelvas aquí.

—Voy a ir contigo —dijo Tom sorprendido.

—Claro que no —le respondí—. Es demasiado peligroso.

Ahora se veía molesto.

—Tú no eres mi amo. No me digas lo que tengo que hacer.

—Mañana debes trabajar —le recordé.

—Los lunes mi padre me manda al mercado a comprar harina: paso horas fuera. Vendré después de las seis, cuando cante el gallo.

—Tom...

Alzó los brazos al cielo.

—¡Ay!, ¿podrías dejar de *hablar* de una vez por todas?

Me callé.

—No te van a agarrar —dijo Tom—. La Secta, Lord Ashcombe... quien sea. No te van a agarrar a ti también.

Tom se dio la media vuelta para irse y se detuvo en la puerta.

—Buenas noches, Christopher —dijo. Y se fue.

LUNES 1º DE JUNIO DE 1665

FESTIVIDAD DE SAN JUSTINO, MÁRTIR

CAPÍTULO
28

Casi no dormí. Aunque estaba exhausto, la espalda me dolía cada vez que cambiaba de posición o tiritaba de frío y me hacía despertar sobresaltado si me movía dos centímetros, pero a las seis tuve una sacudida que me ahuyentó definitivamente el sueño. Era el pregonero, que gritaba mi nombre.

—¡Atención, atención! Tengan cuidado buenos ciudadanos. Christopher Rowe, asesino de Benedict Blackthorn, anda suelto. Para rebelarse contra la crueldad de su señor, el joven Rowe se unió a la Secta del Arcángel. Su Majestad ofrece una recompensa de veinte libras por la captura del muchacho.

La voz del pregonero viajaba fácilmente por la casa en ruinas del doctor Parrett, pero aun así tenía dudas de haber escuchado bien. *¿Veinte libras?*

—Buenos días —dijo el doctor Parrett.

Casi me caigo de la cama. El doctor estaba en la entrada con un cubo en la mano.

—Discúlpame —dijo—, no quería asustarte. Te traje un poco de agua —puso el cubo al pie de la cama, y se derramó un poco—. ¿No te sientes bien? Me dice James que tuviste un sueño agitado.

Me quedé viendo al doctor Parrett, miré su ropa vieja en jirones, su cuerpo escuálido de tanto mendigar migajas. Tenía que haber oído al pregonero. *Veinte libras.*

Me cubrí hasta el pecho con la manta.

—Doctor Parrett… Eso que andan diciendo… Yo no…

—No les hagas caso —dijo con vehemencia—. ¡Son unos mentirosos! Son… —se interrumpió. Por unos momentos, la realidad pareció perforar su locura para entrar al dolor que vivía detrás de sus ojos. Pero luego esa conciencia desapareció, y el hombre se quedó ahí parado, alejando la verdad a fuerza de parpadeos—. Aquí tienes tu casa, con nosotros, por todo el tiempo que haga falta. Desayunamos cuando estés listo, tenemos un poco de pan. ¿Necesitas algo más?

Le pedí una cosa más. Asintió con la cabeza y se fue. Me tomé lo que quedaba de corteza de sauce blanco, para lo que pudiera servir. Luego me acerqué el cubo y puse manos a la obra.

* * *

Cuando Tom me vio, estuvo a punto de echar a correr. Recorrió el cuarto de James rápidamente con la mirada, como si alguna otra persona pudiera estar escondida en esta tumba calcinada. Luego se quedó con la boca abierta.

—¿Christopher?

—Me di la vuelta, con los brazos extendidos.

—¿Qué te parece?

Durante unos momentos sólo pudo mover la boca.

—¿Pero qué te pasó?

Mi pelo ahora estaba negro azabache: me lo pinté con tinta de calamar de la faja de mi maestro. También me había deshecho de la ropa vieja de Tom y tomé nuevas ropas prestadas del doctor Parrett. Me puse además unos pantalones andrajosos del hombre, que me quedaron demasiado grandes, y una de las camisas de lino de su hijo, demasiado pequeña. Para el toque final de niño de la calle usé bermellón de conchas de caracol trituradas, mezcladas con la tinta de calamar restante para ponerme pecas café en el rostro. La inflamación de la mejilla, donde Martin había conectado el puñetazo, contribuía al disfraz, aunque con gusto me hubiera ahorrado el dolor.

—Parece como si hubieras contraído la viruela —dijo Tom frunciendo la nariz—, pero hueles como si no te hubieras curado.

Por primera vez en varios días sentí un poco de esperanza. Si mi disfraz confundía a Tom, aunque fuera por un instante, bien podría funcionar.

—Te equivocaste en lo de la recompensa —dije—: valgo *veinte* libras.

Puso mala cara.

—Tenlo muy presente antes de hacerme la vida más difícil.

* * *

El disfraz funcionó casi demasiado bien. En la calle, si me acercaba demasiado, más de un tendero levantaba el garrote y me maldecía, para proteger su mercancía de un hábil ladronzuelo. Tom todo el tiempo avanzó lentamente por el tráfico a cierta distancia de mí, jalando su carretilla de harina vacía.

Había una gran presencia de la guardia real. Tres veces pasé tan cerca de un par de lacayos que habría podido tocarlos; tenían las manos en sus sables y pistolas, escrutando a la multitud de lunes por la mañana. Sus ojos se posaron sobre mí sin reconocerme, pero todas las veces tuve que llegar a la esquina y dar la vuelta antes de volver a respirar. Por lo menos su presencia hacía poco probable que Wat y los demás me atacaran a plena luz del día, aunque me reconocieran. De todas formas me apresuré. Mientras más tiempo me quedara en donde fuera, más llamaría la atención.

La librería de Isaac estaba enclavada en Saint Bennet's Hill, una calle estrecha cerca del río, y demasiado cerca del Colegio de Boticarios. No tenía fachada ni ventanas. La entrada estaba en el centro de un viejo edificio de piedra con bodegas de embarcaciones a los lados. La puerta era de roble grueso y pesado con franjas de hierro. Tenía clavada una placa de madera.

LIBROS RAROS

ISAAC CHANDLER, PROPIETARIO

BIENVENIDO TODO EL QUE BUSQUE CONOCIMIENTO

Encima de la puerta había otra frase, en latín, tallada en piedra.

FIAT LUX

Hágase la luz.

Adentro, la librería de Isaac se parecía más a una biblioteca que a una tienda. La estancia era pequeña, no medía más de cinco metros cuadrados. Las paredes estaban cubiertas de estantes, excepto en el sitio de una chimenea de piedra encendida, cuyo fuego llenaba el cuarto de calor para combatir el frío matutino. Los estantes estaban cargados de libros, y pesaban tanto que algunos tablones de cedro se combaban a la mitad. En un rincón había columnas de libros que casi llegaban al techo, un laberinto de papel y cuero que bloqueaba una escalera angosta que llevaba a las plantas superiores. Me recordó tanto a mi maestro que me ardieron los ojos.

Tom y yo no estábamos solos. Justo enfrente de la puerta había un pequeño mostrador de madera. Detrás de él, un viejo de pelo canoso y escaso, y barbilla angulosa estaba tranquilamente sentado en un taburete con los ojos cerrados. Isaac Chandler, propietario.

—¿Les puedo ayudar en algo? —su voz era suave, casi como un susurro.

—Estoy en busca de información —dije.

Con un gesto de sus manos huesudas señaló los cientos de libros. Supuse que debía ser más específico.

—Necesito saber qué significan unos símbolos —dije.

Abrió los ojos.

—Acércate, por favor. Me falla la vista.

Fui hacia el mostrador, con Tom detrás de mí. Al acercarnos vi a qué se refería. Los ojos de Isaac estaban empezando a opacarse, como si la niebla de la mañana se les hubiera metido.

—Para un amante de los libros es una maldición —dijo—. Preferiría perder el corazón, pero parece que Dios nunca pregunta —suspiró—. ¿Quién eres?

Tom se puso nervioso. También a mí la pregunta me tomó desprevenido. El pregonero había vuelto inservible mi verdadero nombre.

—Soy… James Parrett —dije, y sentí cómo se me calentaba la cara—. Soy aprendiz de… Andrew Church, en el Colegio de Boticarios. Mi maestro me mandó a investigar unos símbolos que descubrió en un viejo texto.

—Olvidaste tu delantal.

Bajé la vista hacia mi ropa de niño de la calle... Ningún delantal azul.

—Este... Lo arruiné en el laboratorio. Le cayó aceite de vitriolo encima.

—Peligrosa sustancia —dijo Isaac—, aunque útil en las circunstancias adecuadas —asintió con la cabeza—. Muy bien. ¿De qué símbolos se trata?

Me di cuenta de que yo esperaba que bastara con decir: *Estoy buscando un libro de símbolos* para que él señalara y dijera: *Por supuesto, aquí está justamente lo que necesitas.* El maestro Benedict me mandó con Isaac a buscar la clave, pero también me advirtió que no le dijera a nadie. No estaba seguro de si la advertencia aplicaba al librero. Decidí decirle a Isaac una verdad a medias.

—Hay varios glifos —dije—. Una espada apuntando hacia abajo, un triángulo apuntando hacia arriba, otro triángulo atravesado con una línea como una montaña nevada. Cosas así.

Durante unos momentos no supe si él estaba pensando o si no me había oído. Entonces dijo:

—Los símbolos pueden significar casi cualquier cosa. El contexto es importante —dijo, y al parecer se quedó esperando algo.

—Son símbolos de componentes —dije.

—Componentes.

—Sí —confirmé, y esperé. Como no respondió nada, dije—: la clave.

Se quedó callado unos segundos y luego se movió en la silla.

—No creo poder ayudarte.

Se me cayó el alma a los pies.

—Pero… mi maestro dijo que usted era el único que podía ayudarme.

—Te estás capacitando para ser boticario —dijo.

—Así es.

—Entonces entiendes el latín.

—Sí.

—¿Qué dice ahí? —preguntó apuntando hacia arriba.

Detrás de él, en la viga más alta del librero, había una inscripción grabada a fuego en la madera. La leí:

—*Et cognoscetis veritatem, et veritas liberabit vos.*

—¿Qué significa?

—Es una cita de la Biblia, del Evangelio según san Juan. "Y conoceréis la verdad, y la verdad os hará libres".

Asintió con la cabeza.

—Allí está tu respuesta, joven… Lo siento, tampoco mis oídos son lo que solían ser. ¿Cómo dijiste que te llamas?

Lo miré fijamente.

—Dije que era James Parrett —él esperó—, pero no era cierto —dije.

Tom me agarró del brazo y dijo:

—No…

Me lo quité de encima.

—Mi verdadero nombre es Christopher Rowe.

Los ojos nublados de Isaac me sostuvieron la mirada.

—Yo conocía a tu maestro.

—Sí.

—Benedict era mi amigo. Con frecuencia mencionaba a su aprendiz. E incluso si no lo hubiera hecho, de todas formas conocería tu nombre por los pregones de esta mañana.

Christopher Rowe, asesino, se rebeló contra la crueldad de su maestro.

—Nunca lastimé al maestro Benedict —dije—. Habría sido incapaz.

—¿Y yo cómo podría saberlo? Llegas aquí, con un nombre extraño que no es el tuyo y, supongo, con una cara extraña que tampoco es la tuya. Me dices mentiras y luego me pides que confíe en tu palabra. ¿Por qué debo creerte, Christopher Rowe?

Se me ocurrieron algunas razones, más cuentos. Excusas, mentiras. Estaba desesperado. Necesitaba algo para convencerlo, o ya no tendría más pistas que seguir.

Busqué en mi corazón. Lo único que veía era el rostro de mi maestro… y ahí encontré mi respuesta.

—Yo era huérfano —dije—. Los maestros que me recogieron me enseñaron, me dieron alojamiento. Siempre les estaré agradecido por eso. Pero el orfanato no era un sitio amable. Los maestros eran estrictos, y sus manos siempre estaban listas para castigar. Y los otros niños, bueno, algunos eran aún más mezquinos. Puede ser que hayamos vivido juntos, pero lo cierto es que todos nosotros crecimos solos.

"Cuando el maestro Benedict me acogió, me cambió la vida. Se preocupaba por mí —se me quebró la voz—. Él me mostró algo diferente, algo que no sabía que existiera. Era raro. Era humano. Pero siempre fue amable. Era mi padre, mi verdadero padre, en todos los sentidos importantes. Y yo le quería.

Me sequé las lágrimas con la manga. Se me corrieron unas manchas violeta.

—Usted no tiene ninguna razón para confiar en mí —dije—, y no tiene que hacerlo. Si usted realmente era amigo de Benedict Blackthorn, entonces sabe que yo nunca jamás habría podido asesinarlo, pues él nunca jamás, ni por un momento, podría haber sido cruel.

Isaac parpadeó lentamente, mirándome. Tom se quedó inmóvil como estatua.

En eso Isaac se puso de pie, apoyándose en su taburete que crujía. Sacó de abajo de su toga una llave de plata que pendía de un cordel alrededor de su cuello. Se la dio a Tom.

—Cierra la puerta principal.

Tom volteó a verme nervioso, pero obedeció. Isaac miró hacia el librero detrás de él, el de la inscripción hasta arriba, y empujó tres libros de tres diferentes repisas. Cuando empujó el último, el librero retumbó con un *clac* y se movió hacia afuera. Atrás, en la oscuridad, sopló un viento helado.

Isaac le quitó la llave a Tom y tomó una lámpara del mostrador. La encendió y atravesó por la puerta secreta. Con la tenue luz de la flama alcancé a ver una escalera que descendía.

Isaac volteó.

—¿Entonces van a venir o no? —preguntó.

CAPÍTULO
29

Llegué a contar cien escalones antes de rendirme. Las escaleras bajaban en espiral, sin nada que señalara por dónde íbamos. Las curvas paredes de piedra no tenían imágenes ni soportes para antorchas: solamente innumerables grietas en el cemento. Lo único que cambiaba —además de mis dolores en la espalda— era el aire, que se enfriaba a cada paso.

Finalmente llegamos. Las escaleras terminaban en una pequeña cámara que se ensanchaba para dar cabida a una doble puerta tan grande que hacía que las puertas del Colegio de Boticarios parecieran palillos. En cada panel de roble había una cruz tallada, con los cuatro brazos del mismo largo, de extremos acampanados. Todavía les quedaban unas motas de pintura: blanco en la superficie, rojo en la cruz, dorado alrededor.

Isaac tocó una de las manijas de latón bruñido.

—¿Me prestas tu juventud, Thomas?

Tom se acercó amablemente y recargó un hombro en la puerta. En eso se quedó inmóvil, con los ojos como platos.

—¿Cómo sabe mi nombre?

—Benedict una vez mencionó que su aprendiz tenía un amigo tan leal que, sin importar qué maquinación absurda tramara el muchacho, él, Thomas Bailey, siempre estaría ahí, a su lado. A Christopher lo buscan por asesinato. Dan veinte libras por su cabeza, y los hombres de la guardia real no son los únicos depredadores que andan a la caza de ella. Con todo, aquí estás. ¿Quién más podrías ser?

Me sonrojé. Tom me miró en actitud triunfal.

—*Te dije* que eran maquinaciones.

La puerta gigante se abrió con un rechinido de las bisagras de casi tres centímetros de espesor. Lo que había del otro lado casi me hizo caer de rodillas.

Estábamos en una caverna. Era tan honda que la luz de la lámpara no alcanzaba el fondo. En todas partes había repisas por montones, hileras y más hileras, construidas a la medida de los titanes de la antigua Grecia. Llegaban al techo, a quince metros del suelo, tan altas que se necesitarían escaleras del tamaño de una casa para alcanzarlas. Y las escaleras estaban allí, de vigas macizas con ruedas abajo, colocadas en rieles en el suelo.

Nunca había visto tantos libros. Las repisas crujían y amenazaban con agrietarse y arrojar una lluvia de papeles. Y había mucho más que libros. En una repisa descansaban rollos de pergamino acomodados en pirámides, amarillentos y quebradizos por el paso del tiempo. En otra, se recargaban placas de piedra con extraños glifos tallados en su superficie. En una fila había tablillas de color rojo violáceo marcadas con líneas y flechas arcanas endurecidas en la arcilla miles de años atrás.

Tom caminó de reversa hacia mí hasta que su brazo se me clavó en el hombro.

—¿Dónde estamos?

—Debajo de la ciudad, muy hondo, en una bóveda construida por los caballeros templarios —explicó Isaac—. Aquí guardaban sus tesoros robados, hasta que el papa Clemente disolvió la orden y los quemó a todos en la hoguera. La bóveda fue legada, en secreto, a la familia Mortimer hace trescientos cincuenta años. Antes de que me lo pregunten: no sé qué pasó con el oro de los templarios. No importa. Hemos llenado la bóveda con algo mucho más valioso.

"Lo que ven aquí es toda la colección de obras que yo, y mis hermanos antes que yo, hemos adquirido. Son siglos de conocimiento, de todas las civilizaciones, de todos los rincones del mundo. Está disponible para todos los que busquen la verdad auténtica. Lamentablemente, de ésos hay poquísimos.

—Usted habla en plural, *nosotros*. ¿El maestro Benedict era uno de ustedes?

—Así es. Éramos siete. Ahora todos están muertos o han huido de la ciudad, excepto yo.

—¿Pero quiénes son ustedes?

—Somos alquimistas —dijo Isaac.

—¿La gente que convierte el plomo en oro?

—Pensaba que todos eran unos farsantes —espetó Tom, antes de darse cuenta de que no era tan buena idea insultar a un hombre cuando estás en lo hondo de su bóveda subterránea.

Pero Isaac no se ofendió.

—La mayoría son farsantes. Y sí, Christopher, la transmutación del plomo en oro es uno de los secretos que buscamos los alquimistas, pero siglos de engaños han ocultado por qué.

Isaac caminó hacia adelante. Lo seguimos. El sonido de nuestros tacones sobre la piedra hacía eco por toda la caverna. Cuando llegamos a una escalera junto a una estantería de ocho hileras, Isaac la empujó y la deslizó por el piso sobre sus chirriantes ruedas.

—La purificación de los metales comunes, como convertir el plomo en oro, no es sino un medio para un fin —dijo—. Lo que realmente buscamos es el conocimiento sagrado del mismo Dios. Buscamos descubrir la Prima Materia, la energía pura con la que Nuestro Señor creó el universo. De esa manera esperamos realmente comprender nuestro mundo mortal.

La escalera se detuvo con un traqueteo a una tercera parte del camino de la estantería. Isaac pasó los dedos por los lomos de los libros de la segunda fila de abajo para arriba, buscando más con el tacto que con la vista. Sacó un volumen encuadernado en piel oscura y me lo extendió.

La cubierta tenía grabada la imagen de una serpiente que se muerde su propia cola. Tom y yo nos volteamos a ver. El dibujo era idéntico al de la serpiente que rodeaba el mural en la cripta.

—Éste es el *uróboros* —dijo Isaac—. Es el símbolo de la Prima Materia. Como se cierra sobre sí mismo, entendemos que la Prima Materia es el corazón del universo entero. Todas las cosas, toda la vida, provienen de esa materia primera. Si alguien pudiera tener acceso a ella, también podría dirigirla. Ése es el verdadero objetivo del alquimista.

"Los boticarios ya han descubierto muchos de los poderes menores de Dios. La plata cura, la sábila alivia, el aceite de vitriolo disuelve. Sin embargo, todo esto no es sino sombras de la Prima Materia. Imagina los remedios que podrías crear si conocieras sus secretos. Quizá podrías incluso evitar la muerte.

—Eso es lo que estaba buscando el maestro Benedict —dije.

—Sí. Tú también, o eso creo.

Eso me sorprendió.

—Yo no sé nada de eso.

—Aún no, pero si Benedict te mandó acá, entonces quería que entendieras.

—Él nos enseñó cómo encontrar la puerta abajo de… —empecé a decir, pero Isaac levantó la mano.

—Detente —dijo—. A mí no me corresponde saber dónde trabajaba Benedict. Yo no soy boticario, yo sólo resguardo la biblioteca. Hay secretos que no compartimos, ni siquiera entre nosotros. De esa manera protegemos a la hermandad de aquéllos que puedan hacer mal uso de nuestros descubrimientos.

Pensé en las víctimas de la Secta: los habían torturado para obtener información. Sin embargo, si cada hombre conocía sólo una pieza del rompecabezas, todo lo que los asesinos podrían obtener de ellos serían retazos que vagamente condujeran al siguiente hombre en la fila. Eso no había detenido a los asesinos, pero los había retrasado algunos meses, hasta que finalmente llegaron a mi maestro. Él se envenenó precisamente para que no pudieran obligarlo a decirle a Wat lo que el muchacho quería saber. Había guardado su secreto final sólo para mí.

—¿No le preocupa que puedan descubrirlo? —le pregunté.

—Esta biblioteca es mi meta en la vida, no puedo dejarla —dijo Isaac encogiéndose de hombros—. El futuro, como siempre, está en manos de Dios. Si vienen por mí, pues eso será.

No si yo podía evitarlo.

—Encontramos una puerta. El maestro Benedict dijo que usted tenía la clave para abrirla.

Isaac empujó nuevamente la escalera, un poco más adelante del pasillo.

—Los símbolos que describiste hace rato son alquímicos. Representan instrucciones, escritas en clave para esconder los secretos de miradas indiscretas. Excepto el primero que mencionaste, la espada boca abajo. Eso no es una instrucción: es el emblema de Miguel, el arcángel.

A Tom le dio un escalofrío y a mí también.

—¿Esto es…? ¿Son alquimistas los de la Secta del Arcángel?

—La Secta del Arcángel no existe —dijo Isaac.

Miré a Tom, que parecía tan confundido como yo.

—Pero… ¿cómo es posible? Estos asesinatos…

—… son actos de hombres malvados. Sin embargo, sus intenciones no tienen nada que ver con una secta, al menos no en el sentido en que la gente de aquí arriba usa la palabra —con un gesto de la mano, Isaac señaló los libros que nos rodeaban—. Mantener ocultos nuestros descubrimientos no es la única razón de que trabajemos en secreto. En el pasado, a los alquimistas los han acusado de delitos terribles: traición, herejía, brujería. Pero quienes buscamos los regalos de Dios para sus siervos no somos asesinos. Son los propios homicidas los que se roban el nombre y propagan mentiras y miedo al envolver trabajo sagrado en algo siniestro. De esa manera ocultan sus motivos verdaderos.

Pensé en lo que me había dicho Oswyn.

—Usted dijo que los alquimistas están buscando conocimiento para hacer un mundo mejor. A mí me dijeron que la Secta, los asesinos, querían poder.

—Y es verdad —Isaac dejó de empujar la escalera y levantó la mirada—. Allí. Tercera repisa de arriba abajo. El libro con el lomo azul, ve por él.

Me subí a la escalera, saqué del librero el volumen que me indicó y lo bajé.

—Ábrelo —dijo Isaac.

Un trozo de pergamino estaba metido en la tapa trasera. En él había una tabla, escrita con la letra del maestro Benedict. Había hileras de símbolos garabateados en el papel, con un rótulo junto a cada uno.

—Ésa es la clave que buscas —dijo Isaac—. Llévatela. Es el regalo de Benedict para ti.

Era esto. Finalmente había encontrado el final del mensaje del maestro Benedict. Me quedé viéndolo fijamente, sobrecogido, orgulloso... y asustado.

Isaac me puso la mano en el hombro, me sobresaltó.

—Ten cuidado, Christopher. Lo que estás haciendo es peligroso.

No hacía falta que me recordara cuánta gente deseaba mi muerte, pero no se refería a eso.

—Este legado trae consigo una elección que tú tendrás que hacer —dijo—. El conocimiento puede traernos grandes maravillas, pero también puede acarrear mucho sufrimiento. Qué hacer con ese conocimiento es una elección con la que Benedict siempre luchó. Al final, quizá sólo podía ganar esa batalla pasándote a ti su elección.

Parpadeé.

—No entiendo...

Isaac suspiró.

—La persona que te dijo que los asesinos buscan poder tiene razón. El arcángel Miguel es el general de Dios: él encabeza los ejércitos del cielo en la interminable lucha contra las fuerzas del infierno.

Isaac abrió el libro con el *uróboros* en la cubierta y nos mostró una imagen en el interior. Era un ángel con pelo largo y suelto y alas extendidas clavándole una espada a un dragón.

—Para elevarlo —dijo Isaac—, el Señor dotó a Miguel de un poder excepcional.

Pasó la página a una ilustración diferente. Aquí el arcángel estaba de pie sobre figuras infernales contrahechas y lisiadas. Mantenía en alto la mano, que resplandecía con el fuego sagrado. Abajo, los demonios gritaban al arder en la luz de Dios.

—La primera materia puede adoptar muchas formas, igual que los remedios curativos de los boticarios. El Fuego del Arcángel es la esencia pura de la Prima Materia. Es el poder de Dios libre de obstáculos.

Isaac me miró.

—Antes te dije que no existe una verdadera secta, sino que son asesinos que se ocultan tras su nombre. Este aspecto de la Prima Materia, el Fuego del Arcángel, es lo que buscan. Por malos que hayan sido sus crímenes, las cosas van a ponerse muchísimo peor si lo encuentran.

—¿Por qué? —preguntó Tom nerviosamente—. ¿Qué harán?

—Los campos de batalla de Inglaterra solían estar llenos de caballeros —Isaac extendió las manos, como si estuviera dibujando la escena—. Enfundados en sus corazas, eran impenetrables, los señores de la tierra, el pináculo de cinco mil años de guerra. Díganme, ¿cuándo fue la última vez que vieron a un caballero con armadura? —se recargó en la estantería—. Las armas de fuego sacaron a los caballeros del campo de batalla. Su armadura, el asiento de su fuerza, era inútil frente a simples hombres armados de polvo negro.

"Ahora imaginen entrar en batalla con Miguel de su lado. La pólvora no sería más sofisticada, no tendría más poder que una piedra lanzada con una honda. El hombre que descubra el Fuego podría cambiar el mundo. Y si lo obtiene la gente equivocada...

Se quedó viendo a lo lejos.

—Un ejército que camine con el arcángel será invencible.

CAPÍTULO
30

Regresamos a la cripta debajo del mausoleo en el jardín de Mortimer. Tom llevaba la antorcha; yo, el pergamino: la clave de mi maestro.

Después de lo que Isaac nos enseñó, Tom y yo vimos el mural con otros ojos. Observamos el *uróboros*, la Prima Materia, la serpiente que se muerde la cola. Reconocimos también las figuras de adentro. El general de Dios, el arcángel Miguel, clavándole su espada a Satán, el dragón, mientras, abajo, los subalternos del diablo se retuercen, envueltos en la oscuridad.

Armados con la clave del maestro Benedict, finalmente supimos qué veneno darles.

—Ya sabemos que esto es mercurio —dije señalando el agujero de la izquierda—. El que está hasta arriba es…

—¿Aire? —dije confundido.

Tom se estiró y metió el dedo en el agujero.

—Pero ¿qué no ya hay aire dentro?

Vocavularium alchemiae

Los tres principios

⊖	sal la fuerza contráctil		cristalización, contracción
♄	azufre la fuerza expansiva		disolución, evaporación
☿	mercurio la fuerza integradora		equilibra la sal y el azufre

Los cuatro elementos

▽	tierra	fría y seca	melancólica
▽	agua	fría y húmeda	flemática
△	aire	caliente y húmedo	sanguíneo
△	fuego	caliente y seco	colérico

Metales planetarios

☉ oro / Sol

☽	plata / Luna	♃	estaño / Júpiter
♂	hierro / Marte	♀	plomo / Venus
☿	mercurio / Mercurio	♄	cobre / Saturno

Metales terrestres

	salitre		rejalgar
Ψ	cal		cinabrio
✳○✳	sal de amoniaco		ácido tartárico
	litargirio		marcasita

Corrosivos

	aqua fortis		aqua regia
✝	vinagre		vinagre destilado
	aceite de vitriolo		

Medidas y minerales

	una libra		un escrúpulo
	una onza		una pizca
	un dracma		una pinta
		ANA	cantidades iguales

Instrucciones / Procesos

	calcinación		sublimación	Σ	azúcar		miel
	congestión		separación		espíritu		cera
	fijación		ceración		esencia	P	polvo
	solución		fermentación		destilado		destilar
	digestión		multiplicación	℞	tomar		mezclar
	precipitación	☉	caput mortuum		alcohol		componer
	purificar		aceite		retorta		receptor
8	digerir		filtro		noche		hervir
					día		

272

—Tal vez ése sea el truco —regresé a las mesas de trabajo con los componentes—. Ahí no debe ir nada, pero si no conoces la clave, meterás varias cosas para intentar resolverlo. Y entonces la cerradura no funcionará.

Muy ingenioso, pensé.

—Está bien —dijo Tom—, ¿entonces cuál es el último?

Había tres símbolos para cotejar.

$$\nabla \quad \maltese \quad \ominus$$

Un triángulo apuntando hacia abajo: *agua.*

Una curiosa escalera con un extraño zigzag dibujado en la parte inferior: *mezclar.*

Un círculo atravesado por una línea horizontal en el centro: *sal.*

Agua, mezcla, sal.

—¿Significará… agua salada? —sugirió Tom.

—Es lo que yo pensaría —dije. Aire hasta arriba, mercurio a la izquierda, agua salada a la derecha.

Nos preparamos. Vertí agua hasta la muesca en un matraz. Le eché una cucharada copeteada de sal con la cuchara de la otra mesa. Lo revolví y quedó un líquido blanco turbio. Tom se hizo cargo de un segundo matraz, lleno de mercurio.

Nos paramos enfrente de los dragones. Le hice a Tom una señal con la cabeza.

Vertió lentamente el mercurio. Nos llegó de atrás de la placa un *ruido* seco y débil.

Eché el agua salada. Oímos cómo caía adentro.

Y nada.

—¿Nos habremos…?

Clac.

La pared se abrió. Apareció una juntura que rodeaba la parte interior del *uróboros*. La antorcha titiló al soplarle un viento que también nos susurró en los oídos.

El centro del mural se abrió de par en par. El arcángel Miguel nos invitaba a pasar.

Entré.

Detrás había un ancho corredor. Aquí no había huecos en las paredes ni huesos antiguos: pura piedra maciza. El pasadizo se extendía otros seis metros y terminaba en una puerta de madera.

—Mira —dijo Tom.

Tenía los ojos clavados en la parte trasera del mural. Era de vidrio, así que podía verse el mecanismo, como el diseño de mi cubo del acertijo. Del lado derecho, la presión del mercurio retenía una palanca conectada con el cierre junto a ella. Hasta arriba, donde sólo habíamos dejado el aire, había otra palanca. Si se le hubiera vertido algo, habría liberado un contrapeso que impediría la apertura.

Pero lo más asombroso estaba frente al mercurio. El agua salada había caído en un frasco de cerámica. En su parte superior, entre dos puntas de metal, crepitaban unas chispas más brillantes que las que salían con la yesca. Parecían unos diminutos relámpagos, y con cada uno venía un estallido, como truenos miniatura.

Tom se persignó.

—¿Qué diablos es eso?

Nos quedamos viéndolo maravillados, pero las luces sólo duraron unos cuantos segundos más. El agua salada se filtró por unos agujeritos en el fondo del tarro de cerámica y a través de un tubo de cobre bajó por el vidrio hasta llegar a una sartén detrás de la puerta. Las chispas se detuvieron y, con un chasquido, el seguro se tensó: por un segundo tubo, el mercurio escurrió hasta un frasco de vidrio detrás de la sartén. Cuando ya no hubo suficiente peso para retener la palanca, ésta se volvió a engarzar. Me preocupó que quedáramos atrapados tras el mural, hasta que vi que de este lado había una manija. Para salir no necesitaríamos de los componentes.

Caminamos por el corredor hasta la última entrada. Aquí no había acertijos ni llaves: sólo un simple pestillo de hierro en una simple puerta de madera. Empujé para abrirla. La luz de la antorcha iluminó por completo un taller que había del otro lado. Me henchí de placer.

Me sentía de nuevo en casa.

En el rincón había un horno idéntico al nuestro: de hierro y con forma de cebolla aplanada, con grandes montones de madera y carbón junto a él, y el tiro atravesando el techo de piedra. Frente a él había un alambique, un matraz gigante que abajo recogía el goteo. Las mesas estaban llenas de experimentos a medias. Las repisas de las paredes estaban cargadas de libros, papeles y rollos de pergamino que se extendían hacia el suelo. Había una bodega de hielo empotrada entre las losas al lado del alambique, y junto a eso un reloj de péndulo hacía *tic tac* sobre un taburete. Apreté los brazos sobre mi pecho y sentí la presencia de mi maestro.

No todo era igual. Aquí había más cámaras, una en cada una de las otras tres paredes. A juzgar por los frascos que había adentro, la de la derecha y la de la izquierda eran depósitos de componentes. Desde donde yo estaba no alcanzaba a verse la habitación frente a la puerta.

—¿Qué es esto? —preguntó Tom.

Detrás de nosotros había tablones de madera sujetos a la piedra, con filas de clavos de los que colgaban varias hojas garabateadas con palabras, diagramas y símbolos. En la mayoría de ellas había una gruesa diagonal en tinta negra.

—Fracasos —dije—. Éstas son fórmulas. La diagonal significa que no funcionaron.

La mayoría de los papeles eran del maestro Benedict, pero no todos. En parte del trabajo se veía la letra de Hugh, gruesa y sinuosa. Había otros autores que no reconocí, al menos otros tres, a juzgar por las distintas letras.

—Éste era su laboratorio secreto —dije—. Aquí es adonde venía el maestro Benedict todas las noches.

Había más papeles bajo el tablón con clavos, montones, como miles de hojas. En el primer montón, igual que en el tablón, la mayoría de los papeles tenían la letra del maestro Benedict. Al revisar los demás vi que cambiaba la letra: el pergamino iba haciéndose más quebradizo. Antes de detenerme conté por lo menos una veintena de autores distintos. Esto representaba años de trabajo, décadas… Tal vez siglos.

—Christopher…

Tom miró la cámara que daba a la entrada. Enfrente de ella, sobre el suelo, unas rayas café oscuro manchaban la piedra. Junto a ellas había un cubo lleno de trapos teñidos del mismo color.

Era sangre. Sangre seca. Mucha.

La puerta a la cámara estaba abierta. Las paredes a su alrededor estaban carbonizadas. También por dentro la cámara lucía el color del hollín y además estaban las marcas de pedazos de piedra que se habían quitado. En el centro de la habitación descansaba una mesa de hierro abollada. Sobre ella había un pesado matraz de vidrio, con la ancha boca tapada con corcho. Estaba lleno de un líquido amarillento hasta la muesca que marcaba tres cuartos.

Lo levanté. El líquido en su interior, un poco espeso, se agitó.

—¿Qué es? —preguntó Tom.

—No lo sé —dije negando con la cabeza.

Volteé el matraz. Tom miró detenidamente cómo el líquido goteaba por los costados.

—Se ve como aceite.

Saqué el corcho y metí un dedo. También se sentía como aceite. El olor era vagamente frutal y exótico, como esos plátanos que se importan de las islas tropicales. Toqué mi dedo con la punta de la lengua.

—Es dulce —dije sorprendido. Sentí en la lengua un cosquilleo, como si fuera un concentrado de picante. Nunca había probado nada parecido.

Le coloqué el tapón de corcho y le di el matraz a Tom, que examinó el líquido más de cerca. Regresé a la mesa de trabajo. Había papeles esparcidos por todos lados, llenos de la letra de mi maestro. Junto a ellos retozaba un largo lazo de mecha para cañón. Debajo de la mesa estaban amontonados otros dos rollos de mecha, más de la que jamás hubiera visto en nuestra botica. Volteé hacia la cámara de donde habíamos sacado el matraz, vi sus paredes carbonizadas.

¿Había estado quemando pólvora el maestro Benedict?

En el otro lado de la mesa había un cilindro como de ocho centímetros de alto y dos y medio de diámetro. Estaba envuelto con una fina capa de pergamino engrasado, y de su parte superior se asomaba más de medio metro de mecha para cañón. Parecía algo así como una extraña vela aceitada. En el suelo yacía un cubo de aserrín.

Recordé el Día de la Manzana del Roble. Tom y yo regresando a casa después de que Lord Ashcombe encontrara el cadáver de Hugh. Usé aserrín para que absorbiera la sangre de jabalí. El maestro Benedict estaba fascinado al verlo.

Y ahora, aquí estaba.

El pergamino que rodeaba al cilindro se veía un poco doblado por arriba. Lo jalé para abrirlo. El tubo estaba lleno de aserrín, húmedo y pegajoso; remojado en la misma sustancia viscosa y aceitosa que tenía el matraz.

Busqué entre los papeles del escritorio. Allí lo encontré, escrito con la pulcra caligrafía del maestro Benedict. Había marcas y correcciones en todas las páginas, pero si se juntaban todas las líneas que no estaban tachadas se obtenía una fórmula.

El Fuego del Arcángel

Llénese el matraz con aqua fortis humeante. Sumérjase el matraz en una tina de hielo. Con toda precaución añádase aceite de vitriolo humeante. Agréguese más hielo a la tina, hasta que casi llegue al punto de congelación. Agréguese, sólo en pequeñas gotas, el dulce concentrado de aceite de oliva y litargirio. Revuélvase con sumo cuidado durante un cuarto de hora. Transfiérase a agua, y la mezcla se depositará en el fondo. Añádase la mezcla, sólo en pequeñas gotas, al natrón. Repítase tres veces. El líquido final parecerá, a la vista y al tacto, aceite de oliva.

Lo había logrado. El maestro Benedict había descubierto la esencia pura de la Prima Materia.

Volteé a ver a Tom, que todavía tenía el matraz en la mano. Mi corazón latía con fuerza.

Tom dio un paso atrás.

—¿Qué pasa?

—Eso es —señalé el matraz—: eso es el Fuego del Arcángel.

Lo miró fijamente.

—Y… ¿y cómo funciona? ¿Te lo tomas?

—No estoy seguro.

Yo lo había probado. La lengua todavía me ardía y ahora la cabeza comenzaba a dolerme, sentía unas punzadas en las sienes. ¿Me había provocado algo? ¿Esta sensación se debía al Fuego?

Abrí la mano como el arcángel Miguel en la imagen que Isaac nos mostró, pero no salió ningún rayo de luz.

—Mejor regrésalo a su lugar —le dije.

Tom, aliviado de poder soltarlo, también se notaba decepcionado. Lo entendí. No todos los días tiene uno en la mano el poder de Dios.

Seguí buscando entre los papeles. La mayoría eran borradores de los experimentos de mi maestro, pero en una hoja suelta encontré la fórmula para preparar el *dulce concentrado de aceite de oliva y litargirio*. Hugh había hecho una anotación, en la que sugería que el concentrado podía servir para dulces medicinales.

Descubrí algo más al voltear los papeles. En el reverso de uno de ellos había más anotaciones de mi maestro. Una palabra familiar atrajo mi vista a la última anotación hasta abajo.

El aserrín es la clave. Una vez que se combina con el Fuego del Arcángel, la volatilidad de la mezcla se atenúa por la acción de la naturaleza suave del aserrín, y el Fuego del Arcángel se estabiliza. Entonces, sólo el fuego lo libera. Téngase cuidado, pues sólo de esta manera puede el hombre tocar sin peligro el poder de Dios.

Fruncí el ceño, confundido. El maestro Benedict decía que el Fuego del Arcángel necesitaba aserrín para poder manejarse sin peligro, pero el aserrín no era parte de la fórmula original. Tampoco se mezclaba con el líquido en el matraz. Desconcertado, empecé desde arriba y leí lo que estaba allí escrito.

Era una advertencia, garabateada por la mano temblorosa de mi maestro.

El poder es demasiado grande. El Fuego del Arcángel nunca fue para los hombres mortales. El más mínimo temblor atrae la cólera de Dios sobre el portador. ¿Qué he hecho?

Me quedé ahí, temblando, con el papel en la mano. Junto al mensaje había unas manchas cafés apenas visibles de la misma sangre seca que ensució el piso cerca de la cámara donde encontramos la ampolleta, la habitación donde en ese momento estaba Tom.

Una cámara de pruebas.

Mi cabeza estaba a punto de estallar: la jaqueca aumentaba a cada segundo. Miré las marcas en la piedra, las áreas carbonizadas de la puerta, el cubo, la sangre. Me alejé de la mesa de trabajo. El taburete cayó ruidosamente.

—Tom —me tembló la voz. Corrí a la cámara de pruebas—. ¡Tom!

Había regresado el matraz a la mesa de hierro abollada. Seguía encorvado sobre ella, mirando detenidamente el matraz. Dio un brinco, sobresaltado, cuando lo llamé.

—¿Qué pasa? —preguntó, y sin querer le dio a la mesa una sacudida con la pierna.

El matraz se deslizó hacia una de las abolladuras. Se tambaleó por un momento y luego se inclinó hacia un lado por la pendiente. Rodó hacia el borde de la mesa, acelerándose.

Pensé en la sangre sobre el piso. Pensé en el hombro quemado de mi maestro. Y pensé en el cadáver de Hugh, hallado en una sepultura cristiana en un jardín el Día de la Manzana del Roble, carbonizado, ennegrecido y desgarrado.

Sujeté a Tom del cuello de la camisa. Jalé con fuerza. Se cayó de espaldas junto conmigo, fuera de la cámara de pruebas, y los dos rodamos por el suelo.

El matraz se cayó de la mesa.

Intenté cerrar la puerta de una patada.

Y entonces vino el poder de Dios.

CAPÍTULO
31

Sentí la piedra en mi rostro. Estaba fría.

Estoy en el suelo, pensé.

Intenté recordar cómo había llegado ahí.

Papeles. Había estado leyendo algo. Algo malo.

Tenía el brazo derecho retorcido y yo estaba acostado sobre él. Lo tenía entumecido. Se sentía como si estuviera encima de un garrote y no de un brazo. Me moví. Regresó a la vida haciéndome sentir punzadas en la piel.

Me senté y tosí. Aspiré un humo acre, peor que el que había sacado con la tos. Tenía adentro de la cabeza un enano que martillaba su yunque. Me llevé una mano a la sien. Cuando la aparté estaba roja, tibia y húmeda.

Había otro muchacho tendido a mi lado. Estaba hecho un ovillo, lloriqueaba. Me pareció que estaba grandecito como para hacerlo.

Esperen… Tom. Era Tom. Lo había derribado junto conmigo un instante antes de la explosión.

En el rincón brillaba un fuego. Una lámpara se había caído y hecho añicos, con lo que el aceite se encendió.

Quise incorporarme, tambaleante, pero caí de rodillas.

Inténtalo de nuevo, pensé. Esta vez lo conseguí.

Me estiré hacia la manija de la puerta que daba a la cámara de pruebas, pero la manija ya no estaba. De hecho, había desaparecido toda la puerta. Yacía junto a Tom. Quedaba una astilla en la puerta y seguía meciéndose de la bisagra superior.

Los oídos me zumbaban.

Tenía que apagar ese fuego. En el rincón había un cubo de arena. La arrojé sobre el aceite ardiendo que, ahora que lo veía de pie, parecía menos que cuando lo vi desde el suelo. El fuego desapareció, pero el aire seguía lleno de humo.

—Tom —dije. Él había dejado de lloriquear—, ¿estás bien?

Rodó hacia mí. Me dijo con la voz fuera de tono:

—Te está sangrando la cabeza.

—Estoy bien —dije. Me senté, hice a un lado los papeles de la mesa y puse la mejilla sobre la madera.

* * *

Pólvora, aceite de vitriolo, estramonio.

Siempre dije que ser boticario era peligroso, pero lo que el maestro Benedict desentrañó puso en vergüenza, tal como predijo Oswyn, nuestras obras terrenales. El Fuego del Arcángel dejó nuevas marcas en las paredes y arrancó trozos de piedra tan grandes como el puño de mi mano. La mancha de sangre en el suelo... ahora sabía de quién era: de Hugh. No lo habían asesinado: sucumbió ante el enviado de Dios, desgarrado por la misma clase de accidente en que Tom y yo estuvimos a punto de morir.

Pensé en la triste confesión garabateada de mi maestro. *El Fuego del Arcángel nunca fue para los hombres mortales... ¿Qué he hecho?* También pensé en él enterrando a su amigo lo mejor que pudo, en el camposanto, debajo del ángel de piedra. Mi maestro, trabajando completamente solo en la oscuridad, sin poder decirle a nadie lo que había pasado. Sentí muchísima tristeza por él.

Aún así, la obsesión de mi maestro con cómo podría dársele forma a la Prima Materia para ayudar a la humanidad lo hizo volver. Él perseveró, incluso después de lo que le pasó a Hugh, siguió buscando alguna manera de purificar el Fuego del Arcángel, para ver si podía dejar de ser un arma de destrucción y convertirse en un agente de curación; tal como un alquimista convertía plomo en oro o un boticario convertía el veneno del estramonio en un remedio para el asma. Y lo había conseguido, al menos en parte. El aserrín —*mi* aserrín— cambió la naturaleza del Fuego del Arcángel y atenuó la cólera de Dios. Con la explosión, el cilindro con la mecha para cañón se cayó de la mesa, pero no estalló al golpear el suelo. El maestro Benedict tenía razón: si se mezcla con aserrín, el arma necesita fuego para liberar su poder.

Poder. ¿Era suficiente esa palabra para describir el terrible regalo de Dios? *No le digas a nadie*, me advirtió mi maestro. Ahora entendía esas palabras. Lo recordaba preguntándome si había querido la vida que él me dio, cuando me planteó la posibilidad de irme. Me pregunté por unos momentos qué habría hecho en ese caso, pero era perder el tiempo. Yo nunca habría elegido ninguna otra cosa: nunca lo habría abandonado. Incluso ahora, a pesar de mi estado, me sentía muy orgulloso de que él hubiera confiado en mí.

Este legado trae consigo una elección que tú tendrás que hacer, dijo Isaac. También ahora lo entendía: al enviarme aquí, el maestro Benedict había puesto en mis manos la decisión final sobre el Fuego del Arcángel. ¿Qué haría yo con su descubrimiento? ¿Trabajar con él, como había hecho mi maestro, para intentar apaciguar más su naturaleza y desentrañar el poder curativo de Dios? ¿Ocultarlo y no permitir que nadie supiera que había sido descubierto? ¿O debía destruirlo y mantenerlo para siempre alejado de manos humanas?

El maestro Benedict había buscado el poder puro del universo para moldearlo de tal forma que contribuyera al mejoramiento del hombre, y en vez de eso encontró un arma sobrenatural. Su amigo Hugh murió debido a ella, y otros diez habían sido asesinados en la búsqueda. La primerísima lección que me dio el maestro Benedict fue decirme que nuestras fórmulas no son más que herramientas, dirigidas por los corazones y las manos de los hombres que las usan. Los asesinos ya nos habían mostrado sus corazones. Si esta herramienta caía en sus manos, más gente moriría.

Un ejército que camine con el arcángel será invencible. Y el general mortal que lo dirigiera podría hacer todo lo que quisiera. ¿Quién lo detendría? ¿Quién podría oponerse al todopoderoso? Un hombre podría derrocar a Su Majestad, Carlos, y proclamarse el nuevo rey. *Matan al rey, obligan al Parlamento a acatar sus órdenes e Inglaterra será suya,* dijo Oswyn. ¿Y luego qué? ¿El resto del mundo?

Nos aguardaba otra guerra. Con el Fuego del Arcángel, ésta sería una masacre.

La explosión me sacudió la cabeza, pero también las telarañas. Recordé a Wat con su delantal azul de aprendiz. Wat, con Stubb, diciéndole maestro. Wat, en el Colegio de Boticarios, conspirando con Martin y Elefante. Y entonces supe.

Supe la verdad sobre los asesinatos, la verdad sobre la Secta del Arcángel.

Y ahora tenía un plan.

Tom, apretándose las mejillas, vigilaba por encima de mi hombro mientras yo terminaba de escribir la segunda carta.

—Te has vuelto loco —dijo—. El Fuego te revolvió el cerebro.

Doblé las dos cartas y vertí lacre en las orillas para sellarlas.

—¿No crees que funcione?

—Si *funcionar* significa *hacer que te maten*, seguro que funcionará.

—Si todo sale bien —dije—, ni siquiera regresaré al laboratorio. Nadie tiene que saberlo.

—Por supuesto, porque todos tus planes son *tan* exitosos.

Escribí los nombres en las cartas lacradas.

—Sólo entrega estas cartas —le dije—, y hagas lo que hagas, no regreses.

—¿Qué? No, ya te dije que no permitiré que…

—Esta vez no. Es en serio, Tom. ¿Me oíste? Ya hiciste mucho más de lo que jamás podría haberte pedido. Estoy muy agradecido, pero ahora no puedes acercarte, ¿de acuerdo?

Hizo ademán de protestar pero lo interrumpí.

—Por favor, Tom, no te acerques. Prométemelo.

—Te lo prometo —dijo con la cabeza inclinada y raspando la suela de los zapatos en la piedra.

Le acerqué las cartas y señalé al reloj de péndulo. El Fuego del Arcángel le había dañado la carátula.

—Recuerda, mañana en la mañana…

—… debo entregar la primera carta a las nueve; la segunda a las once. Sí, lo recuerdo.

Dio media vuelta presto a marcharse, pero regresó. Me dio un abrazo, tan fuerte que me impedía respirar.

Los componentes que necesitaba estaban en los depósitos. El maestro Benedict ya había preparado una buena cantidad del dulce concentrado, que estaba en un jarrón de veinte litros en la mesa de trabajo de enfrente, así que todo lo que me quedaba por hacer era seguir la fórmula. Fue lo más difícil que jamás hubiera hecho. Todo el tiempo me invadía un miedo pavoroso y tenía que concentrarme para que no me temblaran las manos.

El reloj parecía girar. Para cuando terminé con la fórmula ya había pasado la medianoche. Para cuando preparé la habitación eran casi las siete. Ahora todo estaba listo.

Unas cuantas horas más, eso era todo. Unas cuantas horas y todo habrá terminado, de una u otra manera.

Abandoné el laboratorio hacia la superficie, el sol del amanecer alumbraba el jardín de la familia Mortimer. Me senté sobre la hierba, como un cordero en primavera, y esperé a que llegaran los lobos.

MARTES 2 DE JUNIO DE 1665

FESTIVIDAD DE
SAN ERASMO DE FORMIA, PROTECTOR

CAPÍTULO
32

Cerré los ojos.

La hierba crecida se agitaba en mi cuello, sus anchos filamentos me hacían cosquillas. El tibio sol de mediodía me brillaba en el rostro. Escuché arrullos. Me incorporé y vi a un grupo de palomas posadas en la cerca al fondo del jardín. Busqué a Bridget, pero no estaba allí. Llevaba dos días sin verla. Me pregunté qué le habría pasado.

En este momento no hay nada que hacer. Suspiré y miré al cielo con los ojos entrecerrados. Durante la última media hora oí los ruidos que provenían de la mansión detrás de mí. Me aceleraron el corazón, pero tampoco a ese respecto podía hacer nada, más que esperar, y preocuparme.

En ese momento llegó otro sonido del callejón: aves batiendo las alas en fuga.

Ya no hay tiempo.

El hombre salió del laberinto. Entró por el portón. Pasó junto a los leones. Siguió por el sendero. Se detuvo frente al mausoleo y recargó un hombro en la piedra.

—Toda la ciudad está buscándote —dijo.

—Supongo que es una suerte que ya nadie viva aquí —dije.

—Al contrario, es una lástima. La casa Mortimer es muy hermosa.

El corazón se me aceleró aún más.

—¿Lo sabe?

Oswyn sonrió discretamente.

—Ya había estado aquí, aunque nunca en el jardín —inclinó la cabeza—. Ayer en la tarde alguien rompió la cerradura de mi despacho. ¿Fuiste tú?

—Lo siento, maestro Colthurst: me dejaron encerrado.

—¿Cómo saliste?

—Con plegarias —dije.

La sonrisa de Oswyn se amplió.

—Contigo Benedict hizo una buena elección.

Eso no lo respondí.

—Recibí tu mensaje —Oswyn levantó la carta que le había enviado—. Dice que no tienes nada que ver con la Secta del Arcángel y que no eres culpable de los asesinatos de los que te acusa Richard Ashcombe.

—Así es —dije.

—También dice que has descubierto algo importante y que necesitas mi ayuda. Me sorprendí, por decir lo menos. Con todo lo que está pasando, pensé que a estas alturas ya habrías dejado Londres.

—Antes tenía que encargarme de algo.

—No lo dudo —se enderezó—. ¿Y bien? ¿Para qué me necesitabas?

La respiración me temblaba en el pecho. Tenía que obligarme a estar tranquilo.

—Encontré el Fuego —dije.

—¿Eh?

—Es lo que Stubb y Wat estaban buscando en la botica de mi maestro.

—Lo recuerdo.

—El maestro Benedict escondió la fórmula en ese cubo de antimonio que me dio.

—¿Ah, sí? —Oswyn se rascó la mejilla—. ¿Y?

—Y… y pensé que usted querría verlo.

—¿Por qué querría eso?

—Bueno… Stubb asesinó a mi maestro por eso. Eso es lo que busca la Secta.

—¿Y eso qué tiene que ver conmigo?

Parpadeé, y con trabajos busqué algo que decir.

Oswyn rio.

—Esperabas que te pidiera la fórmula.

—No, este…

—¿Y luego qué? ¿Ibas a engañarme para que te revelara que fui yo quien quiso el Fuego del Arcángel desde el principio? Supongo que te gustaría que confesara que asesiné a Benedict, ya que estamos en ésas.

Sentí cómo me sonrojaba.

—Christopher —dijo Oswyn moviendo la cabeza—: estás intentando jugar, pero ni siquiera sabes cómo se mueven las piezas en el tablero.

—Este, yo no… —empecé.

—Si quieres ganar, tienes que pensar varios pasos adelante. Mira, te enseño cómo —Oswyn levantó la voz para que hiciera eco en los muros—. Sí, yo maté a tu maestro.

Me quedé inmóvil.

—También maté a Nathaniel Stubb —continuó—. Y a sus aprendices, y a Henry Mortimer, y a Oliver Pembroke, y a muchos, muchos otros. No por propia mano, pero fui yo quien dio la orden —su voz volvió a la normalidad—. ¿Con eso te basta?

El aire se me atoró en la garganta. *No*, pensé, *no basta*.

La puerta de la mansión se abrió de golpe detrás de mí. Lord Ashcombe salió pistola en mano. Cuatro lacayos lo seguían, pisando fuerte y con las lanzas listas; dos de ellos eran los mismos guardias que permanecían siempre a su lado.

—Hola, Richard —dijo Oswyn sonriendo—, ¡qué sorpresa!

—Oswyn Colthurst, estás bajo arresto —dijo Lord Ashcombe.

Oswyn retrocedió un paso.

—Puedo verlo —dijo.

Demasiado fácil. Miré detrás de Oswyn, más allá del portón, el muro de piedra del laberinto al otro lado.

—Lord Ashcombe... —dije.

—No tienes adónde huir, puritano —dijo él.

Oswyn retrocedió un paso más.

—¿Por qué, Richard? Si corro al laberinto, ¿qué? ¿Me toparé con los guardias que escondiste ahí para impedir mi fuga?

Lord Ashcombe entrecerró los ojos.

—Señor, espere —empecé a decir, pero Oswyn me interrumpió.

—Varios pasos adelante, Christopher —dijo, y en eso se escondió detrás del mausoleo.

Y del laberinto salió el ejército de Oswyn.

CAPÍTULO
33

Siete de ellos estaban del lado de Oswyn, cada uno con una pistola. De sus cinturones colgaban otras armas, más peligrosas. Ahí estaba Elefante, con el cuello rojo despellegándosele, y también Martin, chimuelo y con la mejilla cortada. Wat los dirigía, con el rostro salpicado de costras y una pistola en cada mano.

Lord Ashcombe reaccionó velozmente. En seguida disparó su arma en medio de un súbito chasquido y una ráfaga de humo. Uno de los hombres de Oswyn cayó de espaldas con el cuello desgarrado.

Las tropas de Oswyn respondieron. Se produjeron seis estallidos, que sonaron como petardos, y de una nube gris oscuro salieron perdigones volando. Una bala de mosquete me rozó el pelo al golpear con el marco de la ventana a mis espaldas hasta reventar en una lluvia de esquirlas. Otros tres disparos pasaron silbando: uno hizo añicos la ventana y los otros astillaron la piedra. Dos dieron en el blanco: la rodilla de un soldado reventó y éste cayó al suelo. El ojo de otro hombre se convirtió en un puré de pulpa roja.

Me lancé sobre la hierba y me cubrí la cabeza, como si las manos pudieran detener el plomo. También Lord Ashcombe se agachó, pero demasiado tarde. Wat disparó su segunda pistola y Lord Ashcombe se sacudió con un gruñido. Soltó su arma y se agarró el brazo derecho justo arriba del codo. La sangre le fluía entre los dedos.

Los hombres de Oswyn arrojaron sus pistolas, faltas de munición, y comenzaron su avanzada. Yo me quité del camino, pero no iban contra mí.

Con dos bajas en las tropas de Lord Ashcombe, la guardia real ya era superada en número. Uno de ellos clavó la lanza en el pecho a uno de los matones de Oswyn antes de caer bajo una lluvia de espadas. El otro soldado fue arrollado inmediatamente y no consiguió dar un solo golpe antes de que un garrote lo golpeara en la cabeza. Se tambaleó, hasta que un segundo golpe en la coronilla terminó por derribarlo.

Lord Ashcombe, incluso herido, era un león. Con la mano izquierda lanzó un cuchillo, que cargaba en el cinturón, y le dio en el cuello a un hombre de Oswyn. Levantó una lanza del suelo, la arrojó y atravesó a otro hombre por el pecho. Martin avanzó hacia él con la espada en alto. Lord Ashcombe tomó otra lanza de uno de sus hombres de armas caídos, y con una finta y una estocada, remachó el arma. Martin se colapsó con los ojos fuera de las órbitas y la punta de lanza metida en las entrañas.

La caída del muchacho torció la lanza, que se desprendió de las manos de Lord Ashcombe, fue entonces que intentó alcanzar la espada que llevaba en el cinto, pero sus dedos, llenos de sangre, resbalaron en la empuñadura.

Y enseguida Wat quiso atacarlo. Su hacha se balanceó. El primer golpe, bajo y diagonal, impactó en la mano con la que Lord Ashcombe había intentado levantar la espada, y dos dedos cayeron al suelo junto con la empuñadura de su arma. El segundo hachazo, en movimiento descendente, lo golpeó en la mejilla. Lord Ashcombe cayó sobre la hierba en posición fetal, mientras se sujetaba el rostro con una mano.

Wat se sentó a horcajadas sobre él, con sonrisa burlona. Levantó el hacha con las dos manos.

—¡Espera!

Oswyn se acercó corriendo hacia nosotros desde su escondite tras el mausoleo. La sonrisa de Wat se descompuso.

—¡Espera, maldita sea! —dijo Oswyn—. No lo mates —Oswyn jaló a Wat—. Todavía no.

Wat se soltó de Oswyn. El soldado al que la bala de mosquete le arrancó la rodilla iba arrastrándose hacia la puerta trasera de la mansión, dejando tras él una brillante mancha de sangre sobre la maleza. Wat lo asaltó y le dio un hachazo en la espalda. El soldado dejó de moverse.

En unos segundos había terminado. Yo estaba sentado en la hierba, inmóvil. A medio metro de mí, una espada destellaba bajo el sol.

Oswyn caminó hacia mí, clavándome los ojos. Con toda tranquilidad metió el pie debajo de la hoja y la pateó. La espada dio algunas volteretas y cayó en un arbusto crecido, tan lejos que ya no servía de nada.

—No quiero que tengas nuevas ideas —dijo.

Se oían los estertores del aire en la garganta de Lord Ashcombe. Había perdido el ojo izquierdo; su mejilla llena de cicatrices tenía ahora un tajo tan grande que se le alcanzaban a ver los dientes, manchados de rojo. No por eso dejó de ser un león.

—Traidor —espetó.

—¿Yo? —Oswyn se rio forzadamente—. Ese sinvergüenza al que llamas rey se pasa los días bebiendo en su trono,

¿y yo soy el traidor? El pueblo de Inglaterra se hunde en la lascivia y la corrupción, ¿y yo soy el traidor? *Tú* eres el traidor, Richard. Tú y todos los otros hombres que lo siguen. Serás juzgado por tus transgresiones.

—Entonces envíame con Dios. Esperaré a su lado y te diré lo que Él dice.

Oswyn se inclinó sobre él.

—Oh, eso pienso hacer, Richard, pero no antes de que veas la muerte de tu rey, y a mí consagrado como el nuevo supremo regente.

—Jamás me arrodillaré ante ti —dijo Lord Ashcombe.

—Lo harás —Oswyn se alisó el chaleco—. Aunque tenga que cortarte los pies para obligarte.

Elefante se arrodilló junto a Martin. El muchacho se había sacado la lanza y ahora se presionaba el vientre con las manos intentando que no se le salieran las tripas.

—Ayúdame, por favor, ayúdame —lloraba.

Oswyn miró a Elefante, que hizo a un lado las manos de Martin para revisar la herida. Primero sacudió la cabeza. Oswyn hizo un gesto afirmativo y el gigante clavó un cuchillo detrás de la oreja de Martin. El aprendiz se puso rígido y se quedó en silencio. Las lágrimas rodaron desde sus ojos sin vida.

Ahora Oswyn inclinó la cabeza hacia mí.

Elefante se levantó.

Yo, como pude, retrocedí, con los dedos arrancando la hierba. Me golpeé la cabeza contra el muro de la mansión.

—Tranquilízate —me dijo Oswyn—, sólo va a registrarte.

Elefante arrojó su cuchillo de tal modo que la punta se clavó en la tierra y se quedó vibrando. Luego se inclinó hacia mí y me registró. Yo estaba demasiado asustado como para resistirme.

—¿Qué hiciste con los soldados de Ashcombe que estaban escondidos en el laberinto? —le preguntó Oswyn a Wat.

El aprendiz limpió la hoja de su hacha con el tabardo de uno de los guardias reales y declaró:

—Los maté.

—¿Y los cuerpos?

—Siguen en el laberinto. Nadie nos vio.

Las manos del Elefante encontraron la faja de mi maestro debajo de mi camisa. Me la arrancó de la cintura y se la arrojó a Oswyn.

—Muy bien.

Oswyn la examinó con curiosidad.

—Tienes aquí prácticamente toda la farmacopea —y de pronto me miró sorprendido—. Aceite de vitriolo... en la cerradura. Así escapaste de mi despacho.

En escaparme estaba pensando, precisamente, pero ya no había hacia dónde arrastrarme.

—¿Cómo sabía de Lord Ashcombe? —pregunté con voz temblorosa—, ¿cómo sabía que estaría esperándolo?

—Oh, desde hace meses hay un espía que trabaja para mí entre sus empleados —respondió Oswyn—. No todos los que llevan sus colores sirven al rey, algunos apoyan un ideal más elevado... aunque una gran cantidad de oro también tiene sus encantos.

Oswyn dirigió su mirada hacia Lord Ashcombe en busca de una respuesta, pero el guardia del rey no dijo nada. Oswyn se encogió de hombros.

—Cuando Richard, aquí presente, partió de la Torre con sus hombres —explicó Oswyn—, mi espía mandó a un mensajero a decirme que le habías entregado a Lord Ashcombe una carta en la que proponías un plan para atrapar al líder de la Secta del Arcángel. Cuando recibí tu mensaje en el Colegio ya sabía para qué me citabas aquí, y supuse que los hombres de Lord Ashcombe estarían escondidos en el laberinto. Era bastante fácil idear un contraataque a tu trampa e invertir los papeles con ustedes dos.

"De hecho, hasta me has ayudado. Llevo tiempo queriendo eliminar a Richard, y tú me has dado la oportunidad perfecta. Así mato dos pájaros de un tiro, como quien dice —Oswyn sonrió—. ¿Ves a qué me refiero, Christopher?: Varios pasos adelante.

Oswyn pasó los dedos por las ampolletas de la faja.

—Aquí la pregunta es: ¿cómo lo sabías *tú*? Cuando huiste del Colegio el domingo en la mañana, después de que te dije que esperaras, pensé que me descubrirías, pero volviste por la tarde, así que evidentemente no imaginaste que yo estaba detrás de los asesinatos hasta un tiempo después. ¿Qué me delató?

—Wat —le dije. Oswyn miró con severidad al tosco muchacho, que extendió las manos como para desmentir tal culpa—. Usted dijo que había aplicado el examen a todos los aprendices del Gremio y que nunca había oído hablar de Wat… Pero luego él se apareció en el Colegio.

Me di una patada por dentro. Eso lo había descubierto demasiado tarde… con un día de retraso.

—Esa mañana, cuando llegué —proseguí—, el portero no quería dejarme entrar, ni siquiera cuando supo que yo era un aprendiz. Tampoco habría dejado a Wat entrar en domingo, a menos que tuviera derecho a estar allí. Entonces Wat *tenía* que ser parte del Gremio, pero usted afirmaba que no lo era. Sólo había una razón para mentir. No era aprendiz de Stubb: era aprendiz *de usted*.

Pensé que Oswyn se enojaría, pero en lugar de eso parecía encantado.

—Había planeado que te mataran esa mañana —me dijo—, tal como había decidido quitarme a Stubb de encima. El hombre trabajaba para mí, como seguramente ya adivinaste a estas alturas, pero se había convertido en un verdadero lastre. El oro de Stubb era útil para nuestra causa, pagaba el sueldo de nuestro espía, entre otras cosas, pero ya estaba siendo demasiado prepotente con sus exigencias. Finalmente, permitir que lo escucharan en la botica de tu maestro fue imperdonable. Teníamos que eliminarlo.

"En cuanto a ti —continuó Oswyn—, cuando escapaste del Colegio me enfurecí. Pero ahora me alegro.

Aunque sabía que este momento se avecinaba, aunque intenté estar preparado, empecé a temblar.

—¿Por qué?

—Porque me simpatizas, Christopher —respondió Oswyn—, pero sobre todo, tienes algo que necesito —se acuclilló junto a mí—, y esta vez no pienso dejarlo escapar.

CAPÍTULO
34

—No tengo nada —balbuceé—. Sólo lo dije para hacerlo venir.

Oswyn parecía decepcionado.

—No voy a insultarte fingiendo que eres estúpido. Por favor, ten conmigo la misma cortesía. Entrégame la fórmula del Fuego del Arcángel.

—El maestro Benedict nunca me habló de eso.

—Eso sí te lo creo. No te habría puesto en peligro a menos que fuera absolutamente necesario.

—En el cubo del acertijo nunca hubo ninguna fórmula —intenté que mi voz dejara de temblar—, sólo dije eso para hacerlo confesar.

—Oh, eso ya lo sé.

—Entonces sabe que realmente no tengo…

—Saliste del Colegio —me interrumpió Oswyn—. El domingo, después de que te advertí que no hablaras con nadie, después de que te advertí que Stubb podía llegar, después de que *te ordené* que me esperaras, de todas formas te fuiste. Si no estabas huyendo de mí, sólo hay otra cosa por la que podrías haberte ido: Benedict debió haberte dado algo antes de morir. Si no la fórmula del Fuego, alguna pista que seguir para encontrarla. Una carta, un mensaje, un mapa...

"Y ahora me traes a la casa Mortimer. Hace tres meses, cuando capturamos a Henry Mortimer, él afirmaba no saber nada. Cuando murió, mis hombres registraron este lugar desde el ático hasta el sótano. Buscamos durante varios días y no encontramos nada. Sin embargo, aquí estás. ¿Esperas que crea que es una coincidencia?

Para eso no tenía una buena respuesta.

—En cualquier caso, ¿para qué quiere usted el Fuego?

—Intenté decírtelo en el Colegio. Quiero hacer del mundo un lugar mejor.

Me le quedé viendo. Me habría reído si no hubiera estado lo bastante asustado como para mojarme los pantalones.

Oswyn frunció el ceño.

—Aún eres joven, Christopher, así que piensas que el rey Carlos es encantador. El *Alegre Monarca* le dicen, tú y el resto de sus perros, que comen las sobras de su amo. ¿Por qué se doblegan ante estas ratas? ¿Qué les deben? ¿Qué les debes tú, que creciste sin nada? ¿No te das cuenta que en realidad son unos parásitos? Corruptos, perversos hasta la médula, se atreven a ponerse por encima de hombres decentes y honestos. Nuestro rey —escupió la palabra como si fuera veneno— se hunde en la decadencia. Y adonde ese sinvergüenza va, la gente lo sigue.

Lord Ashcombe se movió, apoyándose en el muro de la mansión. Había estado sangrando tanto que hasta dudaba que siguiera vivo.

—Sé que estabas con los traidores de Cromwell —dijo Lord Ashcombe. Las palabras se arrastraban con dificultad por su herida—. Nunca debí escuchar a tu Gran Maestro. Debí mandarte colgar el día que regresó Su Majestad.

—Un error que nunca podrás enmendar —dijo Oswyn, y de nuevo volteó hacia mí—. Estas alimañas podrán tener sus títulos, Christopher, pero no tienen ningún derecho de gobernar. Eso le corresponde a los auténticos ingleses, hombres como tú y como yo. Cromwell inició la revolución, pero no tuvo oportunidad de llevarla a buen término. Nosotros lo haremos. Nosotros crearemos algo mejor, y el regalo del arcángel será lo que nos salve a todos. Inglaterra se transformará según *nuestra* voluntad, o el Fuego los quemará y los consumirá por completo.

—Usted está loco —dije.

—Christopher...

—No —espeté—. ¡Usted se cree tan noble! Finge preocuparse por la gente, pero asesina a cualquiera que se interponga en su camino. A mí mi maestro me enseñó otra cosa. Habla mucho de hombres decentes y honestos, pero todo lo que en verdad le importa es el poder. Usted no es sino un tirano más.

Oswyn sacudió la cabeza.

—Estás enojado conmigo, lo entiendo. Lamento la muerte de Benedict. En verdad lo lamento, pero no tenía alternativa. Él nunca me habría dado el Fuego. No cometas el mismo error, Christopher. Todavía hay un lugar para ti en nuestro futuro.

—Ya se lo dije, no sé nada —la voz me temblaba.

—Deje que yo se lo saque, maestro —ofreció Wat mientras pasaba la uña por el filo de su cuchillo.

Oswyn lo miró enojado.

—Calla. Si no fuera por tu incompetencia, ya tendríamos lo que necesitamos —y señalando hacia Lord Ashcombe, que seguía recargado en el muro, agregó—: Amárralo. Yo me encargo del muchacho.

—No sé nada —volví a decir.

Oswyn examinó la faja de mi maestro.

—Quítate la camisa.

Yo todavía traía puesta la ropa ridícula que me dio el doctor Parrett. Me aferraba a ella como a nada que hubiera tenido jamás.

Wat y Elefante le quitaron los cinturones a los guardias muertos y los usaron para atar a Lord Ashcombe. Cuando terminaron, Oswyn les hizo una seña hacia mí.

Intenté levantarme y huir, pero Elefante me sujetó. Wat sacó el cuchillo, ése con el que había asesinado a mi maestro, cortó mi camisa y la rasgó.

Oswyn registró la faja hasta encontrar la ampolleta que buscaba. El tapón, resellado, era más reciente que los otros: lo había rellenado en el laboratorio subterráneo.

—Sé que estás familiarizado con esto —dijo.

Rompió el sello rojo de cera y jaló el cordel para que saltara el corcho.

—Por favor —rogué.

Oswyn sostuvo la ampolleta abierta sobre mi pecho. Podía oler su hedor agrio.

—*Por favor* —insistí.

—Dime dónde está la fórmula, Christopher.

No se lo dije.

La ampolleta se inclinó y dejó caer una, dos, tres gotas en mi pecho, que salpicaron justo arriba del corazón.

Al principio no fue nada. Se sentía como agua: gotas frías sobre mi piel en el sol de primavera.

Luego me quemaron.

* * *

Una eternidad. Se sintió como una eternidad hasta que el aceite de vitriolo finalmente dejó de desgarrarme la carne.

No bajé la mirada: no quería mirar.

—Termina con esto, Christopher —dijo Oswyn—. Dime dónde escondiste la fórmula.

—No —dije.

Oswyn sacudió la cabeza.

—No puedes ver.

Llevó la ampolleta hacia arriba. Su mano tapaba el sol.

—Y si no puedes ver —dijo—, ¿de qué te sirven los ojos?

Volvió a inclinar la ampolleta, con lentitud, exactamente sobre mi rostro. El aceite de vitriolo se deslizó por el borde del vidrio.

No pude. Sencillamente no pude.

Y hablé.

CAPÍTULO

35

El sarcófago en el mausoleo se deslizó. Oswyn se asomó a la oscuridad allá abajo. Hizo un gesto hacia Lord Ashcombe, a quien traían amarrado, echado sobre el hombro del muchacho Elefante.

—Primero bájenlo a él —dijo.

—Sólo arrójenlo —dijo Wat.

Oswyn pareció molesto.

—Si lo quisiera muerto, ¿no lo estaría ya?

Elefante bajó por la escalera; Lord Ashcombe goteaba sangre por el dorso del chaleco del gigante. Wat, huraño, tomó la antorcha del soporte de la pared y los siguió por el agujero. Yo esperé en la orilla, juntando los extremos rasgados de mi camisa. Debajo de ella, mi pecho quemado seguía ardiéndome. Oswyn me condujo a la escalera y de un modo sorprendentemente suave me puso la mano en la espalda.

—Quisiera haberte elegido a ti —dijo.

Oswyn estaba asombrado por la puerta metálica detrás del mural. Se asombró todavía más cuando le mostré cómo se abría. Se quedó viendo su parte posterior de cristal y me lanzó una pregunta tras otra acerca del mecanismo. Durante un rato pareció haber olvidado a qué había venido aquí; poco después nos empujó hacia el laboratorio.

Wat iba adelante. La puerta de madera, empujada hacia adentro, golpeó con el barril de vinagre que yo había colocado a la derecha y bloqueaba parcialmente la entrada. Elefante dejó al medio inconsciente Lord Ashcombe en el único espacio donde había lugar, recargado en la pared de la izquierda, cerca del horno gigante. Yo caminé a un lado y me paré junto a él.

Oswyn miró con atención el equipo, las mesas de trabajo, las notas que cubrían todo. Vio el pergamino que colgaba de los clavos en el tablón, los montones de papeles debajo.

—Todos estos años —murmuró.

Me moví lentamente hacia el horno.

Oswyn volteó hacia mí.

—¿Dónde está?

Me paralicé.

—Está… en la mesa de trabajo, entre los papeles.

Amagó con acercarse pero se detuvo. Se dio unos golpecitos en la barbilla con el pulgar.

—Ve a revisar —le dijo a Wat.

Wat se movió al centro del laboratorio y con sus dedos regordetes hizo a un lado los matraces de vidrio.

Oswyn no me quitaba los ojos de encima.

—¿Está ahí?

Wat se encogió de hombros.

—Aquí hay muchísimas notas; apenas si las entiendo —recorrió los papeles con la mirada, les dio la vuelta, los apartó—. No la veo.

Di otro paso hacia atrás. Toqué el horno con el hombro.

—¿Qué estás haciendo? No te muevas —dijo Oswyn entrecerrando los ojos.

Su voz atrajo la atención de Elefante hacia mí. Rápidamente me incliné hacia la boca del horno y tomé el cilindro que había escondido.

No fui lo suficientemente veloz. Antes de que pudiera hacer cualquier otra cosa, Elefante hundió su puño en mi barriga. El dolor se extendió desde mi vientre, con un fuego más caliente que la quemadura en mi pecho. Todos los músculos de mi cuerpo se agarrotaron. Intentaba jalar aire, pero no conseguía respirar.

Wat corrió hacia mí, me tomó de la muñeca y la golpeó contra el hierro una, dos veces. Los dedos se me entumecieron. El cilindro se me resbaló y cayó al suelo. Se fue rodando, con el pabilo meneándose como látigo, dejando a su paso una mancha de grasa sobre la piedra.

Oswyn lo levantó y lo abrazó como a un bebé. Wat me levantó del pelo y aprestó su puño contra mí.

—No —dijo Oswyn—, todavía no termino con él.

Wat me tiró al suelo, junto a Lord Ashcombe. Finalmente mis pulmones empezaron a funcionar de nuevo. Tomé aire jadeando. Wat me dio otra patada en el costado. Hecho un ovillo, me alejé de él, sosteniendo mi maltratada muñeca.

Elefante revisó si había más trampas en el horno.

—Aquí ya no hay nada más —declaró.

Oswyn se quedó viendo el cilindro con la respiración agitada. Jaló el pergamino que impedía que se abriera y metió el dedo. Salió mojado. Frotó la sustancia aceitosa en los dedos, la olió, y luego olió el pabilo.

—Mecha para cañón —dijo Oswyn haciendo un gesto con la mano a sus aprendices—. Despejen ese rincón. Acérquenme la lámpara.

Elefante se movió para obedecerlo.

—No —dije.

Me miraron.

—No la enciendan —supliqué—, moriremos.

—No es más que un gran petardo —dijo Wat con mofa.

—No lo es.

Oswyn entrecerró nuevamente los ojos, pero echó un vistazo al laboratorio. Vio la cámara de pruebas del otro lado, sus marcadas paredes ennegrecidas, la puerta rota.

—No lo entienden —dije—. Es más de lo que nunca hayan imaginado. Sólo somos hombres, hombres mortales. El Fuego del Arcángel no es para nosotros, nunca lo fue.

Oswyn me miró.

—Por favor, maestro Colthurst —dije—, si enciende eso, nos destruirá a todos.

Oswyn se quedó quieto, pensando. Por unos momentos creí que en verdad escucharía.

Pero en eso le extendió el cilindro a Wat e hizo un gesto hacia la cámara de pruebas.

—Enciéndelo allá.

Wat tomó el cartucho como si fuera una simple vela. Lo llevó a la cámara de pruebas y lo puso sobre la mesa de hierro abollada. Encendió el pabilo con la llama de la vela.

La mecha crepitó, chisporroteó, y bailoteó hacia la grasa.

Yo me arrastré por el piso de piedra. Agarré la parte delantera del tabardo de Lord Ashcombe. Por debajo podía sentir el latido de su corazón.

Wat salió de la cámara de pruebas caminando hacia atrás, sin dejar de ver el cartucho. Oswyn y Elefante se acercaron.

Yo jalé del chaleco de Lord Ashcombe. Me miró.

—Levántese —le susurré.

El guardia del rey parpadeó dos veces. Luego movió las piernas para apoyarse en ellas e intentó ponerse en pie. Lo ayudé.

La mecha se consumió bajo el papel, y durante un segundo no pasó nada.

—Te lo dije —señaló Wat.

Y entonces, el mundo ardió en llamas.

La explosión pareció hacer pedazos la tierra. Las paredes temblaron. Una parte de la cámara de pruebas voló hacia afuera. Las piedras rebotaban del techo. El barril de aceite para lámpara —el que había arrastrado desde el rincón de la cámara de pruebas antes de salir al jardín— voló en pedazos y envió combustible en llamas fuera de la cámara, gritando como si se hubieran liberado los espectros infernales.

Un torrente de aire ardiente arrojó a Wat contra la mesa de trabajo y esparció el papel como si fuera una nieve abrasadora. Elefante cayó al suelo de espaldas. La presión del aire caliente me apretó contra Lord Ashcombe, que contenía la respiración con los ojos muy abiertos.

Oswyn permaneció al centro de la habitación. La mesa de hierro, hecha pedazos, arrojó, con un chillido, un fragmento de metal dentado junto a su cara. Ni se inmutó. Sólo se quedó allí parado, como una estatua, mirando el rostro de Dios.

El aire hacía un estruendo que parecía interminable. Las llamas se arremolinaban en el techo. Luego desaparecieron, y todo lo que quedó fue un siseo, como un coro de serpientes.

Wat se echaba hacia atrás impetuoso, sacudiendo desesperadamente las llamas que le habían encendido fuego a la manga de su camisa. Elefante se quedó en el suelo con la boca abierta.

Oswyn dio un paso adelante. Los ojos le brillaban.

—Magnífico —dijo con voz ronca—. Magnífico.

La garganta me ardía por el humo. Otra vez jalé el tabardo de Lord Ashcombe. Sus ojos giraron hacia mí.

Oswyn les habló a los demás con la voz temblorosa.

—Registren la habitación; busquen por todas partes. Encuentren la fórmula —luego volteó a verme. Yo estaba acurrucado con Lord Ashcombe junto al horno—. Gracias —me dijo. Parecía decirlo en serio.

Sus aprendices se quedaron donde estaban. Wat, que finalmente había apagado las llamas de su camisa, jadeaba en el rincón. Elefante miraba aterrorizado el cuarto de pruebas destrozado.

—Muévanse —les ordenó Oswyn.

El aire seguía zumbando. Otra vez jalé el tabardo de Lord Ashcombe y pausadamente moví los ojos hacia la boca abierta del horno. Él me siguió la mirada y volteó a verme de nuevo. Asentí ligeramente con la cabeza. No sabía si estaba entendiendo.

Elefante frunció el ceño.

—Maestro.

—¿Qué pasa? —dijo Oswyn sin dejar de temblar.

—El techo está en llamas —y señaló hacia arriba. Una mecha ardía a toda velocidad, siseando, en dirección a un cilindro camuflado de gris con ceniza, adherido al techo con huevo seco y harina.

Oswyn miró alrededor de la habitación. En otros cuatro lugares del techo había mecha de cañón chisporroteando, encendida con las llamas del Fuego del Arcángel. Al final de cada una había un cartucho, sujeto firmemente, a la espera.

Los ojos de Oswyn se abrieron como platos.

Sujeté a Lord Ashcombe y lo jalé. Se lanzó a la boca del horno con lo que le quedaba de fuerza. Yo me subí con di-

ficultad junto a él, apretujé la cabeza contra la suya y cubrí
nuestras orejas.

Las mechas ardientes alcanzaron los cartuchos.

—Santo Dios —dijo Oswyn.

En esta ocasión, Dios respondió.

CAPÍTULO
36

Una pesadilla.
Mis párpados se agitaban.

No pasa nada, pensé, *sólo es un sueño. Vuelve a dormir.*

No, dijo una voz familiar, *despierta, Christopher.*

¿Maestro?, dije. Me dolía horrible la cabeza. *¿Es usted?*

Sí, dijo, *necesito que despiertes.*

Por favor, maestro, sólo unos minutos más. Me apuraré para dejar lista la botica.

No, Christopher. Me dio unos golpecitos en la espalda. Dolía. *Tienes que levantarte. Ya, pronto.*

Me quejé.

El dolor de cabeza era *espantoso.*

Abrí los ojos. O eso creo. Estaba oscuro.

¿Estaba despierto?

¿Estaba vivo?

Me dolía por todas partes. No creí que eso pasara cuando uno estaba muerto. Los oídos me zumbaban como si hubiera estado toda la noche en el campanario de la catedral de san Pablo. Sentía todos los huesos de mi cuerpo como si un elefante les hubiera pasado encima. Uno de verdad.

Me di la vuelta. Medio a gatas y medio cayendo salí de la boca del horno. Mi cuerpo golpeó el suelo de piedra con un ruido sordo y envió relámpagos de dolor a todas partes. Me quedé allí tendido por unos momentos, incapaz de moverme.

Los ojos me ardían. Tenía la nariz llena de humo y cobre.

Algo se me clavaba en la espalda como daga allí donde el maestro me había dado los golpecitos. Retorcí el brazo hacia atrás y busqué con los dedos: era un trozo de piedra que se me había clavado como flecha.

Lo saqué. Mi aullido fue el primer ruido que hice.

Ya había luz, si así se le puede llamar. El aire estaba cargado de polvo de piedra. Todo era una neblina gris. Volteé a ver lo que quedaba del laboratorio. El techo se había venido abajo, aplastando las mesas de trabajo. Había papeles por todos lados: flotando, en llamas, salpicados de fragmentos de vidrio roto que brillaban como polvo de diamante. En un rincón, una pila de pergamino ardía pacíficamente.

Miré el horno, el refugio donde nos protegimos de los cinco cartuchos de Fuego del Arcángel que había adherido al techo. Lord Ashcombe estaba adentro; su pecho subía y bajaba lentamente. La caldera de hierro, gris por la ceniza. Un lado estaba doblado hacia adentro, como si le hubiera disparado un cañón gigante.

Es allí donde había estado mi cabeza. Me toqué el pelo. Eso mandó una ola de dolor por todo mi cráneo. Me incorporé poco a poco, jadeando, hasta que el dolor punzante disminuyó.

Intenté incorporarme, pero las piernas no obedecieron. Gotas rojas salpicaban la piedra por debajo de mi rostro. Pasó un minuto antes de darme cuenta de que provenían de mí: me estaba saliendo sangre de los oídos.

La sangre me hizo recordar que no estábamos solos. O tal vez ahora lo estábamos. El polvo se disipó un poco, pero no podía ver a los demás. Donde antes estaban Oswyn y Elefante ahora no había más que escombros.

Pero había algo más, pensé. *Alguien* más. La razón por la que mi maestro me había despertado.

Wat.

Wat, que se arrastró a la esquina antes de la explosión, se había librado del derrumbe del techo, aunque no había salido ileso. Estaba desplomado sobre un montón de piedras. Su brazo izquierdo colgaba, sin vida, de su hombro. Tenía el lado izquierdo de la cara ennegrecido y torcido. Una llamita todavía se agitaba en el lino carbonizado de su manga. El ojo derecho —el único que le quedaba— me miró a los ojos. Luego parpadeó.

Está bien, Christopher, ya levántate, me dije.

Pero Wat fue el único que se movió. Sacó su mole de los escombros. Intentó levantarse, vacilante, y enseguida cayó de rodillas. Resopló y escupió en la piedra. Todo el tiempo me miró fijamente.

Christopher, *levántate*.

Wat se levantó tambaleando. Dio un paso y luego otro. Agarró su cuchillo con los dedos manchados de negro. ¿Cómo es que todavía tenía su cuchillo?

Mi mente gritó. Yo no podía moverme. Lord Ashcombe despertó y se obligó a salir de la boca del horno, pero tampoco estaba en condiciones para detener al muchacho. Me agarré de la piedra rota para intentar huir.

Era inútil. Un pie me empujó la cadera y me volteó de espaldas. Wat se sentó a horcajadas sobre mí. Cabeceaba como si no pudiera enfocar.

Pero veía suficiente. Levantó el cuchillo.

Y entonces vino. Vi de reojo un rodillo que bajaba en picada. *Sí que estoy soñando*, pensé.

El rodillo, de un intenso rojo cereza, era tan largo como un brazo y tan grueso como un árbol. Le pegó a Wat del lado ciego de la cabeza. El ojo bueno se le puso vidrioso.

Luego vino un segundo golpe, un macizo y profundo porrazo en la coronilla. Wat cayó al suelo hecho un ovillo. Yo me quedé embobado viendo su cuerpo inconsciente.

Tom se inclinó hacia mí. Me puso la mano en el pecho, con la cara llena de preocupación.

—¿Eeeeeaaaaaa iiiieeeee? —dijo.

Sonaba como si estuviera bajo el agua. Agité la cabeza para despejarme y sacar las campanas que tenía dentro. Mala idea. Me dieron arcadas. Bilis agria, mezclada con ceniza de piedra, amarga. Otra arcada.

Tom me sostuvo. Esta vez, aunque me seguían zumbando los oídos, le entendí.

—¿Estás bien? —preguntó.

—Volviste —dije con voz ronca.

—Claro que volví. La promesa que me obligaste a hacer era estúpida.

—Lo siento —me desplomé encima de él—. ¿Eso de verdad era un rodillo? —pregunté.

Tom parecía avergonzado.

—Es la única arma que sé usar.

* * *

Más tarde Tom me dijo que yo subí solo a rastras por la escalera. No recuerdo haberlo hecho; lo que sí recuerdo es que él iba cargando a Lord Ashcombe sobre el hombro y que nos llevó a la calle, donde un carruaje de cuatro caballos estuvo a punto de atropellarnos.

El cochero jaló las riendas y consiguió que el carruaje se detuviera después de derraparse. Un caballo irritado me dio de topes en la cabeza con el hocico y me dejó saliva en la oreja.

El cochero nos insultó al derecho y al revés. El noble sudoroso que iba de pasajero también nos reclamó. Luego vio la sangre y al hombre que Tom llevaba en hombros.

Lord Ashcombe abrió el ojo que le quedaba.

—A la Torre —gruñó.

El noble palideció. Las gotas de sudor se convirtieron en cántaros. Salió torpemente del carruaje, se tropezó y quedó tumbado en el adoquín.

Tom nos subió. El cochero nos llevó adonde Lord Ashcombe había ordenado, fustigando a los caballos, que recorrían las calles a una velocidad temeraria.

El guardia del portón de la Torre miró a Tom con curiosidad mientras sacaba a Lord Ashcombe del carruaje. Cuando vio a quién cargaba el muchacho, soltó su lanza. Doce hombres de la guardia real corrieron a auxiliarlo.

Medio inconsciente, Lord Ashcombe me señaló:

—Tráiganlo —alcanzó a decir justo antes de desmayarse.

De todas direcciones surgieron brazos rugosos prestos a sujetarme. No me resistí. En cualquier caso, no podía.

La guardia real me condujo a un salón vacío. Dos soldados me obligaron a sentarme en una silla de respaldo duro y se irguieron a mis costados mientras esperaba. No sé cuánto tiempo pasó —pareció más de una hora— antes de que llegara un funcionario. Vestido con lino blanco de la mejor calidad, me vio de arriba abajo por debajo de la peluca.

—Ven conmigo —me dijo.

Intenté levantarme. Los guardias tuvieron que ayudarme a subir las escaleras. Estaba tan lejos, y mis piernas tan débiles, que para cuando llegamos hasta arriba los guardias ya me cargaban. El hombre de lino nos hizo pasar por una puerta de madera ribeteada a uno de los dormitorios de la Torre, donde me dejaron.

El sol entraba a raudales por la ventana y emitía un cálido resplandor. Había dos sillas frente a la chimenea vacía, con cojines de felpa azul que hacían juego con las sedas de la cama de dosel. Sobre las sábanas había una camisa verde esmeralda, también de seda, y pantalones de algodón azul oscuro, y abajo de ellos unas delicadas botas de ante. Sobre una mesa de roble macizo, un cuenco de cristal rebosante de fruta: manzanas, naranjas, granadas, uvas.

—Lord Ashcombe ha ordenado que se quede en la Torre, para poder mantenerlo a salvo —me dijo el hombre de lino—. Espero que estas habitaciones le parezcan adecuadas —y señaló una puerta a la izquierda—. Hay una bañera en el salón.

Entraba por la puerta un aroma de agua de rosas, que se mezclaba con el olor metálico de la sangre en mi piel.

—Los médicos del rey atenderán su herida en cuanto terminen con Lord Ashcombe —dijo el hombre de lino—. Mientras tanto, ¿necesita algo más?

—¿Dónde está Tom? —dije con voz de lija.

—¿Quién?

—Mi amigo. ¿Está aquí? ¿Está bien?

El hombre de lino se encogió de hombros.

—Usted es la única persona que solicitó Lord Ashcombe.

La alfombra estaba tibia. Sentía el suave tejido en mis pies. Bajé la mirada. En algún lugar del camino había perdido las botas.

Miré el cuenco de fruta.

—¿Puedo comer una de ésas?

—Por supuesto —dijo—. Ha de estar muriendo de hambre. Enseguida le traeré una cena apropiada.

Fiel a su palabra, veinte minutos más tarde volvió con cuatro sirvientes, que pusieron en la mesa un juego de vajilla de plata. Había ganso rostizado, estofado de carne, pescado sazonado, verduras condimentadas en salsa blanca y medio pastel de fresa. Olí el agradable aceite del ganso, todavía humeante.

Esperé a que salieran y me solté a llorar.

DEL 3 AL 21 DE JUNIO DE 1665

FIN DE LA PRIMAVERA

CAPÍTULO
37

Tres días después de ser recluido en la Torre me llevaron ante Lord Ashcombe. Estaba recostado sobre una cama en una habitación como la mía, mientras los médicos del rey trajinaban a su alrededor. Tenía la cabeza envuelta con un grueso vendaje blanco que le cubría el lado izquierdo de la cara, manchado de rojo escarlata por la herida en la mejilla. Otra venda le envolvía la mano derecha, con manchas carmesí donde el hacha de Wat le había cortado los dedos.

Lord Ashcombe ahuyentó a los médicos como si fueran moscas. Me hizo una seña para que me acercara, y arrastrando las palabras dijo a través de las vendas.

—Yo… no entiendo.

Se veía enojado, aunque no sabía si conmigo o con los vendajes. Volvió a intentarlo, ahora más despacio, y masculló entre el algodón:

—Tú pusiste. Una trampa.

Incliné la cabeza.

—Lo siento, señor, nunca tuve la intención de lastimarlo. Quería que el maestro Colthurst confesara para que usted viera que era el asesino. No sabía que llevaría a tantos hombres.

Hizo un gesto para rechazar mis disculpas.

—No. En el. Laboratorio subterráneo. El Fuego del Arcángel.

—Sí, señor. No podía arriesgarme a que Oswyn lo encontrara y se escapara.

—Tu trampa. Lo sabías. Podías atraparlo. Si bajaba.

—Eso esperaba.

—Y sin embargo. Dejaste que te torturara. Primero. Con ese líquido.

Me pasé los dedos por el pecho. Antes de que los médicos del rey me vendaran las heridas, había visto la carne derretida. Mi propio mapa del infierno, marcado para siempre en mi piel.

—Sí, lo dejé.

—¿Por qué?

Varios pasos adelante, dijo Oswyn, pero eso a mí ya me lo había enseñado un hombre muchísimo más grande de lo que Oswyn jamás habría esperado ser. Secretos bajo secretos. Códigos dentro de códigos.

Trampas metidas en trampas.

—Oswyn sabía que yo quise a mi maestro —expliqué—. Sabía que, después de que el maestro Benedict se había esforzado tanto en mantener a salvo el Fuego del Arcángel, entregárselo a él —o a quien fuera— habría significado para mí traicionar todo lo que mi maestro me dio.

Si le hubiera hablado del laboratorio sin pensarlo dos veces, Oswyn habría sospechado de otra trampa. No podía arriesgarme. Tenía que creer que me había vencido. Tenía que creer que él había ganado.

Lord Ashcombe ladeó la cabeza.

—Usaste. Su naturaleza. En su contra.

Asentí con la cabeza.

Lord Ashcombe me miró unos momentos. Luego volvió a recostar la cabeza en la almohada y cerró el ojo.

Me llevaron de vuelta a mi habitación.

Me mantuvieron en la Torre otras dos semanas, mientras Lord Ashcombe, en lenta convalecencia, dirigía desde la cama la búsqueda de todo el que tuviera alguna conexión con el complot de Oswyn para derrocar al rey. Descubrió a varios hombres más relacionados con la conspiración, entre ellos otro par de boticarios, un trío de marineros y un duque, el undécimo en la línea de sucesión al trono. También estaba el guardia traidor cuyo interrogatorio condujo a la captura de los demás. El hombre de lino me dijo que todos ellos (excepto el guardia, que murió durante el interrogatorio) recibirían su merecido en la plaza pública al norte de la Torre. Me llevarían a presenciarlo si quería, pero no quise. Ese día alcanzaba a oír a la multitud desde la plaza, dando alaridos para pedir sangre, y aclamando cada vez que la obtenían. Cerrar la ventana no servía de nada. Me recosté sobre la cama y me cubrí las orejas para bloquear el ruido.

Con excepción de ese día, no me molestó quedarme en la Torre. Tampoco es que tuviera otro lugar adonde ir. El hombre de lino me dijo que el pregonero le había anunciado mi inocencia a la ciudad, pero dudaba que eso hubiera modificado la opinión que tenía de mí el padre de Tom. Yo quería que Tom estuviera conmigo. Pregunté si podía verlo, pero el guardia sólo gruñó: "Sin visitas". Dejé la ventana abierta, con la esperanza de que Bridget me encontrara, pero nunca la vi, tampoco a ella.

Mientras tanto, me alimentaban y me daban las noticias de fuera. Algunas eran buenas (después de declararles la guerra a los holandeses, la armada inglesa había combatido contra más de cien barcos enemigos cerca de Lowestoft, y los había derrotado), pero me preocupaba al escuchar los informes, cada vez más frecuentes, del avance de la peste en los distritos al oeste de Londres. Hasta ese momento nadie dentro de las murallas de la ciudad había enfermado, pero las víctimas mortales en las afueras ya ascendían a cuarenta, y el número crecía cada semana. Temía que con el calor creciente de junio las cosas empeoraran seriamente.

De todas formas no quedaba más que esperar. Cuando finalmente me liberaron, la guardia real me hizo marchar a un carruaje afuera de la verja levadiza. El cochero dijo que le habían dado la orden de llevarme directo al Colegio de Boticarios, donde el Consejo del Gremio había organizado una audiencia para decidir qué hacer conmigo.

—Pero es domingo —dije.

—Yo hago lo que me ordenan —dijo el cochero encogiéndose de hombros.

Impaciente, me hizo señas para que subiera en la parte de atrás. Me preparé para un viaje agitado.

La audiencia se llevaría a cabo en el Gran Salón. La última vez que había estado allí, Oswyn estaba sentado en la mesa grande y me había acribillado con preguntas mientras otros boticarios, sentados en filas a los lados, me miraban. Esta vez, el Gran Maestro Sir Edward Thorpe estaba sentado en el centro, cansado y preocupado. El Secretario del Gremio, Valentine Grey, estaba a su derecha, y se veía todavía más nervioso que la última vez que lo había visto. El asiento a su izquierda se quedó vacío.

Sir Edward no se anduvo con rodeos.

—Hemos discutido su caso —dijo—. Los agremiados están de acuerdo en que se le ha maltratado. Como compensación, le concederemos diez libras. Además cubriremos la tarifa de admisión, con un límite de hasta diez libras más, para que comience su adiestramiento en otro oficio.

Pero... pregunté:

—¿Qué pasó con mi viejo oficio?

Sir Edward carraspeó y dijo:

—Los agremiados sienten que, dadas las circunstancias, lo mejor será que ya no se instruya en este arte.

Se me hizo un nudo en el estómago. Había temido lo peor, y parecía que en efecto así sería.

—Por favor... Gran Maestro... ser boticario es todo lo que quiero. Por favor, déjeme continuar.

—Su compromiso habla bien de usted —dijo—, pero no podemos permitir que los últimos... incidentes... sigan acompañando a nuestro Gremio.

—Eso no fue *mi* culpa —dije—, ¡yo no hice nada!

—De todas maneras creemos que esta resolución es lo mejor para todos, y para serle franco, señor Rowe, no tenemos dónde colocarlo. Actualmente ningún boticario necesita un nuevo aprendiz. Usted comprende.

Miré alrededor del salón. Algunos de los boticarios a los lados me veían con curiosidad, pero la mayoría me eludía la mirada.

El nudo en las tripas se me retorció todavía más. Sí *comprendía*... Tenían miedo. Si alguien me acogía daría la impresión de codiciar la receta del Fuego del Arcángel. El complot de Oswyn (y la purga de Lord Ashcombe) me hacía indeseable.

—¿Y entonces... qué va a pasar con Blackthorn? —pregunté.

—La propiedad volverá al Gremio —dijo Sir Edward.

—¿Y el testamento del maestro Benedict?

—No lo encontramos.

—Porque Oswyn lo hurtó —dije alzando la voz.

—No tenemos ninguna prueba de eso —dijo Valentine—. La compensación que te estamos dando es más que suficiente para...

—¡No quiero su dinero! —grité—. ¡Quiero mi vida de regreso!

Valentine se puso colorado. Estaba a punto de decir algo más cuando la pesada puerta detrás de mí se abrió con un rechinido. Enojado, miró por encima de mí.

—¿Qué?

—Disculpen, maestros —dijo el empleado en la puerta, secándose la frente—. Hay dos peticionarios que desean dirigirse al Consejo —y miró ansiosamente detrás de él—. Uno de ellos es Lord Ashcombe.

Sir Edward le echó una mirada a Valentine, que estaba erguido en su silla, todavía rojo como tomate.

—Muy bien.

Lord Ashcombe entró a zancadas. Ya no tenía los vendajes. Llevaba un sencillo parche negro sobre la cuenca del ojo faltante. Todavía tenía las puntadas en las mejillas: lazadas de hilo a lo largo de una inflamada línea roja que iba de abajo del parche a la comisura de los labios, y que se los torcía un poco. La mano inservible estaba metida en un guante.

Detrás de él venía una sorpresa aún mayor. Isaac el librero caminó con cuidado hasta llegar frente al Consejo, con su poco pelo blanco agitándose a cada paso. Llevaba en la mano un rollo de pergamino. Sus ojos nublados apenas si me miraron cuando tomó su lugar junto a Lord Ashcombe.

Sir Edward hizo una señal con la cabeza.

—Richard. E… Isaac, ¿no es así? Bienvenidos. ¿En qué podemos ayudarles?

—¿A mí? —dijo Lord Ashcombe—. En nada —el tajo en la mejilla hacía que su voz crispante sonara todavía más brusca que antes—. Estoy aquí en nombre de Su Majestad, Carlos II, Rey de Inglaterra, Escocia, Francia e Irlanda por la Gracia de Dios, Defensor de la Fe.

Antes de eso la habitación estaba silenciosa, ahora no se oía ni una respiración.

—Ya lo veo —dijo Sir Edward—. ¿En qué podemos servirle a Su Majestad?

—El rey desea que se sepa que Christopher Rowe, aprendiz del Gremio de Boticarios, es fiel amigo de la Corona. Además, Su Majestad tiene entendido que las acciones de Oswyn Colthurst no estaban ligadas al Gremio, y él reitera su estrecho lazo con ustedes, que, leales, brindaron su apoyo contra los traidores puritanos cuando regresó de Francia.

Sir Edward asintió lentamente con la cabeza.

—Estamos agradecidos por la confianza de Su Majestad.

—El rey también desea que el nuevo maestro del joven Rowe sea tan amable y diestro para administrar la propiedad de Christopher como el honorable Benedict Blackthorn.

Valentine parpadeó.

—¿Propiedad?

Isaac levantó el rollo que llevaba.

—Si me lo permite, Sir Edward —cojeó unos pasos y le extendió el pergamino al Gran Maestro—. En los últimos meses, Benedict empezó a preocuparse por su seguridad. Sé que registró un nuevo testamento en el Colegio de Boticarios. También me dejó a mí una copia —sonrió Isaac—, por si acaso.

Sir Edward lo leyó en voz alta.

—*Por el presente testamento dejo todas mis posesiones materiales a mi aprendiz, Christopher Rowe de Blackthorn, que serán administradas por Hugh Coggshall hasta el día en que Christopher se convierta en ciudadano libre.*

Me quedé atónito.

Tampoco Valentine lo podía creer.

—Déjeme ver eso —le arrebató el rollo a Sir Edward y lo leyó rápidamente—. ¿Cómo sabemos que esto es legítimo?

—Está debidamente atestiguado —dijo Isaac señalando las firmas al calce.

—Por Hugh Coggshall y Lord Henry Mortimer… Y ambos están muertos.

—Su Majestad ratificará el testamento —dijo Lord Ashcombe—, si es necesario.

Sir Edward se removió en la silla.

—Estoy seguro de que podemos aceptar como válido este documento. Sin embargo, queda un problema. Como Valentine ha señalado, Hugh está muerto. Su viuda, que legalmente se convertiría en la nueva tutora, no pertenece al Gremio y no puede dirigir una botica. Y Christopher —aquí hizo una pausa— sigue siendo aprendiz.

El corazón me dio un vuelco.

—Su Majestad ya lo ha considerado —dijo Lord Ashcombe—, y ofrece actuar como guarda de la botica, y asegurar las ganancias, hasta que Christopher llegue a la mayoría de edad. Mientras tanto, acepta pagar un generoso estipendio para cubrir el sueldo del nuevo maestro del joven Rowe.

—¿Y quién será su nuevo maestro?

Lord Ashcombe se encogió de hombros y respondió:

—Eso depende de ustedes. Su Majestad nunca se inmiscuiría en los asuntos del Gremio.

Valentine no podría haberse puesto más colorado. Sir Edward esbozó una sonrisa sarcástica.

—No —dijo—, por supuesto que no.

Incliné la cabeza hacia atrás, cerré los ojos y dejé que el sol me entibiara el rostro.

—¡Christopher!

Tom, con una sonrisa radiante, corría entre el tránsito afuera del Colegio de Boticarios. Zigzagueó entre la multitud de cerdos que atascaban la calle y me dio un fuerte abrazo de oso.

—Uuuff —dije, y me soltó—. ¿Cómo supiste que estaba aquí?

—Isaac me mandó decir que viniera —dijo—. ¿Qué pasó?

Le conté. Él tampoco podía creerlo.

—¿Tu propia botica?

—Bueno, todavía no es lo que se dice mía. Sigo siendo un simple aprendiz. Pasarán años antes de que sea realmente de mi propiedad.

—¿Entonces vas a tener un nuevo maestro? ¿Quién?

—No lo sé —pensar en eso me ponía nervioso. Me preguntaba si alguien como Valentine o, peor aún, como Nathaniel Stubb, tomaría el puesto por puro resentimiento.

—Bueno, bueno —Isaac salió por las puertas grandes del Colegio, con la mano apoyada en el brazo de Lord Ashcombe—: he aquí a este par, siempre metiéndose en problemas.

Lord Ashcombe metió la mano en el cinturón y sacó un objeto plateado.

—Me parece que esto es tuyo —me dijo—. Ahora oficialmente.

Me dio el cubo del acertijo. Lo abracé contra mi pecho.

—Gracias —le dije—. Gracias a los dos —alcé la mirada hacia Lord Ashcombe—. Estoy muy agradecido por lo que hicieron.

—No deberías —dijo con un resoplido—. No te ayudé a hacer ningún amigo allá adentro.

—Pero... Su Majestad dijo...

—Oh, nadie actuará en tu contra, o no abiertamente. Algunos querrán quedar bien contigo para intentar ganarse el favor de Su Majestad. Otros te envidiarán y se empeñarán en derribarte. También es posible que aún quede en el Gremio alguien que respalde los ideales de Oswyn. Deberás tener mucho cuidado para saber a quién considerar tu amigo.

Miré a Tom, quien intentaba esquivar la manada de cerdos, y luego a Isaac, que hizo un gesto de asentimiento.

—Lamentablemente ése siempre es un sabio consejo —dijo Isaac, y luego se dirigió a Lord Ashcombe—: ¿le molesta si hablo con Christopher un momento, señor mío?

Cuando Lord Ashcombe negó con la cabeza, Isaac me puso la mano en el hombro y me condujo a unos pasos de ahí.

—Tuvimos que enterrar a Benedict cuando estabas en la Torre —dijo en voz baja—, pero creo que sería bonito tener un acto íntimo en su memoria, sólo para quienes lo queríamos.

Asentí, agradecido.

—Eso me encantaría.

—Entonces ven a verme mañana y lo organizamos —dijo sonriendo—. Y tengo unas historias que creo querrás oír.

Se despidió de nosotros tres y empezó a caminar hacia su casa. Pensar en el homenaje a mi maestro me hizo volver a preguntarme quién iría a ser mi nuevo maestro. Después de lo que Lord Ashcombe había dicho, tenía todavía más razones para preocuparme.

—¿De verdad cree que todavía queden allá afuera algunos hombres de Oswyn, señor?

—Siempre hay hombres así allá afuera —dijo Lord Ashcombe—, no importa a quién sigan. Y tú sabes que Wat anda suelto.

¡Eso *no* lo sabía! La noticia me dio escalofríos.

—Pero… sus hombres fueron por él cuando estaba inconsciente en el laboratorio.

—Sí, fueron por él. Pero cuando llegaron, ya no estaba.

Recorrí la calle con la mirada.

—¿Cree que regrese?

Me faltó decir: ¿… *para vengarse…?*

Lord Ashcombe se encogió de hombros.

—Es más probable que haya huido de la ciudad. No es fácil que alguien se oculte por mucho tiempo si le falta la mitad del rostro —pasó los dedos por su propia horrible cicatriz—. Lo que me recuerda: Wat no es lo único que regresamos a buscar en el laboratorio. Algunos papeles sobrevivieron a la explosión. Los boticarios del rey van a revisarlos.

Tragué saliva.

—¿Sí, señor?

—Parece que no encuentran la fórmula del Fuego del Arcángel.

Se me calentó la cara.

—Estaba en la mesa de trabajo —dije—, justo donde estaba parado Oswyn. Debió… debió haberse destruido en la explosión.

Lord Ashcombe me miró con atención.

—Creo recordar que Wat dijo que *no estaba* allí.

—Wat no es muy listo.

—No —dijo Lord Ashcombe con su único ojo entrecerrado—, supongo que no.

Junto a mí, Tom se recargaba impaciente en un pie y luego en el otro.

—Estoy seguro de que si pasa algo me lo comunicarás —dijo Lord Ashcombe.

Asentí con la cabeza. No confiaba en lo que pudiera salir de mi boca.

—En cuanto a ti, muchacho —le dijo a Tom—, vaya que eres bueno para golpear con el rodillo.

Ahora Tom se puso colorado.

—Gra… gracias, mi señor —tartamudeó, sin saber si debía sentirse orgulloso o avergonzado.

—Date una vuelta por la Torre si quieres aprender a usar un arma de verdad.

A Tom se le salieron los ojos de las órbitas.

—¿Está…? ¿Quiere decir que…? ¿Soldado? ¿Yo?

—Si cumples con el entrenamiento.

Tom se quedó viendo a los dos guardias que esperaban a Lord Ashcombe, y que a su vez lo miraron desconcertados.

—¿Yo? —repitió Tom, rojo de gusto.

—Serías muy bueno —dije, y miré a Lord Ashcombe—. Debería verlo pelear con un oso de botica.

Lord Ashcombe se alejó sacudiendo la cabeza.

—No quiero ni saber lo que eso significa.

El letrero seguía colgando sobre la puerta de entrada. Blackthorn, decía. Alivios para toda clase de humores malignos. La madera necesitaba una nueva capa de pintura. También tendría que volver a hacer el cuerno del unicornio, que casi había desaparecido con tantos años sometido al clima londinense. Fuera de eso, no le cambiaría nada. Nunca le cambiaría nada.

Sin embargo, la botica sí necesitaba una buena limpieza, y no tenía que esperar a mi nuevo maestro para saber a quién le tocaba *esa* tarea. Tom me ayudó a empezar en cuanto entramos, y se puso a barrer la paja que se les había salido a los animales disecados hechos pedazos.

—¿Christopher? —me llamó.

—¿Sí?

—Eso no era cierto, ¿o sí? Lo que le dijiste antes a Lord Ashcombe —dejó de barrer y se recargó en la escoba—. No es cierto que la receta del Fuego del Arcángel estaba en la mesa de trabajo.

Agité la cabeza.

—No quise dejarla afuera para que Oswyn la viera.

—¿Entonces qué hiciste con ella?

—La puse detrás de la bodega de hielo. Antes de subir al jardín la engrasé, la metí en una funda de cuero y la escondí debajo de los ladrillos.

Abrió mucho los ojos.

—¿Entonces sigue allí?

—No lo sé —dije—. El hielo debe haberse derretido. Si el agua se filtró por la grasa, la tinta ya se habrá corrido —miré por la ventana—. De verdad no lo sé.

El Fuego del Arcángel. Había intentado no pensar en eso. Había intentado no pensar en nada de lo que pasó ese día. Todo lo que realmente quería era tener de vuelta mi vida anterior. En el día, trabajar junto al maestro Benedict, oír su voz; en la noche, leer junto a la chimenea. Esta botica. Nuestro hogar.

Miré alrededor. La tienda estaba casi como cuando salimos huyendo de Stubb y Wat aquella noche terrible. Había una mancha negra en el lugar donde había iniciado el fuego, y algunas huellas de pasos entre los componentes diseminados. Ni siquiera quería ver el desorden en el taller. Pero el lugar seguía en pie. Tal vez algunos componentes y el equipo podrían salvarse; también podría comprar otros artículos para reemplazar lo que estaba destrozado... y todo volvería a ser como antes.

No, pensé. *No todo.*

Me asomé detrás del mostrador vacío, donde había colgado la faja de mi maestro. Los ojos me ardieron.

—Lo sigo extrañando, maestro —dije con el corazón— pero guardé su secreto. Y detuve a sus asesinos. ¿Lo hice bien? ¿Está orgulloso de mí?

Se oyeron unos toquecitos en la ventana.

Afuera, en el alféizar, una paloma con motitas blancas y negras caminaba hacia adelante y hacia atrás. Inclinó la cabeza y picoteó el vidrio.

Corrí a la puerta principal y abrí. Bridget bajó de un salto desde el alféizar con un gran batir de alas y entró resueltamente.

Zureó al verme. La levanté y me la puse contra la mejilla. Sentí la suavidad de sus alas, los latidos de su diminuto corazón. Volteé para que pudiéramos ver la casa y por última vez lo llamé.

—Gracias, maestro.

ALGUNOS ASUNTOS HISTÓRICOS
DIGNOS DE MENCIÓN

En tiempos de Christopher, la ortografía inglesa no estaba estandarizada. Así, por ejemplo, habría sido común ver "Clerkenwell Green" escrito como "Clarkenwell Greene" o "Clerkenwelle Greene" o cualquier otra variante que al escritor pudiera parecerle correcta. En este libro, los nombres, títulos y lugares ingleses están escritos según las reglas modernas (por cierto, muchos de los lugares de este libro todavía existen, así que si algún día te encuentras en las calles de Londres —aunque ya no están adoquinadas—, ¿por qué no vas a descubrir algunos de los viejos territorios de Christopher?).

También se hizo un cambio en el calendario. En 1885, Inglaterra seguía usando el viejo calendario juliano (introducido en el año 46 a. C. por el general y estadista romano Julio César), mientras que gran parte del resto de Europa había cambiado al más reciente calendario gregoriano (introducido en el año 1582 de nuestra era por el papa Gregorio XIII, y que todavía usamos en nuestros días). Aunque son casi idénticos, había dos diferencias importantes. En primer lugar, en Inglaterra el año del calendario juliano empezaba el 25 de marzo, no el 1º de enero. En segundo lugar, la manera como el calendario juliano añadía días en años bisiestos significó que de origen se rezagaba diez días con respecto al calendario gregoriano (por ejemplo, el solsticio de verano del 21 de junio ocurría el 11 de junio según el calendario juliano).

Sobra decir que estas diferencias podían provocar mucha confusión. Por ejemplo, un viajero podía hacer una travesía marítima de Róterdam a Londres partiendo de los Países Bajos el 28 de marzo de 1665 (gregoriano) y llegar a Londres el 22 de marzo de 1664 (juliano): ¡más de un año antes de haber partido! Para evitar esas confusiones, y para ajustarlas a nuestro calendario actual, todas las fechas de este libro se señalan de acuerdo con el moderno sistema gregoriano.

AGRADECIMIENTOS

Hay mucha magia tras bambalinas. Quisiera agradecer a los siguientes magos:

A mi agente, Dan Lazar, *el León*, y a Cecilia de la Campa y Torie Doherty-Munro.

A mi editora en Aladdin, Liesa Abrams, *Batichica*, y a Mara Anastas, Mary Marotta, Jon Anderson, Katherine Devendorf, Karin Paprocki, Julie Doebler, Emma Sector, Jodie Hockensmith, Michael Selleck, Gary Urda, Christina Pecorale y todo el fantástico equipo de ventas: Lucille Rettino, Carolyn Swerdloff, Michelle Leo y Stephanie Voros.

A mi editor en Puffin Reino Unido, Ben Horslen, *Cazador de Templos*, y a Francesca Dow, Wendy Shakespeare, Jacqui McDonough, Hannah Maloco, Carolyn McGlone, y todos los magníficos aventureros de Puffin.

A mis compatriotas en Simon & Schuster Canadá, en el trabajo y fuera de él: Kevin Hanson, Shara Alexa, Michelle Blackwell, Amy Cormier, Amy Jacobson, Lorraine Kelly, Brendan May, David Millar, Nancy Purcell, Felicia Quon, Andrea Seto, Martha Sharpe y Rita Silva.

A todas las editoriales alrededor del mundo que han publicado *El enigma de Blackthorn*.

A la gente amistosa en el Latin Discussion Forum, sobre todo a Pacis puella, y a Terry Bailey y Alma por su ayuda con la traducción extra. Cualquier error que aún permanezca es mío.

Y finalmente, y sobre todo, a ti, querido lector, para quien quise contar esta historia. Gracias por darle a Christopher un hogar.

Esta obra se imprimió y encuadernó
en el mes de mayo de 2016,
en los talleres de Impregráfica Digital, S.A. de C.V.,
Av. Universidad 1330, Col. Del Carmen Coyoacán
Delegación Coyoacán, México, D.F., C.P. 04100

▽ ♃ ⊖